MW00435902

David Levithan

A comme aujourd'hui

Traduit de l'anglais (États-Unis)
par Simon Baril

(Les Grandes Personnes)

Titre original : *Every Day*
Édition originale publiée aux États-Unis par Alfred A. Knopf,
2012, une marque de Random House Children's Books,
filiale de Random House Inc, New York, et en Grande-Bretagne,
2013, par Electric Monkey, une marque d'Egmont UK Limited.
© David Levithan, 2012
© Éditions des Grandes Personnes, 2013,
pour la traduction française
© Éditions Gallimard Jeunesse/Éditions des Grandes Personnes,
2015, pour la présente édition

Pôle fiction est une collection de Gallimard Jeunesse

Pour Paige
(Puisses-tu trouver le bonheur chaque jour)

Je me réveille.

Aussitôt, je dois déterminer qui je suis. Et il n'est pas seulement question de mon corps – ouvrir les yeux et découvrir si la peau de mon bras est claire ou foncée, si mes cheveux sont longs ou courts, si je suis gros ou maigre, garçon ou fille, couvert de cicatrices ou lisse comme un bébé. S'adapter au physique, c'est finalement ce qu'il y a de plus facile quand on se réveille chaque matin dans un corps différent. Non, le véritable défi, c'est d'appréhender la vie, le *contexte* de ce corps.

Chaque jour, je suis quelqu'un d'autre. Je suis moi-même – je sais que je suis moi-même –, mais je suis aussi un autre.

Et c'est comme ça depuis toujours.

L'information est là. Je me réveille, j'ouvre les yeux, je comprends qu'il s'agit d'un nouveau matin, d'un nouveau lieu. La biographie surgit, cadeau très utile de cette partie de ma tête qui n'est pas moi. Aujourd'hui, je suis Justin. Je le sais, c'est tout – je m'appelle Justin –, et, en même temps, je sais que je ne suis pas vraiment Justin, je ne fais que lui emprunter sa vie le temps d'une journée. Je regarde autour de moi et je sais que je me trouve dans sa chambre. Qu'on est chez lui. Dans sept minutes, le réveil va sonner.

Je ne suis jamais deux fois la même personne mais, pas de doute, j'ai déjà été quelqu'un dans son genre. Des vêtements qui traînent partout. Beaucoup plus de jeux vidéo que de livres. Un garçon qui ne change pas de caleçon pour dormir. Et, d'après le goût dans sa bouche, un fumeur. Mais pas accro au point de devoir en griller une au saut du lit.

« Salut, Justin », dis-je pour tester sa voix. Grave. La voix sonne toujours différemment dans ma tête.

Justin ne prend pas soin de lui-même. Son cuir chevelu le démange. Ses paupières sont lourdes. Il n'a pas beaucoup dormi.

Je sais déjà que je ne vais pas aimer cette journée.

Ce n'est pas évident d'être dans le corps de quelqu'un que l'on n'aime pas, car il faut tout de même le respecter. Par le passé, j'ai causé des dégâts dans la vie des gens, et ce qui m'en est resté, c'est que, chaque fois que je me laisse aller, cela me hante. Du coup, j'essaie d'être prudent.

Pour autant que je sache, toutes les personnes qui me prêtent leur corps ont le même âge que moi. Je ne passe pas de seize à soixante ans. Pour le moment, je m'en tiens à seize. Je ne sais pas comment ça marche. Ni pourquoi c'est ainsi. Il y a longtemps que j'ai arrêté d'essayer de comprendre. Jamais je ne comprendrai – mais, au fond, même les personnes normales ne saisissent pas tout de leur existence. Avec le temps, il faut accepter le fait qu'on *est*, tout simplement. Nul ne saura jamais pourquoi. On peut élaborer des théories, mais on n'obtiendra jamais de preuve.

Je peux accéder aux faits, pas aux sentiments. Je sais que c'est la chambre de Justin, mais j'ignore si elle lui plaît ou non. A-t-il envie de tuer ses parents, dans la chambre d'à côté ? Serait-il perdu si sa mère ne passait pas s'assurer qu'il s'est bien réveillé ? Impossible à dire. Mes émotions remplacent toujours celles de la personne dont j'occupe le corps. Et, bien que je sois content de conserver mes propres pensées, un petit indice quant aux siennes me serait souvent très précieux. On est tous remplis de mystères, surtout vu de l'intérieur.

Le réveil sonne. J'attrape un jean, une chemise. Quelque chose me dit qu'il portait celle-là hier, alors j'en choisis une autre. J'emporte ces vêtements avec moi dans la salle de bains, puis m'habille après avoir pris une douche. Les parents de Justin sont désormais dans la cuisine. Ils ne se doutent pas que quelque chose a changé.

Seize ans, ça en fait de l'entraînement. En général, je ne commets pas d'erreur. Plus maintenant.

Je déchiffre aisément les parents de Justin : ce dernier ne communique pas beaucoup avec eux le matin, je n'ai donc pas besoin de leur adresser la parole. J'ai pris l'habitude de percevoir les attentes – ou l'absence d'attentes – de mon entourage. J'avale des céréales, je laisse mon bol dans l'évier sans le laver, je prends les clés de Justin et je décolle.

Hier, j'étais une fille dans une ville qui devait se trouver à deux heures de route d'ici. La veille, un garçon dans une autre ville encore plus éloignée. J'oublie déjà les détails les concernant. Il le faut, sans quoi jamais je ne me rappellerais qui je suis véritablement.

Justin écoute de la musique assourdissante sur une station de radio qu'animent des DJ abrutis en racontant des blagues débiles. Inutile que je cherche à en savoir plus sur mon hôte. J'accède à sa mémoire pour qu'elle m'indique la route qui mène au lycée, sa place habituelle sur le parking, l'emplacement de son casier, la combinaison du cadenas, le nom des connaissances qu'il croise dans les couloirs.

Parfois, je n'arrive pas à jouer le jeu. Je n'arrive pas à me forcer à aller en cours, à affronter un jour de plus. Alors j'annonce que je suis malade, je reste couché et je lis quelques bouquins. Mais de ça aussi, je finis par me lasser, et je me retrouve toujours à relever le défi d'un nouveau lycée, de nouveaux amis. Le temps d'une journée.

Au moment de sortir de son casier les livres de Justin, je sens la présence de quelqu'un qui se tient prudemment à ma périphérie. Je me retourne et découvre une fille aux émotions transparentes – une fille timide, attentive, nerveuse, qui brûle d'adoration. Je n'ai pas besoin d'accéder à la mémoire de Justin pour savoir qu'il s'agit de sa petite amie. Personne d'autre n'aurait une telle réaction en sa présence, ne vacillerait de la sorte. Elle est jolie, mais ne s'en rend pas compte. Elle se cache derrière ses cheveux, à la fois heureuse et malheureuse de me voir.

Elle s'appelle Rhiannon. Et l'espace d'une seconde – un très très bref instant –, je me dis que, oui, c'est bien le nom qui lui convient. Je ne sais pas pourquoi. Je ne la connais pas. Mais cela me semble juste.

Ce n'est pas Justin qui pense ça. C'est moi. J'essaie de ne pas y prêter attention. Je ne suis pas celui à qui elle veut parler.

« Salut, dis-je d'un ton excessivement désinvolte.

– Salut », murmure-t-elle.

Elle baisse la tête, en direction de ses Converse customisées sur lesquelles elle a dessiné des villes, des gratte-ciel, juste autour de la semelle. Il s'est passé quelque chose entre elle et Justin, et je ne sais pas quoi. Il n'a probablement rien remarqué sur le moment.

« Ça va ? » je lui demande.

Sur son visage, je lis de la surprise, qu'elle cherche immédiatement à dissimuler. Voilà une question que Justin n'a pas l'habitude de poser.

Et le plus étonnant, c'est que la réponse m'intéresse. Savoir qu'il s'en ficherait, lui, me donne encore plus envie de la connaître.

« Oui », répond-elle, l'air peu convaincu.

J'ai du mal à la regarder. Je sais par expérience que derrière chaque fille à la périphérie se trouve une vérité tout à fait centrale. Elle cache la sienne, et pourtant elle voudrait que je la perçoive. Ou plutôt, elle voudrait que *Justin* la perçoive. Cette vérité est là, presque à ma portée. Un son qui attend de se muer en mot.

Elle est tellement égarée dans sa tristesse qu'elle ne se doute pas à quel point celle-ci saute aux yeux. Je crois l'avoir cernée – pendant un instant, je m'imagine l'avoir cernée –, mais c'est là qu'elle me surprend par un bref éclair de détermination. De bravoure, même.

Levant les yeux pour les planter dans les miens, elle demande :

« Tu es en colère contre moi ? »

Je ne vois aucune raison d'être en colère contre elle. J'aurais plutôt tendance à être en colère contre Justin, qui semble la faire se sentir si insignifiante. Je le perçois à la manière dont elle se tient. Quand elle est près de lui, elle se fait toute petite.

« Non. Je ne suis pas du tout en colère contre toi. »

Je lui dis ce qu'elle a envie d'entendre, mais elle ne le croit pas. Je prononce les mots qui conviennent, mais elle les soupçonne d'être piégés.

Ce n'est pas mon problème. Je le sais bien. Je ne suis là que pour la journée. Je ne peux pas régler les soucis amoureux de qui que ce soit. Je ne dois pas changer la vie des autres.

Je lui tourne le dos, attrape mes livres et referme mon casier. Elle ne bouge pas, clouée par cette solitude intense et désespérée que l'on éprouve lorsqu'on est prisonnier d'une relation médiocre.

« On déjeune toujours ensemble aujourd'hui ? » demande-t-elle.

Le plus facile serait de dire non. Cela m'arrive souvent : me sentir happé par la vie de la personne dont j'emprunte le corps et prendre alors la tangente.

Mais il y a quelque chose chez elle – ces villes sur ses baskets, cette bravoure entraperçue, cette tristesse inutile – qui me donne envie de savoir ce que sera le mot quand il aura cessé d'être un son. Cela fait des années que je rencontre des gens sans jamais rien apprendre d'important sur eux, et ici, ce matin, avec cette fille, je sens poindre une envie de faire véritablement connaissance. C'est peut-être un moment de faiblesse de ma part, ou, au contraire, une preuve de courage. Quoi qu'il en soit, je décide de saisir l'occasion. Je décide de creuser davantage.

« Absolument, dis-je. Ce serait super. »

Cette fois encore, je lis sur son visage que ma réponse a été trop enthousiaste. Il n'est jamais enthousiaste.

« Pourquoi pas ? », je nuance.

Elle semble soulagée. Ou, du moins, aussi soulagée qu'elle s'autorise à l'être, c'est-à-dire de manière très prudente. En accédant à la mémoire de Justin, j'apprends qu'ils sont ensemble depuis plus d'un an. Cela reste très vague. Il ne se souvient pas de la date précise.

Elle tend la main, prend la mienne. Le bonheur qui m'envahit m'étonne.

« Je suis contente que tu ne sois pas fâché contre moi, dit-elle. Je veux juste que tout aille bien. »

Je hoche la tête. Si j'ai appris une chose, c'est que nous voulons tous que tout aille bien. Non pas tant que les choses soient fantastiques, ou merveilleuses, ou géniales. Nous nous contentons volontiers de « bien », parce qu'en règle générale, « bien », c'est déjà pas mal.

La première sonnerie retentit.

« On se voit tout à l'heure », dis-je.

Une promesse aussi modeste que possible. Mais, pour Rhiannon, elle vaut de l'or.

***

Au début, il était difficile de traverser chaque jour sans chercher à créer des liens durables, sans avoir la volonté de laisser derrière moi des changements profonds. Plus jeune, j'aspirais à l'amitié, à l'intimité. Je nouais des relations, me comportant comme si elles n'allaient pas se briser le jour d'après et de façon irrémédiable. La vie des autres m'affectait personnellement ; j'avais l'impression que leurs amis pouvaient devenir mes amis, que leurs parents pouvaient être les miens. À un moment donné, il a cependant fallu que j'arrête ça. Il était bien trop déchirant de vivre ces continuelles séparations.

Je suis un vagabond et, malgré toute la solitude que cela implique, c'est aussi incroyablement libérateur. Jamais je ne me définirai selon les termes de quelqu'un d'autre. Jamais je ne subirai l'influence de mes pairs ou la pression des attentes de mes parents. Pour moi, chaque individu fait partie d'un tout, et je me concentre sur cet ensemble, et non sur les pièces qui le composent. J'ai appris à observer bien plus attentivement que la plupart des gens. Je ne suis ni aveuglé par le passé ni obnubilé par l'avenir. Je ne prête attention qu'au présent car c'est là que je suis destiné à vivre.

J'apprends. Parfois, on m'enseigne quelque chose que j'ai déjà étudié dans des dizaines d'autres salles de classe. Parfois, on me fait découvrir une chose entièrement nouvelle. Il faut que j'accède au corps, à l'esprit, et que je détermine ce qui y a été retenu. C'est également comme ça que j'apprends. La connaissance est la seule chose que j'emporte avec moi lorsque je m'en vais.

Je sais tant de choses que Justin ignore et qu'il ignorera toujours. Pendant son cours de maths, j'ouvre son cahier et j'y écris des phrases qu'il n'a jamais lues ni entendues. Shakespeare, Kerouac, Dickinson. Demain, un autre jour, ou peut-être jamais, il tombera sur ces mots écrits de sa main, et n'aura pas la moindre idée de la manière dont ils ont atterri là, ni même de ce qu'ils signifient.

C'est le maximum que je m'autorise en matière d'ingérence.

Tout le reste doit être fait sans laisser de traces.

Rhiannon me trotte dans la tête. Des détails la concernant. Des bribes de souvenirs tirées de la mémoire de Justin. Des petites choses, comme la façon dont elle arrange ses cheveux, dont elle se ronge les ongles, la détermination et la résignation dans sa voix. Des faits pris au hasard : je la vois danser avec le grand-père de Justin, parce qu'il lui a dit qu'il aimerait qu'une jolie fille lui accorde une danse. Je la vois couvrir ses yeux devant un film d'horreur, mais regarder quand même entre ses doigts, se délecter de sa propre peur. De bons souvenirs. Je ne m'intéresse pas aux autres.

Je ne la croise qu'une seule fois durant la matinée, un bref instant, dans le couloir, entre la première et la deuxième heure de cours. Je ne peux pas m'empêcher de lui sourire lorsqu'elle approche, et elle me rend mon sourire. C'est aussi simple que ça. Simple et compliqué, comme tout ce qui est vrai. Je ne peux pas m'empêcher non plus de la chercher à la fin de la deuxième heure de cours, puis de la troisième, puis de la quatrième. Ce n'est pas quelque chose que je contrôle. Je veux la voir. C'est simple. Compliqué.

Quand arrive enfin l'heure du déjeuner, je suis épuisé. Le corps de Justin est fatigué d'avoir trop peu dormi, et moi, à l'intérieur, fatigué à force d'impatience et d'agitation.

Je l'attends devant le casier de Justin. La première sonnerie retentit. Puis la seconde. Pas de Rhiannon. Peut-être étais-je censé la retrouver ailleurs. Peut-être Justin ne se souvient-il pas de leur lieu de rendez-vous habituel.

Si c'est le cas, elle est accoutumée à ce qu'il oublie. Elle me rejoint au moment même où je suis sur le point de perdre espoir. Les couloirs sont quasiment vides, la meute est passée. Elle s'approche plus près que tout à l'heure.

« Salut, je dis.

– Salut. »

Elle ne va pas plus loin. C'est Justin qui fait les premiers pas. Justin qui prend les décisions, qui annonce la couleur.

Déprimant.

J'ai vu ça bien trop souvent. Ce dévouement complètement injustifié. Accepter d'être avec la mauvaise personne parce qu'on ne peut affronter la peur d'être seul. L'espoir teinté de doute, et le doute teinté d'espoir. Chaque fois que je lis ce type de sentiments sur le visage de quelqu'un, cela m'accable. Et il y a quelque chose dans les traits de Rhiannon qui exprime plus que de la déception. Il y a de la douceur. Une douceur que Justin ne saura jamais, jamais apprécier. En ce qui me concerne, je l'ai vue tout de suite, mais je suis le seul.

Je range tous mes livres dans le casier. Puis pose délicatement ma main sur son bras.

Je ne sais absolument pas ce que je suis en train de faire. Et pourtant je le fais.

« Allons quelque part, dis-je. Où veux-tu aller ? »

Je suis suffisamment près d'elle, maintenant, pour voir que ses yeux sont bleus ; et je sens aussi que personne n'a jamais été jusqu'alors assez près pour voir à quel point ils sont bleus.

« Je ne sais pas », répond-elle.

Je lui prends la main.

« Viens. »

Ce n'est plus de l'impatience de ma part, c'est de l'insouciance. Au début, nous marchons main dans la main. Puis, toujours main dans la main, nous nous mettons à courir. Pris par le vertige de cette course à travers les couloirs, en tandem, cette capacité de réduire tout ce qui n'est pas nous à un flou sans importance. Nous rions, nous nous amusons. Nous déposons les livres de Rhiannon dans son casier et sortons du bâtiment pour retrouver l'air, le vrai, le soleil, les arbres et un monde moins oppressant. J'enfreins les règles en quittant le lycée. J'enfreins les règles en montant avec elle dans la voiture de Justin, en tournant la clé de contact.

« Où veux-tu qu'on aille ? je lui demande de nouveau. Qu'est-ce qui te ferait vraiment plaisir ? »

Je ne me rends pas immédiatement compte à quel point tout va dépendre de sa réponse. Si elle dit : *Allons faire un tour au centre commercial*, je décrocherai. Si elle dit : *Emmène-moi chez toi*, je décrocherai. Si elle dit : *Je ne veux pas manquer le prochain cours*, je décrocherai. Je devrais décrocher de toute façon. Je ne devrais pas faire ça.

Mais elle dit : « Je veux aller à la mer. Je veux que tu m'emmènes à la mer. »

Et je sens que j'accroche.

Nous mettons une heure pour arriver là-bas. Fin septembre dans le Maryland : les feuilles n'ont pas encore commencé à jaunir, mais il est clair qu'elles y pensent. Les verts sont plus doux, plus ternes. On pressent les autres couleurs.

Je charge Rhiannon de chercher une station de radio potable. Cela la surprend, mais je m'en fiche. J'en ai plus qu'assez de la musique assourdissante, et je sens qu'elle aussi. Elle nous trouve bientôt une mélodie, une vraie. Les premières notes d'une chanson que je connais, et je me mets à chanter.

And if I only could, I'd make a deal with God...*

À présent, Rhiannon n'est plus seulement étonnée mais carrément méfiante. Justin ne chante jamais.

---

* *Si seulement c'était possible, je passerais un marché avec Dieu...* Ces paroles sont le début du refrain de « Running Up That Hill », un tube de Kate Bush datant de 1985. (*Toutes les notes sont du traducteur.*)

« Qu'est-ce qui t'arrive ? me demande-t-elle.

– Rien. C'est juste la musique.

– Ah.

– Je t'assure. La musique me fait cet effet. »

Elle me fixe des yeux un long moment. Puis sourit.

« Dans ce cas… », dit-elle, tournant le bouton, une fois le morceau fini, pour en trouver un autre.

Et nous voilà claironnant à tue-tête une chanson légère comme une montgolfière, qui nous emporte elle aussi dans les nuages.

Le temps lui-même paraît plus souple. Rhiannon cesse de se méfier. Elle accepte de se laisser vivre ce moment.

Je veux lui offrir une belle journée. Une seule belle journée. Cela fait si longtemps que j'erre sans but, et voilà qu'une mission éphémère m'est confiée. Oui, c'est bien l'impression que j'ai, qu'elle m'a été confiée. Tout ce que j'ai à donner, c'est un jour unique – alors pourquoi ne pas faire en sorte qu'il soit beau ? Pourquoi ne pas le partager ? Pourquoi ne pas écouter cette musique et voir jusqu'où elle peut nous mener ? Les règles sont faites pour être changées. Je peux prendre ça. Je peux donner ça.

Lorsque la chanson s'achève, Rhiannon baisse sa vitre et tend le bras pour toucher le vent, faisant pénétrer une nouvelle mélodie dans l'habitacle. Je baisse les autres vitres et j'accélère, afin que le vent nous envahisse, fasse virevolter nos cheveux, fasse disparaître la voiture, et que nous devenions nous-mêmes la vitesse, la vélocité. Puis j'entends le début d'une autre chanson que j'aime, et je referme tout avant de lui prendre la main. Je conduis ainsi pendant des kilomètres, lui posant des questions. Je lui demande comment vont ses parents. Comment ça se passe chez eux maintenant que sa sœur est partie à l'université. Si cette année de lycée lui paraît différente des précédentes.

C'est difficile pour elle. Elle commence toujours par répondre : « Je ne sais pas. » Mais, en réalité, elle sait très bien, pour peu que je lui laisse assez de temps et d'espace pour s'exprimer. Elle peut compter sur sa mère ; moins sur son père. Sa sœur ne les appelle jamais, mais Rhiannon la comprend. Le lycée, c'est le lycée – elle a hâte d'en avoir terminé, tout en redoutant ce moment, car alors il faudra qu'elle trouve sa voie.

Elle me demande ce que j'en pense, et je lui dis :

« Honnêtement, j'essaie juste de vivre au jour le jour. »

Ça n'est pas grand-chose, mais c'est déjà ça. Nous regardons les arbres, le ciel, les panneaux de signalisation, la route. Nous sommes réceptifs l'un à l'autre. L'univers, à cet instant, se résume à elle et moi. Nous chantons toujours en suivant la radio. Avec le même abandon, sans nous inquiéter de savoir si nos voix sonnent juste, si nos mots sont les bons. Nous ne chantons pas chacun en solo, mais ensemble, en duo, sans nous prendre au sérieux. C'est une forme de conversation bien à part ; on en apprend beaucoup sur les gens par les histoires qu'ils racontent, mais aussi par leur façon de chantonner. S'ils roulent vitres ouvertes ou fermées. S'ils ont le nez collé à leur carte, ou s'ils laissent la vie les guider. S'ils ressentent l'appel de l'océan.

Elle m'indique par où passer. Sans prendre l'autoroute. Le long des routes de campagne désertes. Nous ne sommes pas en été ; nous ne sommes pas le week-end. Nous sommes lundi, en milieu de journée et, à part nous deux, personne ne se rend à la plage.

« Je devrais être en cours d'anglais, dit Rhiannon.

— Et moi en biologie. » Je viens d'accéder à l'emploi du temps de Justin.

Nous roulons. La première fois que je l'ai vue, elle avait l'air de se tenir sur un tapis de clous. Maintenant, le sol est plus plat, plus doux.

Je sais que c'est dangereux. Justin ne la traite pas bien, j'en suis certain. Si j'accède aux mauvais souvenirs, je vois des larmes, des disputes, et ce qui reste de moments d'intimité plutôt médiocres. Lui peut toujours compter sur elle, et cela doit lui plaire. Les amis de Justin apprécient Rhiannon, et cela aussi, ça doit lui plaire. Mais ce n'est pas ce qui s'appelle de l'amour. Elle espère quelque chose de lui depuis si longtemps qu'elle ne se rend plus compte qu'il n'y a rien à espérer. Ils ne partagent jamais aucun silence ; seulement du bruit. Surtout celui de Justin. Si j'essayais, je pourrais revenir sur leurs disputes passées. Je pourrais rassembler tous les débris que Justin collectionne à force de s'amuser à la détruire. Si j'étais vraiment lui, je trouverais quelque chose à reprocher à Rhiannon. Là, maintenant. Je l'accuserais. Je lui crierais dessus. Pour la rabaisser. Pour la remettre à sa place.

Mais c'est impossible. Je ne suis pas Justin. Même si elle l'ignore.

« Essayons juste de profiter de cette journée, lui dis-je.

— D'accord, répond-elle. Ça me va. Je rêve si souvent que je prends la clé des champs — c'est chouette de passer à l'acte. Au moins pour quelques heures. Ça fait du bien d'être de l'autre côté de la fenêtre. Je ne me l'autorise pas assez souvent. »

Il y a tant de choses d'elle que je voudrais connaître. Et en même temps, plus nous nous parlons, plus j'ai l'impression que quelque chose en elle m'est déjà familier.

Je gare la voiture au bord de l'océan. Nous enlevons nos chaussures et nous les laissons sous nos sièges. Je me penche pour retrousser mon jean. Rhiannon, elle, se précipite sur la plage. Quand je relève les yeux, je la vois qui virevolte, donne de grands coups de pied dans le sable, m'appelle. À cet instant précis, tout n'est que légèreté. Elle est si joyeuse, je ne peux m'empêcher de la contempler, immobile. D'être le témoin de ce moment-là. De me dire : *N'oublie pas.*

« Allez ! crie-t-elle. Ramène-toi ! »

J'ai envie de lui avouer : *Je ne suis pas celui que tu crois.* Mais c'est impossible. Cela n'aurait aucun sens.

La plage est à nous seuls, et l'océan aussi. J'ai Rhiannon pour moi seul. Elle m'a pour elle seule.

Une part de l'enfance est infantile, une autre est sacrée. Tout à coup, nous touchons au sacré : courir en direction de l'eau, sentir la première vague glacée contre nos chevilles, mettre les mains dans l'océan pour attraper des coquillages avant que le courant ne les retire d'entre nos doigts. Nous avons retrouvé un monde capable de scintiller, et nous nous y enfonçons de plus en plus profondément. Nous ouvrons grand les bras, comme pour étreindre le vent. Elle m'éclabousse malicieusement et je monte une contre-attaque. Nos vêtements sont trempés, mais nous nous en fichons. Rien de tout ça n'a d'importance.

Elle me demande de l'aider à bâtir un château de sable et, tandis que nous nous y attelons, elle me raconte que sa sœur et elle ne faisaient jamais ce genre de choses ensemble – c'était toujours une compétition, sa sœur cherchant à ériger des montagnes aussi hautes que possible, alors que Rhiannon s'attachait aux détails afin que ses châteaux ressemblent à la maison de poupée qu'elle n'avait jamais eue. Je perçois encore l'écho de ce désir dans le soin qu'elle apporte à la construction des tourelles. Pour ma part, je n'ai aucun souvenir de château de sable ; mes sens doivent cependant en avoir conservé une certaine mémoire, car j'ai comme l'impression de savoir comment m'y prendre, comment modeler les formes.

Notre œuvre terminée, nous retournons à l'eau pour nous rincer les mains. En jetant un regard derrière nous, j'aperçois les traces de nos pas qui s'entremêlent pour ne former qu'une seule et même trajectoire.

« Qu'est-ce qu'il y a ? » demande-t-elle en me voyant contempler le sable, en remarquant l'expression dans mes yeux.

Comment lui expliquer ? Je ne vois qu'une seule façon de le faire.

« Merci. »

Rhiannon me dévisage comme si c'était un mot qu'elle n'avait jamais entendu auparavant.

« Pour quoi ? demande-t-elle.

– Pour ça. Pour tout. »

Notre évasion. L'eau. Les vagues. Elle. C'est comme si nous avions échappé au temps. Même si ce n'est qu'un leurre.

Il y a encore une part d'elle qui attend le retour de bâton, le moment où toute cette joie se transformera en douleur.

« Laisse-toi aller, lui dis-je. Laisse-toi un peu être heureuse. »

Des larmes lui montent aux yeux. Je la prends dans mes bras. J'ai tort de faire ça. Mais j'ai absolument raison. Il faut que j'écoute mes propres paroles. *Heureux* est un mot que j'utilise rarement, le bonheur étant quelque chose de tellement éphémère dans mon cas.

« Je suis heureuse, dit-elle. Vraiment, je le suis. »

Justin se moquerait d'elle. Justin la plaquerait dans le sable, n'écoutant que son propre désir. Justin ne l'aurait jamais amenée jusqu'ici.

J'en ai assez de ne rien ressentir. J'en ai assez de ne rien partager. Je veux être présent, ici, avec elle. Je veux être celui qu'elle espère, ne serait-ce que pendant le temps qui m'est imparti.

Il y a la musique de l'océan ; la danse du vent. Et nous qui nous accrochons. D'abord l'un à l'autre, puis à quelque chose de plus grand, on dirait. De plus fort.

« Qu'est-ce qui nous arrive ? demande Rhiannon.

– Chhhh. Peu importe. »

Elle m'embrasse. Cela fait des années que je n'ai pas embrassé quelqu'un. Que je ne me suis pas autorisé à le faire. Ses lèvres sont douces comme des pétales de fleur, mais chargées d'une intensité électrique. J'y vais lentement, sans précipiter quoi que ce soit. Je sens sa peau, son souffle. Je goûte la condensation sur cette peau, la chaleur de son contact. Ses yeux sont fermés, les miens ouverts. Je veux pouvoir me rappeler ce moment dans tous ses détails, intégralement.

Nous nous embrassons, rien de plus. Rien de moins non plus. Elle semble prête à aller plus loin, mais je n'en ai pas besoin. Mes doigts se promènent le long de ses épaules, les siens le long de mon dos. Je l'embrasse dans le cou. Elle derrière l'oreille. Quand nous faisons une pause, c'est pour échanger un sourire. Incrédules nous sommes, et pourtant nous y croyons à fond. Elle est censée être en cours d'anglais. Moi en biologie. Nous devrions être loin de l'océan à l'heure qu'il est. Nous avons fait de cette journée autre chose que ce qui était prévu pour nous.

Main dans la main, nous marchons le long du rivage tandis que le soleil décline dans le ciel. Je ne pense ni au passé ni à l'avenir. Je déborde de gratitude envers ce soleil, cette eau, ce sable dans lequel s'enfoncent mes pieds, envers sa main qui tient la mienne.

« Nous devrions faire ça chaque lundi, dit-elle. Et le mardi. Et le mercredi. Et le jeudi. Et le vendredi.

— On s'en lasserait à la fin. Il vaut mieux que ça reste quelque chose d'unique.

— Jamais nous ne revivrons ça ? »

Cette idée ne lui plaît pas.

« Il ne faut jamais dire jamais, tu sais bien.

— Jamais je ne dirai jamais », déclare-t-elle.

Il y a un peu plus de monde sur la plage à présent, principalement des hommes et des femmes d'âge mûr qui font leur promenade quotidienne. Certains hochent la tête à notre passage, disent parfois bonjour. Nous les saluons nous aussi. Personne ne se demande ce que nous faisons là. Personne ne nous pose de questions. Nous faisons partie intégrante de ce moment, comme tout ce qui nous entoure.

Le soleil descend un peu plus. La température baisse. Rhiannon frissonne, et je lâche sa main pour passer mon bras autour de ses épaules. Elle propose d'aller chercher la « couverture spéciale câlins » dans la voiture. Celle-ci est dans le coffre, enfouie sous des bouteilles de bière vides, des câbles de démarrage entortillés, et d'autres trucs de mec. Je me demande combien de fois Rhiannon et Justin se sont servis de cette fameuse couverture, mais je n'essaie pas d'accéder à ces souvenirs-là. Au lieu de ça, je la rapporte sur la plage et je l'installe pour nous deux. Je m'allonge sur le dos. Rhiannon fait de même, juste à côté de moi. L'un contre l'autre, nous contemplons les nuages, nous profitons du spectacle.

« Cela doit être l'un des plus beaux jours de ma vie », déclare-t-elle.

Sans tourner la tête, je déplace ma main jusqu'à trouver la sienne.

« Raconte-m'en d'autres, je lui demande.

— Je ne sais pas…

— Un, au moins. Le premier qui te vient à l'esprit. »

Rhiannon réfléchit un instant. Puis sourit.

« C'est idiot.

— Raconte-moi. »

Elle se tourne alors vers moi, pose la main sur ma poitrine. Lentement, elle y trace des cercles du bout des doigts.

« J'ignore pourquoi, mais la première chose qui me vient, c'est ce défilé de mode mère-fille. Tu promets de ne pas rire ? »

Je promets.

Elle me scrute. S'assure que je suis sincère. Puis reprend :

« C'était en CM1, je crois. Le grand magasin du coin, Renwick, organisait une collecte de fonds pour les victimes d'un ouragan, et ils avaient demandé à notre école de trouver des volontaires pour un défilé. Je me suis inscrite immédiatement, sans même me soucier de demander la permission à ma mère. Du coup, lorsque je suis rentrée à la maison et que j'ai annoncé la nouvelle… Enfin, tu connais ma mère. Elle était tétanisée. C'est déjà assez compliqué de la faire aller au supermarché. Alors un défilé de mode ? Devant des inconnus ? C'était un peu comme si je lui avais demandé de poser pour *Playboy*. Beurk. »

Sa main sur mon torse ne bouge plus. Ses yeux sont perdus dans le ciel.

« Mais figure-toi qu'elle a accepté. Et c'est seulement avec le recul que je me rends compte de ce que je lui ai fait endurer. Elle ne m'a pas demandé d'annuler. Non, le jour venu, nous avons pris la voiture, nous sommes allées chez Renwick et nous avons suivi leurs instructions. Je pensais à l'époque qu'ils nous attiferaient de tenues assorties, mais ça n'a pas été le cas. Ils nous ont permis de choisir ce qu'on voulait dans le magasin. Du coup, nous avons essayé un tas de choses. J'ai jeté mon dévolu sur les robes, bien sûr – à l'époque, j'étais beaucoup moins garçon manqué ! J'ai fini par en choisir une bleu clair, avec plein de volants partout. Je trouvais ça extrêmement sophistiqué.

« J'imagine que tu devais être très élégante ! »

Elle me file un coup de coude. « Tais-toi. Laisse-moi raconter mon histoire. »

Je serre sa main contre ma poitrine. Me penche et lui vole un baiser.

« Continue », dis-je.

J'adore ça. D'habitude, je ne demande jamais aux gens de me raconter leurs histoires. Il vaut mieux que je me charge de les deviner tout seul. Sans quoi ils s'attendront à ce que je m'en rappelle. Et ça, je ne peux le garantir. Il m'est impossible de savoir si ce qu'on me raconte reste gravé dans la mémoire de mon hôte après mon départ. Cela doit être atroce de se confier à quelqu'un et de constater dès le lendemain qu'il a tout oublié. Je ne veux pas porter cette responsabilité-là.

Mais, avec Rhiannon, je ne peux m'en empêcher.

Elle continue : « J'avais donc trouvé la robe de mes rêves, celle que j'aurais voulu mettre au bal de fin d'année. Puis ça a été au tour de maman. Elle m'a étonnée en choisissant elle aussi une robe. Je ne l'avais jamais vue aussi apprêtée. Et je crois que c'est d'ailleurs la chose qui m'a le plus marquée : ce n'était pas moi Cendrillon. C'était elle.

« Une fois réglée la question des vêtements, il a fallu passer au maquillage. J'ai cru que ma mère allait paniquer mais, en réalité, elle a adoré. Ils ne lui en ont pas mis des tonnes – juste un petit peu de couleur par-ci par-là. Et ça a suffi.

Elle était jolie. Je sais que c'est difficile à croire, quand on la voit maintenant. Mais ce jour-là, elle m'a fait l'effet d'une star de cinéma. Toutes les autres mères la complimentaient. Et quand est venu le moment de défiler pour de bon, nous sommes montées sur scène sous les applaudissements du public. On avait le sourire, maman et moi, on était vraiment contentes, tu sais.

« Évidemment, ils ne nous les ont pas données, ces robes. Mais je me souviens que pendant le trajet du retour, maman n'arrêtait pas de répéter que j'avais été formidable. Une fois à la maison, mon père nous a regardées comme si nous étions des extraterrestres ; et pourtant, il a décidé de jouer le jeu. Il s'est mis à nous appeler ses top-modèles, et il nous a demandé de défiler dans le salon rien que pour lui, ce que nous avons fait. Qu'est-ce qu'on a ri ! Voilà, c'est tout. La journée s'est terminée comme ça. Je ne suis pas sûre que maman se soit jamais maquillée depuis. Et moi, je ne suis pas devenue top-modèle. Mais ce jour-là me rappelle celui que nous vivons. Parce qu'il était différent de tous les autres, n'est-ce pas ?

— On dirait bien, oui.

— Je n'arrive pas à croire que je viens de te raconter ça.

— Pourquoi ?

— Parce que. Je ne sais pas. Ça doit te paraître complètement idiot.

– Non, c'était une bonne journée, point.

– Et toi ? me demande-t-elle.

– Je n'ai jamais participé à un défilé de mode mère-fille », dis-je sur le ton de la plaisanterie.

En réalité, j'en ai plusieurs à mon actif.

Elle me donne une petite tape sur l'épaule.

« Non, raconte-moi toi aussi une autre journée comme celle-ci. »

En accédant à la mémoire de Justin, je découvre qu'il avait douze ans lorsque sa famille a emménagé en ville. Théoriquement, je pourrais utiliser tout ce qui s'est passé avant, quand Rhiannon ne l'avait encore jamais croisé. Je pourrais essayer de choisir un souvenir personnel de Justin, mais ce n'est pas ce que j'ai envie de partager. Je veux donner à Rhiannon quelque chose qui m'appartienne vraiment.

« Je pense à un jour, j'avais onze ans… » J'essaie de me rappeler le nom du garçon dont j'occupais le corps à l'époque, mais il s'est effacé de ma mémoire. « Je jouais à cache-cache avec les copains. Enfin, une version brutale, avec plaquage… Nous étions dans les bois et, je ne sais pas pourquoi, j'ai décidé de grimper à un arbre. Je crois que je n'avais encore jamais grimpé à un arbre. Mais j'en ai trouvé un avec des branches assez basses, et je suis monté. Dans mon souvenir, cet arbre mesurait plusieurs dizaines de mètres de hauteur, voire plusieurs centaines. À un moment donné, j'ai dépassé la cime des autres arbres. Je continuais de grimper, mais il n'y avait plus rien autour de moi. J'étais seul, accroché à ce tronc, loin, loin du sol. »

Des fragments de ce souvenir brillent dans ma tête. L'altitude. La ville en dessous de moi.

« C'était magique. Il n'y a pas d'autre mot pour le décrire. Pendant ce temps, le jeu se poursuivait, j'entendais les copains crier quand ils se faisaient prendre. Mais j'étais ailleurs. Je contemplais le monde depuis les sommets, ce qui est extraordinaire quand ça vous arrive pour la première fois. Je n'avais jamais pris l'avion. Je n'étais jamais monté en haut d'un building. Et, tout d'un coup, je trônais au-dessus de mon univers. C'était un endroit spécial que j'avais atteint seul, par mes propres moyens. Personne ne m'avait amené là. Personne ne m'avait montré le chemin. J'avais grimpé, et c'était là ma récompense : je contemplais le monde, en paix avec moi-même. Et je me suis rendu compte que c'était ça dont j'avais besoin. »

Rhiannon se penche contre moi et murmure :

« Ce devait être incroyable.

— Oui.

— C'était dans le Minnesota ? »

En fait, c'était en Caroline du Nord. Mais j'accède à la mémoire de Justin et découvre que, oui, pour lui, cela correspond au Minnesota. Alors je hoche la tête.

« Tu veux que je te raconte encore un autre jour comme celui-ci ? » continue Rhiannon, en se recroquevillant tout contre moi.

Je déplace mon bras, afin de nous mettre à l'aise tous les deux. « Oui, bien sûr.

— Notre deuxième rendez-vous. »

Mais ce n'est encore que le premier, me dis-je. De façon absurde.

« Vraiment ?

— Tu te souviens ? » demande-t-elle.

Je me plonge de nouveau dans la mémoire de Justin. Non, il ne se souvient pas de leur deuxième rendez-vous.

« La soirée chez Dack ? » m'encourage-t-elle.

Rien ne vient.

« Ah oui… dis-je prudemment.

— Je ne sais pas, peut-être que ça ne compte pas tout à fait comme un rendez-vous. En tout cas, c'est la deuxième fois qu'on s'est embrassés. Et puis… tu t'es montré si… si doux. Ne le prends pas mal, OK ? »

Je me demande où elle veut en venir.

« Il n'y a rien qui pourrait me mettre en colère, là, maintenant, lui dis-je. Promis, juré… »

Elle sourit.

« D'accord. Eh bien, ces derniers temps, on dirait que tu es toujours pressé. Nous faisons l'amour, mais ce n'est pas véritablement… intime. Ce n'est pas grave. Ça me plaît aussi. Mais, de temps à autre, ça fait du bien quand ça se passe comme aujourd'hui. Comme à la soirée chez Dack. Tu prenais ton temps, tu semblais avoir l'éternité devant toi et vouloir la passer avec moi. J'ai adoré cette soirée. C'était l'époque où tu me regardais encore vraiment. C'était comme si… comme si tu avais escaladé cet arbre et que tu m'avais trouvée au sommet, oui, c'est ça, même si nous n'étions en réalité que dans le jardin de quelqu'un. Et puis à un moment – tu te souviens ? –, tu m'as fait me déplacer pour que je sois dans le clair de lune. "De cette façon, ta peau brille", tu m'as dit. Et effectivement, je me sentais radieuse. Parce que tes yeux, et pas seulement les rayons de la lune, étaient posés sur moi. »

Se rend-elle compte qu'à l'instant même elle est éclairée par une chaude lueur orange venue de l'horizon, tandis que le jour a presque disparu et que la nuit s'apprête à tomber ? Je me penche sur elle et l'enveloppe comme une ombre. Je l'embrasse, puis nous nous mêlons l'un à l'autre avant de fermer les yeux et de nous laisser emporter par le sommeil. Au moment où celui-ci nous gagne, je ressens quelque chose que je n'ai encore jamais ressenti. Une proximité qui n'est pas seulement physique. Un lien qui contredit le fait que nous venons seulement de nous rencontrer. Une sensation qui ne peut provenir que du plus euphorique des sentiments : l'appartenance.

Que se passe-t-il au moment précis où l'on tombe amoureux ? Comment un laps de temps aussi court peut-il contenir quelque chose d'aussi immense ? Soudain, je comprends pourquoi les gens ont parfois une impression de déjà-vu, pourquoi certains croient à des vies antérieures : l'écho de ce que j'éprouve résonne bien au-delà des quelques années que j'ai vécues sur cette terre. Le moment où l'on tombe amoureux semble puiser sa source des siècles, des générations en arrière – dans un passé qui s'aligne pour donner naissance à cette intersection précise, étonnante. Peu importe que cela puisse paraître ridicule, on sent au plus profond de soi que tout cela était écrit, que toutes les flèches invisibles pointaient dans cette direction, que l'univers préparait tout cela depuis l'éternité – et c'est seulement à cet instant que l'on s'en rend compte, en arrivant là où l'on était attendu depuis toujours.

Une heure plus tard, nous sommes réveillés par la sonnerie de son téléphone.

Je garde les yeux fermés. Je l'entends pousser un grognement, dire à sa mère qu'elle rentre bientôt.

L'eau est désormais d'un noir profond, le ciel d'un bleu sombre. Dans la fraîcheur qui nous saisit au corps, nous ramassons la couverture, et nos pieds laissent une nouvelle série d'empreintes sur le sable.

Elle m'indique la route, je conduis. Elle parle, j'écoute. Nous nous remettons à chanter. Puis elle s'appuie contre mon épaule et je la laisse dormir encore un peu, rêver encore un peu, contre moi.

J'essaie de ne pas penser à l'après.

J'essaie de ne pas penser à la fin.

Je n'ai jamais l'occasion de regarder les gens dormir. En tout cas, pas comme ça. Quand j'ai rencontré Rhiannon, il y a quelques heures, elle dégageait tout le contraire de ce qu'elle est maintenant : plus vulnérable, mais aussi plus en sécurité. Je l'observe en train de respirer, les légers mouvements de son corps, sa tranquillité. Je ne la réveille que lorsque j'ai besoin d'elle pour trouver mon chemin.

Les dix dernières minutes, elle parle de ce que nous allons faire demain. Je ne dis rien.

« Et si ce n'est pas possible, je te vois au moins pour déjeuner ? » demande-t-elle.

Je hoche la tête.

« Et on pourra peut-être faire quelque chose après les cours ?

— Pourquoi pas. Je ne sais pas trop ce qu'il y a au programme. Pour l'instant, j'ai la tête ailleurs. »

Elle semble comprendre.

« Bien sûr. Demain est un autre jour. Tâchons d'abord de conclure cette journée sur une note agréable. »

Une fois en ville, je suis en mesure de retrouver le chemin de chez elle sans avoir à le lui demander. Mais j'ai envie de me perdre. Pour nous laisser encore un peu de temps. Pour qu'on puisse de nouveau s'échapper.

« Nous y voilà », dit Rhiannon alors que nous approchons de sa maison.

Je gare la voiture le long du trottoir. Je déverrouille les portières.

Elle se penche et m'embrasse. Le goût de sa bouche, l'odeur de sa peau, la douceur de tout son être bouleversent mes sens. Entendre le bruit de sa respiration, la voir écarter son corps du mien…

« Voilà pour la note agréable », dit-elle.

Et, avant que j'aie pu ajouter quoi que ce soit, elle est déjà loin, me laissant seul dans la voiture.

Je ne pourrai même pas lui dire au revoir.

Je ne me trompe pas en supposant que les parents de Justin sont habitués à ce qu'il ne donne pas de nouvelles et ne rentre pas pour dîner. Ils lui crient un peu dessus, mais, de toute évidence, c'est juste pour la forme, et quand Justin s'enferme dans sa chambre, on croirait assister à la énième rediffusion d'une vieille série.

Je devrais m'occuper de ses devoirs – en général, je suis très consciencieux sur ce point, tant que ça reste dans mes cordes –, mais mes pensées retournent sans cesse vers Rhiannon. Je l'imagine chez elle. Je l'imagine portée par la grâce de la journée que nous venons de vivre. Croit-elle que les choses vont désormais être différentes, que Justin a changé ?

Je n'aurais pas dû faire ça. Je le sais bien. Même si j'ai eu l'impression de suivre la volonté de l'univers.

Je perds plusieurs heures à me tourmenter. Je ne peux pas revenir en arrière. Je ne peux pas effacer ce qui s'est passé.

Il m'est déjà arrivé de tomber amoureux, une fois – ou du moins, c'est ce que je croyais jusqu'à aujourd'hui. Il s'appelait Brennan, et cela m'avait semblé très fort, même s'il ne s'agissait que de mots. Des mots intenses et sincères. Je m'étais bêtement laissé aller à penser que je pouvais avoir un avenir avec lui. Mais il n'y en avait aucun. J'avais essayé, mais il n'y avait pas eu moyen.

Aujourd'hui, la situation est plus grave. C'est une chose de tomber amoureux. C'en est une autre de prendre conscience que quelqu'un tombe amoureux de vous, et de se sentir une responsabilité envers cet amour.

Il m'est impossible de rester dans ce corps. Même si je ne m'endors pas, je passerai dans un autre corps. Il fut un temps où je pensais que si je parvenais à demeurer éveillé toute la nuit, j'interromprais le cycle. Mais quand j'avais tenté l'expérience, j'avais été littéralement *extirpé* du corps que j'occupais. Et cela avait été aussi douloureux que le terme le laisse imaginer : on aurait dit que chacun de mes nerfs était arraché à cette enveloppe humaine, puis raccordé dans une nouvelle. Depuis lors, je me couche tous les soirs. Il est inutile de lutter.

Il faut que j'appelle Rhiannon. Son numéro est là, enregistré dans le téléphone de Justin. Je ne peux pas la laisser penser que demain ressemblera à aujourd'hui.

« Hey ! dit-elle.

— Hey.

— Merci encore pour cette journée.

— Pas de problème. »

Je ne veux pas faire ça. Je ne veux pas tout gâcher. Mais il le faut, n'est-ce pas ?

Je poursuis :

« À propos de ce qui s'est passé…

— Tu comptes me dire qu'on ne peut pas tout le temps sécher les cours ? Ça ne te ressemble pas. »

Qu'est-ce qui me ressemble ?

« Ouais, dis-je, bien sûr, mais je ne voudrais pas que tu penses que cela va se reproduire tous les jours. Parce que ce n'est pas possible, tu comprends ? »

Un silence. Elle sent mon embarras.

« Je sais, dit-elle prudemment. Mais peut-être que les choses peuvent tout de même aller mieux. Je crois qu'elles peuvent s'arranger.

— Je sais pas. Enfin, c'est tout ce que je voulais dire. J'en sais rien. Aujourd'hui, c'était chouette, mais ensuite, on verra.

— D'accord, dit-elle.

— OK.

— OK. »

Je pousse un soupir.

Avec un petit peu de chance, j'aurai eu une influence sur Justin. On ne sait jamais, sa vie pourrait avoir été affectée par mon passage, il pourrait changer. Mais comment le vérifier ? J'ai rarement l'occasion de revoir les personnes dont j'ai quitté le corps. Et quand cela arrive, c'est en général plusieurs mois, voire plusieurs années plus tard. Encore faut-il que je les reconnaisse.

J'aimerais que Justin la traite mieux qu'il ne le fait. Mais Rhiannon ne doit pas compter là-dessus.

« Bon, c'est tout. » Quelque chose que Justin pourrait dire j'imagine.

« À demain, alors.

– Ouais, à demain.

– Merci encore pour aujourd'hui. Même si nous avons des ennuis au lycée à cause de ça, ça valait la peine.

– Ouais.

– Je t'aime », dit-elle.

Et je voudrais le lui dire aussi. Je voudrais lui répondre : *Moi aussi, je t'aime*. Là, maintenant, à cet instant précis, tout en moi le crie. Mais dans deux heures…

« Dors bien », lui dis-je avant de raccrocher.

Il y a un cahier sur son bureau.

Rappelle-toi que tu aimes Rhiannon, j'écris de sa main.

Sans doute ne se souviendra-t-il pas avoir noté ces mots.

J'allume son ordinateur. J'ouvre mon propre compte de messagerie, puis j'y tape le nom, le numéro de téléphone, l'adresse e-mail de Rhiannon, ainsi que celle de Justin et son mot de passe. J'écris ensuite un petit résumé de cette journée, et je me l'envoie à moi-même.

Quand j'ai terminé, j'efface l'historique de Justin.

C'est difficile pour moi.

Je me suis tellement habitué à ce que je suis, à la façon dont ma vie fonctionne.

Je ne veux jamais rester. Je suis toujours prêt à partir.

Sauf ce soir.

Ce soir, je ne supporte pas l'idée de devoir m'en aller, de devoir lui laisser de nouveau la place.

Je veux rester.

Je prie pour rester.

Je ferme les yeux et je fais un vœu : que je reste.

5995e jour

Je me réveille avec, dans la tête, les images d'hier. Ces images m'apportent de la joie ; savoir que tout cela se passait hier, en revanche, me désespère.

Je n'y suis plus. Je ne suis plus dans le lit de Justin, ni dans son corps.

Aujourd'hui, je suis Leslie Wong. Je n'ai pas entendu le réveil, et la mère de la jeune Leslie est en colère.

« Debout là-dedans ! crie-t-elle en secouant mon nouveau corps. Owen part dans vingt minutes !

— OK, maman, dis-je en poussant un grognement.

— Maman ! Si ta mère était là, je n'ose même pas imaginer ce qu'elle dirait. »

Je me dépêche d'accéder à la mémoire de Leslie. C'est sa grand-mère, alors. Maman est déjà partie au boulot.

Une fois sous la douche, j'essaie de faire vite mais, l'espace d'une minute, je me mets à songer à Rhiannon et j'oublie le reste. J'ai rêvé d'elle, j'en suis certain. Mais il y a une question que je me pose : si j'ai commencé à rêver dans le corps de Justin, a-t-il continué ce rêve après mon départ ? Se réveillera-t-il plein de tendres pensées à l'égard de Rhiannon ? Ou est-ce moi qui rêve encore en imaginant une chose pareille ?

« Leslie ! Allez ! »

Je sors de la douche, me sèche et m'habille en vitesse. Facile de deviner que Leslie n'est pas une jeune fille particulièrement populaire. Les quelques photos d'amis qu'elle a dans sa chambre semblent là pour donner le change, et ses choix vestimentaires correspondent davantage à une fille de treize ans qu'à une demoiselle de seize ans.

Quand je pénètre dans la cuisine, la grand-mère fronce les sourcils.

« N'oublie pas ta clarinette !

— C'est bon », je marmonne.

Assis à table, un garçon me lance un regard noir. Je suppose qu'il s'agit du frère de Leslie — et je le confirme. Owen. Élève de terminale. C'est lui qui doit me conduire au lycée.

Je me suis habitué au fait que, chez la plupart des gens, les matins se reproduisent en général à l'identique. On s'extrait du lit. On se traîne jusqu'à la salle de bains. On grommelle deux ou trois phrases en prenant son petit-déjeuner. Ou bien, si les parents dorment encore, on quitte la maison sur la pointe des pieds. La seule façon de préserver un certain intérêt à tous ces moments, c'est de rester attentif aux variantes.

Ce matin, la variante vient d'Owen : à peine est-on montés dans la voiture qu'il allume un joint. Je suppose que cela fait partie de ses petites habitudes matinales, et je me débrouille pour que Leslie n'ait pas l'air aussi surprise que je le suis.

Pourtant, au bout de quelques kilomètres, Owen lâche :

« N'en parle à personne. »

Je me contente de regarder par la vitre. Deux minutes plus tard, il revient à la charge :

« Et inutile de me juger, d'accord ? »

À ce moment-là, il ne reste rien du joint, mais Owen n'est pas décontracté pour autant.

Je préfère être fils ou fille unique. Sur le long terme, j'ai bien conscience du fait qu'un frère ou une sœur peut se révéler utile – quelqu'un avec qui partager les secrets de famille, quelqu'un de la même génération qui saura si vos souvenirs sont corrects ou non, quelqu'un qui vous verra tel que vous êtes, que vous ayez huit, dix-huit ou quarante-huit ans. Oui, je comprends ça. Mais à l'échelle d'une journée, un frère ou une sœur, au mieux c'est embêtant, au pire c'est cauchemardesque. La plupart des tourments que j'ai dû endurer au cours de ma vie (certes atypique), je les leur dois, et plus particulièrement aux grands frères et aux grandes sœurs. Au début, je m'imaginais naïvement que ces gens seraient mes alliés, que leur camaraderie me serait instantanément acquise. Parfois, le contexte a permis que ce soit le cas – si nous nous promenions en famille, par exemple, ou si nous étions dimanche et que, pour combattre l'ennui, ma sœur ou mon frère n'avait d'autre choix que de faire équipe avec moi. Mais en règle générale, ce qui prévaut au quotidien, c'est la rivalité, pas l'union. Il m'est même arrivé de me demander si ces frères et sœurs ne sentaient pas que quelque chose était différent chez la personne dont j'occupais le corps, et cherchaient, du coup, à en tirer parti. Quand j'avais huit ans, une grande sœur m'a annoncé que nous allions nous enfuir, elle et moi – mais une fois arrivés à la gare, fini le « elle et moi » : elle m'a abandonné sur place. J'ai erré des heures durant, n'osant pas demander de l'aide par peur qu'elle m'en veuille d'interrompre le jeu auquel nous jouions. Lorsque j'ai emprunté le corps de petits garçons, j'ai souvent eu droit à des frères – plus vieux ou plus jeunes – qui m'ont bousculé, tapé, frappé, mordu, et qui m'ont traité de tous les noms possibles et imaginables.

Le mieux que je puisse espérer, c'est quelqu'un de discret. J'ai commencé par classer Owen dans cette catégorie, pour revenir sur mon jugement dans la voiture. Mais, une fois arrivés au lycée, mon avis initial semble se confirmer. Dès que d'autres ados sont dans les parages, Owen cherche à devenir invisible ; il baisse la tête et file vers l'entrée en me laissant derrière lui, sans se soucier de me dire au revoir ou de me souhaiter une bonne journée. Il se contente de jeter un coup d'œil à ma portière pour s'assurer que je l'ai bien refermée, et verrouille la voiture à distance.

« Qu'est-ce que tu regardes comme ça ? » demande soudain une voix derrière moi, sur ma gauche, tandis qu'Owen pénètre seul dans le bâtiment.

Je me retourne et fais en sorte d'accéder à la mémoire de Leslie.

Carrie. Ma meilleure amie depuis le CM1.

« Mon frère, c'est tout.

— Pourquoi ? C'est un gros loser, ce type. »

C'est drôle. Me faire à moi-même cette réflexion ne me dérange pas, mais l'entendre de la bouche de Carrie me place sur la défensive.

« Arrête, lui dis-je.

— Arrête ? Tu plaisantes ou quoi ? »

Elle sait peut-être quelque chose que je ne sais pas. Je décide de ne pas en dire plus.

Carrie a l'air contente de changer de sujet.

« T'as fait quoi, hier soir ? » me demande-t-elle.

Des images de Rhiannon me reviennent. J'essaie de les chasser de mon esprit, mais c'est loin d'être facile. Une fois qu'on a fait l'expérience de cette chose qui vous dépasse, de cet infini, on en perçoit l'écho partout où l'on pose les yeux, on ne veut parler que de ça.

« Pas grand-chose. » Je ne me soucie même pas d'accéder à la mémoire de Leslie. Cette réponse fonctionne toujours, peu importe la question.

« Et toi ?

— Tu n'as pas reçu mon SMS ? »

Je bafouille quelques mots d'explication, prétextant un problème avec mon téléphone.

« Voilà pourquoi tu ne m'as encore rien demandé ! Tu ne devineras jamais : Corey m'a envoyé une invitation à tchatter ! On a discuté pendant près d'une heure.

— Ouah.

— Incroyable, non ? » Carrie pousse un soupir de satisfaction. « Depuis le temps. Je ne savais même pas qu'il connaissait mon pseudo. Ce n'est pas toi qui le lui as filé, par hasard ? »

Je fais de nouveau appel à la mémoire de Leslie. C'est le genre de questions qui peuvent vraiment vous piéger. Avec des conséquences qui ne sont peut-être pas immédiates, mais à venir. Si Leslie affirme que ce n'est pas elle qui a donné le pseudo à Corey, mais que, plus tard, Carrie découvre le contraire, cela pourrait nuire sérieusement à leur amitié. *Idem* dans le cas inverse.

Le Corey en question, c'est Corey Handlemann, un élève de 1re pour qui Carrie en pince depuis au moins trois semaines. Leslie ne le connaît pas bien, et n'a apparemment pas le souvenir de lui avoir confié quoi que ce soit. Donc, pas de danger.

« Non. Je n'y suis pour rien.

— Il a dû se casser la tête pour le trouver, alors. »

À moins qu'il n'ait tout simplement consulté ta page Facebook, me dis-je.

Mais, aussitôt, je m'en veux de mon agacement. C'est difficile d'avoir des « meilleurs amis » pour lesquels je ne ressens aucune affection : jamais je n'accorde à ces gens le bénéfice du doute, ce qui est pourtant la moindre des choses en amitié.

Carrie est absolument ravie de ce qui s'est passé avec Corey, et je fais mine de me réjouir pour elle. Mais, dès que nous nous séparons pour aller en classe, je sens que quelque chose me démange, une émotion que je croyais sous contrôle : la jalousie. Même si je ne me l'avoue pas en ces termes, je suis fâché que Carrie puisse « avoir » Corey alors que je n'aurai jamais Rhiannon.

Arrête ça, tu es parfaitement ridicule.

Quand on a la vie que j'ai, on ne peut pas se permettre d'être jaloux. Sous peine de se détruire.

***

Mon troisième cours de la matinée est un cours de musique. Je dois répéter avec la fanfare. Je raconte au prof que j'ai oublié ma clarinette à la maison même si, en réalité, elle se trouve dans mon casier. Leslie se voit attribuer une pénalité qui affectera sa moyenne et elle est envoyée en salle de permanence, mais je m'en fiche.

Je ne sais pas jouer de la clarinette.

Pour Carrie et Corey, la nouvelle s'est vite répandue. Tous nos amis en parlent, et la plupart d'entre eux se réjouissent. Est-ce parce qu'ils pensent que ces deux-là vont bien ensemble, ou parce que, avec un peu de chance, Carrie va arrêter de leur casser les oreilles à propos de ce type ?

Quand je me retrouve en face de Corey à l'heure du déjeuner, je ne suis pas surpris de découvrir à quel point il a l'air banal. Les gens sont rarement aussi attirants dans la réalité que dans le regard de ceux qui en sont amoureux. Ce qui est, bien sûr, on ne peut plus normal. C'est presque réconfortant de constater que l'affection que l'on éprouve pour autrui définit notre perception aussi bien que n'importe quelle autre influence.

Corey vient dire bonjour, mais il ne reste pas manger avec nous, bien que nous lui ayons gardé une place à notre table. Carrie ne s'en formalise pas ; elle est heureuse qu'il soit passé, qu'elle n'ait donc pas rêvé le tchat d'hier soir, qu'ils aient atteint le stade de la parole… et Dieu sait ce qui arrivera ensuite ? Comme je le soupçonnais, Leslie ne traîne pas avec des lycéennes particulièrement précoces : ces filles rêvent de baisers sur la bouche, pas de sexe. L'aboutissement de leur désir, c'est le contact des lèvres.

Je ressens de nouveau l'envie de m'échapper, de sécher les cours de l'après-midi.

Mais ça ne rimerait à rien, sans elle.

J'ai l'impression de perdre mon temps. Certes, cela a toujours été le cas. Ma vie n'a aucun sens en soi.

Hier, pourtant, elle en avait un.

Hier était un monde à part. Je veux y retourner.

***

Au début de la sixième heure de cours, juste après le déjeuner, une voix dans le haut-parleur convoque mon frère dans le bureau du proviseur.

Je songe d'abord que j'ai dû mal entendre. Mais quand j'aperçois plusieurs élèves de ma classe me regarder – dont Carrie, les yeux emplis de compassion –, je comprends que je n'ai pas fait erreur.

Je ne m'inquiète pas. S'il s'agissait de quelque chose de grave, on nous aurait convoqués tous les deux. Aucun membre de notre famille n'est mort. Notre maison n'est pas partie en fumée. C'est un problème qui concerne Owen, pas moi.

Carrie me fait parvenir un mot : *Qu'est-ce qui se passe ?*

Je me tourne vers elle et je hausse les épaules. Comment pourrais-je le savoir ?

Tout ce que j'espère, c'est qu'il y aura bien quelqu'un pour me reconduire à la maison ce soir.

Fin de la sixième heure. Je rassemble mes livres et je me dirige vers mon cours d'anglais. Au programme, *Beowulf**, alors je suis paré. Ce bouquin, je l'ai étudié un paquet de fois.

Je ne suis plus qu'à quelques mètres de ma salle de classe lorsque quelqu'un m'agrippe le bras.

Je me retourne. C'est Owen.

Il est en sang.

« Chut, me fait-il. Suis-moi.

— Qu'est-ce qui s'est passé ?

— Tais-toi, d'accord ? »

Il ne cesse de lancer des regards autour de lui, comme s'il y avait quelqu'un à ses trousses. Je décide de lui obéir. Après tout, c'est plus excitant que de me coltiner encore une fois *Beowulf*.

---

* Célèbre poème épique anglo-saxon, composé entre le VIIe et le Xe siècle, et dont le ou les auteurs sont inconnus.

Nous nous approchons d'un débarras réservé au personnel d'entretien. Il me fait signe d'entrer.

« Tu plaisantes ?

– *Leslie*. »

Il n'est pas d'humeur à discuter. Je le suis à l'intérieur. J'allume la lumière.

Owen respire bruyamment, mais ne parle pas.

« Dis-moi ce qui s'est passé.

– J'ai bien peur d'avoir des ennuis.

– Sans blague. J'ai entendu qu'on te convoquait chez le proviseur. Pourquoi n'y es-tu pas allé ?

– J'y *suis* allé. Enfin, avant qu'ils ne passent l'annonce. Puis je me suis barré.

– Tu t'es enfui du bureau du proviseur ?

– Ouais. De la salle d'attente. Ils ont dû aller ouvrir mon casier, j'en suis sûr. »

Le sang dégouline d'une coupure au-dessus de son œil.

« Qui t'a frappé ?

– Peu importe. Tais-toi et écoute-moi, OK ?

– J'écoute, mais encore faudrait-il que tu me dises quelque chose ! »

Je n'ai pas l'impression que Leslie ait l'habitude de tenir tête à son grand frère. Mais je m'en fiche. Et de toute façon, il ne prête aucune attention à moi.

« Ils vont téléphoner aux parents, tu comprends ? J'ai besoin que tu confirmes ma version des faits. » Il me tend ses clés de voiture. « Rentre à la maison à la fin des cours et prends la température. Je t'appellerai. »

Par chance, je sais conduire.

« Merci, dit-il sans attendre que je lui réponde.

— Tu comptes retourner chez le proviseur, maintenant ? »

Je ne le saurai pas. Il sort du placard et s'éloigne.

Avant la fin de la journée, Carrie a l'info. Peu importe que ce soit la vérité ou pas, c'est la version qui circule, et elle a hâte de m'en faire bénéficier.

« Pendant la pause déjeuner, Josh Wolf et ton frère se sont battus aux abords du terrain de sport. Il paraît que c'est une histoire de drogue, et certains disent que ton frère est un dealer. Je savais qu'il fumait, mais je n'imaginais pas une seconde qu'il *dealait*. Bref, on les a traînés de force jusqu'au bureau du proviseur, mais Owen s'est enfui. Ça paraît incroyable, non ? C'est ce qu'on a entendu dans les haut-parleurs, ils l'ont sommé de revenir. Mais je ne crois pas qu'il y soit retourné.

— Qui t'a raconté ça ? » je lui demande.

Carrie est complètement surexcitée.

« Corey ! Il n'y était pas, mais certains de ses potes ont assisté à la bagarre. »

Je comprends maintenant que le plus important pour Carrie, c'est de tenir l'info de Corey. Elle n'est pas égoïste au point d'espérer que je la félicite alors que mon frère est dans le pétrin, mais je vois bien ce qui compte à ses yeux.

« Il faut que je rentre chez moi, dis-je.

— Tu veux que je t'accompagne ? propose Carrie. Il vaut peut-être mieux que tu ne sois pas toute seule pour affronter tes parents. »

L'espace d'un instant, je suis tenté d'accepter. Puis je l'imagine racontant la scène à Corey par le menu, et même si c'est sans doute injuste de ma part, c'est assez pour me convaincre que sa présence n'est pas souhaitable.

« Ça va aller. Au pire, j'aurai l'air d'être leur gentille petite fille, à côté d'Owen. »

Carrie s'esclaffe, davantage pour me signifier son soutien que parce que c'est vraiment drôle.

« Passe le bonjour à Corey de ma part », j'ajoute en fermant mon casier.

Elle rit de nouveau. De bonheur, cette fois-ci.

***

« Où est ton frère ? »

Je n'ai pas encore franchi le seuil de la cuisine que l'interrogatoire commence.

La mère, le père et la grand-mère de Leslie sont là, et je n'ai pas besoin d'accéder à sa mémoire pour comprendre que c'est un cas de figure quasi exceptionnel à trois heures de l'après-midi.

« Je n'en sais rien. » Je suis content qu'il ne m'ait rien dit ; au moins, je n'ai pas à mentir.

« Comment ça, tu n'en sais rien ? » demande mon père.

Dans cette famille, c'est lui l'inquisiteur en chef.

« Non, je n'en sais rien. Il m'a donné les clés de la voiture, mais il n'a pas voulu me dire ce qui se passait.

— Et tu l'as laissé partir ?

— Je n'ai pas vu de policiers à ses trousses », dis-je, avant de me demander si, pour le coup, la police n'est pas réellement à sa recherche désormais.

Ma grand-mère émet un petit grognement plein de mépris.

« Tu prends toujours sa défense, s'exclame mon père. Mais à présent, c'est fini. Tu vas tout nous raconter, et tout de suite. »

Sans s'en rendre compte, il vient de me rendre un sacré service. Je sais désormais que Leslie est toujours du côté d'Owen. Mon intuition était bonne. Je persiste :

« Vous en savez sûrement plus que moi.

— Pourquoi est-ce que ton frère s'est battu avec Josh Wolf ? », demande ma mère. Sa perplexité semble tout à fait sincère. « Ce sont d'excellents amis ! »

L'image qui me vient de Josh Wolf est celle d'un garçon de dix ans, ce qui me pousse à croire qu'à une époque, Owen et lui *étaient* probablement de bons amis.

« Assieds-toi », m'ordonne mon père en désignant une chaise à la table de la cuisine.

Je m'assieds.

« Maintenant, dis-nous où il est.

— Sincèrement, je ne sais pas.

— Elle dit la vérité, intervient ma mère. Je le vois toujours quand elle ment. »

J'ai beau ne jamais toucher à la drogue — ma situation nécessite que je sois toujours en pleine possession de mes moyens —, j'avoue que je commence à comprendre pourquoi Owen a besoin de planer de temps en temps.

« Très bien, dans ce cas, réponds au moins à cette question, poursuit mon père : est-ce que ton frère est un dealer ? »

Très bonne question. Instinctivement, je dirais non. Mais j'y verrais plus clair si je savais ce qui s'est vraiment passé entre Owen et Josh Wolf sur ce terrain de sport. Alors je ne réponds pas. Je me contente de regarder dans le vide.

« D'après Josh, la drogue qu'on a trouvée dans sa veste lui a été vendue par ton frère, insiste mon père. Est-ce vrai ou non ?

— Ils ont trouvé de la drogue sur Owen ?

— Non, répond ma mère.

— Et dans son casier ? Ils ont fouillé son casier, n'est-ce pas ? »

Ma mère secoue la tête.

« Et dans sa chambre ? Vous en avez trouvé, dans sa chambre ? »

Ma mère a sincèrement l'air étonnée.

« Je sais que vous avez fouillé sa chambre, dis-je.

— Nous n'avons rien trouvé, répond mon père. Pour l'instant. Mais nous allons aussi regarder dans cette voiture. Si tu veux bien me donner les clés… »

J'espère qu'Owen a eu l'intelligence de faire le ménage. Quoi qu'il en soit, cela n'est plus de mon ressort. Je tends les clés à mon père.

J'ai du mal à y croire : ils ont aussi fouillé ma chambre.

« Je suis désolée », dit ma mère, sur le pas de la porte. Elle a les larmes aux yeux. « Il a pensé que ton frère l'avait peut-être cachée là. À ton insu.

— Ce n'est pas grave, dis-je surtout pour qu'elle me laisse seule. Je vais ranger. »

Mais je n'ai pas été assez rapide. Au même instant, mon téléphone sonne. Je le tiens de façon à ce que ma mère ne puisse pas voir le nom d'Owen s'afficher sur l'écran.

« Salut, Carrie », dis-je.

Mon frère a l'intelligence de se mettre à chuchoter.

« Ils sont en colère ? »

J'ai envie d'exploser de rire.

« À ton avis ?

— Merde.

— Ils ont mis sa chambre sens dessus dessous, sans succès. Et là, mon père fouille sa voiture !

— Ne lui raconte pas des trucs pareils ! s'indigne ma mère. Coupe ce téléphone.

— Désolée – je suis avec ma mère, et ça ne lui plaît pas que je parle de ça avec toi. T'es où ? Chez toi ? Je peux te rappeler plus tard ?

— Je ne sais pas quoi faire.

— Ouais, va bien falloir qu'il rentre à la maison à un moment ou à un autre…

— Écoute… Retrouve-moi sur l'aire de jeu dans une demi-heure, d'accord ?

— Faut vraiment que je raccroche. Mais OK, ça marche. »

Je coupe mon téléphone. Ma mère me regarde avec insistance.

« Ce n'est pas à moi qu'il faut s'en prendre ! » je lui rappelle.

La pauvre Leslie va devoir ranger sa chambre elle-même demain matin. Je ne sais pas où vont ses affaires, et cela me demanderait trop de temps d'accéder à ces informations dans sa mémoire. Ma priorité est d'identifier l'aire de jeu dont m'a parlé Owen. Il y en a une à côté de l'école primaire, à quatre rues de la maison. Je suppose que c'est de celle-là qu'il s'agit.

Pas facile de sortir discrètement. J'attends que tout ce petit monde retourne dans la chambre d'Owen et la mette de nouveau à sac, puis je m'éclipse par la porte de derrière. C'est une manœuvre risquée – dès qu'ils se seront aperçus de mon absence, leur sang ne va faire qu'un tour. Mais pour peu que je ramène mon frère, ils n'y penseront plus.

Je sais que je devrais rester concentré sur cette situation de crise, mais je ne peux m'empêcher de penser à Rhiannon. Pour elle aussi, les cours sont terminés à cette heure-ci. Est-elle avec Justin en ce moment même ? Si oui, la traite-t-il bien ? La journée d'hier a-t-elle changé quoi que ce soit ?

Je l'espère, tout en sachant qu'il ne faut pas compter là-dessus.

Pas de trace d'Owen, alors je grimpe sur une balançoire et j'attends, les pieds dans le vide. Je finis par le voir arriver ; il longe le trottoir, se dirige vers moi.

« Tu choisis toujours cette balançoire-là, dit-il en s'asseyant sur celle d'à côté.

– Vraiment ?

– Oui. »

J'attends la suite. Rien ne vient.

« Owen… qu'est-ce qui s'est passé ? »

Il secoue la tête. Ne veut rien me dire.

Je cesse de me balancer et me plante devant lui.

« C'est complètement idiot. Tu as cinq secondes pour me dire ce qui est arrivé, sans quoi je rentre à la maison, et ne compte pas sur mon aide pour la suite. »

Owen semble surpris.

« Qu'est-ce que tu veux que je te dise ? C'est Josh Wolf qui me fournit en herbe. Tout à l'heure, on s'est disputés parce que je lui devais soi-disant de l'argent, ce qui est faux. Il a commencé à me bousculer, mais je ne me suis pas laissé faire, et nous nous sommes fait choper. Il avait la drogue sur lui, et il a donc raconté que je venais de la lui vendre. Sans ciller. J'ai expliqué qu'il mentait, mais vu qu'il est le premier de la classe dans un tas de matières, ils vont croire qui, à ton avis ? »

Il semble avoir réussi à se convaincre que c'est la vérité. Est-ce bien le cas ? Difficile à dire.

« Il faut que tu rentres à la maison, lui dis-je. Papa a retourné ta chambre, mais pour l'instant, ils n'ont rien trouvé de compromettant. Il n'y avait rien non plus dans ton casier, ni dans ta voiture, je pense, sinon ils seraient venus m'en parler. Je crois que tu peux encore t'en sortir en limitant la casse.

– C'est ce que je te répète, j'en ai pas, moi, de la came. J'ai fumé ce qui me restait d'herbe ce matin. C'est pour ça que j'avais besoin de voir Josh.

– Ton ex-meilleur ami.

– De quoi tu parles ? Je ne traîne plus avec lui depuis que j'ai huit ans. »

J'ai comme l'impression qu'Owen n'a pas eu d'autre meilleur ami par la suite.

« Allez, rentrons, lui dis-je. C'est pas la fin du monde.

– Peut-être pas pour toi. »

Je ne m'attends pas à ce que notre père frappe Owen. Pourtant, à peine avons-nous mis un pied dans la maison qu'il lui balance une gifle.

Apparemment, je suis la seule que ça dérange.

« Qu'est-ce que tu as fait ? hurle mon père. Qu'est-ce que tu as encore fait comme connerie ? »

Ma mère et moi, nous nous interposons, tandis que ma grand-mère reste sur le côté, spectatrice plutôt satisfaite.

« J'ai rien fait ! proteste Owen.

– Et c'est pour ça que tu t'es enfui ? Pour ça que tu as été renvoyé ? Parce que t'as rien fait ?

– Ils ne le renverront pas tant qu'ils n'auront pas entendu sa version des faits », fais-je remarquer, faisant preuve d'une bonne dose d'optimisme.

« Reste en dehors de ça ! crie mon père.

— Et si on s'asseyait pour en parler calmement ? » intervient ma mère.

La colère qui émane de mon père fait monter la température autour de nous. J'ai l'impression de disparaître à l'arrière-plan, et j'imagine que cela arrive souvent à Leslie lorsqu'elle est en famille.

Des moments pareils suscitent toujours chez moi la nostalgie des premiers instants après le réveil, quand j'ignore encore quelles horreurs va me réserver la journée.

Nous finissons cependant par nous installer au salon. Owen et moi nous asseyons dans le canapé, notre mère dans un fauteuil, tandis que notre père fait les cent pas autour de nous et que notre grand-mère demeure sur le seuil de la porte, telle une sentinelle.

« Alors comme ça, tu deales ! hurle notre père.

— Bien sûr que non, dit Owen. Si c'était le cas, j'aurais beaucoup plus d'argent. Et j'aurais un stock sur lequel vous auriez mis la main ! »

Je pense qu'il ferait mieux de se taire. J'interviens :

« C'est Josh Wolf le dealer. Pas Owen.

— Qu'est-ce que tu veux dire ? Que ton frère lui achète de la drogue ? C'est ça ? »

Finalement, peut-être que moi aussi, je ferais mieux de me taire.

« On ne s'est pas battus pour une histoire de drogue, dit Owen. Ils en ont juste trouvé sur lui après coup, mais ça n'a rien à voir avec moi.

– Alors pourquoi vous êtes-vous battus ? demande ma mère, comme s'il était sidérant que deux amis d'enfance en viennent aux mains.

– À cause d'une fille, dit Owen. C'est une histoire de fille. »

Je me demande si mon frère improvise, ou s'il a préparé ce bobard longtemps à l'avance. Quoi qu'il en soit, il n'aurait rien pu trouver de mieux pour rendre nos parents heureux. *Heureux*, c'est peut-être un peu exagéré, mais en tout cas, ça a l'air de leur convenir. Ils ne veulent pas que leur fils vende de la drogue, ni qu'il en achète, ils ne veulent pas non plus qu'il tyrannise d'autres élèves, ni qu'il se fasse tyranniser. Mais qu'il se batte pour une nana ? Parfaitement acceptable. D'autant plus que, à mon avis, il ne leur a jamais mentionné l'existence de la moindre fille auparavant.

Owen se rend tout de suite compte qu'il a joué la bonne carte et continue :

« Et si elle l'apprend… Il ne faut surtout pas qu'elle l'apprenne. Je sais que certaines filles sont folles des garçons qui se battent pour elles, mais ce n'est vraiment pas son genre. »

Notre mère approuve d'un hochement de tête.

« Elle s'appelle comment ? demande notre père.

— Il faut vraiment que je vous le dise ?

— Oui.

— Natasha. Natasha Lee. »

Ouah, il en a même fait une Chinoise. Bluffant.

« Tu la connais, cette fille ? me demande notre père.

— Oui. Elle est super. » Puis, me tournant vers Owen, je lui tombe gentiment dessus : « Mais Roméo ici présent ne m'avait jamais avoué qu'il en pinçait pour elle. Même si, maintenant que j'y pense, cela explique son comportement étrange ces derniers temps. »

Maman hoche de nouveau la tête. « C'est vrai. »

Ses yeux injectés de sang, ai-je envie de leur dire. *Tous ces paquets de chips qu'il s'enfile. Son regard perdu dans le vide. L'amour, forcément – qu'est-ce que ça peut être d'autre ?*

Ce qui risquait de devenir un massacre se transforme en conseil de guerre. Nos parents réfléchissent à la meilleure stratégie à adopter face au proviseur. Que lui avouer ? Que lui cacher ? Comment expliquer qu'Owen se soit enfui ? J'espère pour mon frère que Natasha Lee est bel et bien une élève du lycée, qu'elle l'intéresse ou non. Le nom m'est familier, et pourtant je ne retrouve aucun souvenir d'elle.

À présent que notre père entrevoit le moyen de sauver l'honneur de la famille, il se calme à vitesse grand V. La punition d'Owen se résume à aller remettre sa chambre en ordre avant le dîner. Je ne crois pas que j'aurais eu droit à autant de clémence si j'avais frappé une fille à cause d'un garçon.

Je suis Owen jusqu'à l'étage. Une fois tranquilles dans sa chambre, porte fermée, parents à bonne distance, je lui dis :

« Bravo, c'était presque brillant. »

Il me lance un regard irrité.

« Je ne sais pas de quoi tu parles. Sors d'ici. »

Voilà pourquoi je préfère être enfant unique.

Je sens bien que Leslie n'insisterait pas. Je ne devrais donc pas insister. C'est la règle que je me suis fixée : Ne perturbe pas la vie de celui qui t'accueille. Dans la mesure du possible, laisse-la derrière toi comme tu l'as trouvée.

Mais je suis en colère. J'ai envie de prendre quelques libertés. Assez arbitrairement, je décide que c'est ce que Rhiannon voudrait que je fasse. Bien qu'elle ne connaisse ni Owen, ni Leslie. Ni moi, en fait.

« Écoute, espèce de junkie à la con. Tu vas être un peu plus gentil avec moi, OK ? Pas seulement parce que je t'ai couvert, mais aussi parce que je suis la seule personne au monde à avoir quelques égards pour toi. Tu comprends ce que je te dis ? »

Stupéfait, et peut-être un peu contrit, Owen marmonne qu'il a compris.

« Bien. » Sur quoi je balaie une étagère du bras, envoyant plusieurs objets par terre. « Dans ce cas, bon ménage ! »

Au dîner, personne ne dit mot.
À mon avis, cela n'a rien d'exceptionnel.

J'attends que tout le monde dorme pour m'installer à l'ordinateur. Je récupère l'adresse e-mail et le mot de passe de Justin sur mon propre compte, et j'accède ensuite au sien.

Il y a un message de Rhiannon, envoyé à 22 h 11.

J –

Je ne comprends pas. Est-ce que j'ai fait quelque chose de mal ? Hier, nous avons passé une journée merveilleuse, mais aujourd'hui, tu es de nouveau en colère contre moi. Si j'ai fait quoi que ce soit qui t'a déplu, s'il te plaît, dis-le-moi, et je ferai en sorte que ça n'arrive plus. Je veux qu'on soit heureux ensemble, que toutes nos journées puissent être belles, qu'on ne se quitte pas comme ce soir.

De tout mon cœur,

r

J'ai la tête qui tourne. J'ai envie de cliquer sur « répondre », de la rassurer, de lui dire que tout va s'arranger – mais je ne le peux pas. *Tu n'es plus Justin. Ce n'est plus ton histoire.*

Mon Dieu, qu'est-ce que j'ai fait ?

J'entends Owen aller et venir dans sa chambre. Est-il en train de dissimuler des preuves compromettantes ? Ou est-ce l'angoisse qui l'empêche de dormir ?

Je me demande s'il s'en sortira demain.

Je n'aurai aucun moyen de le savoir.

Je veux retourner auprès d'elle. Revivre la journée d'hier.

5996ᵉ jour

Je n'ai droit qu'à demain.

En m'enfonçant dans le sommeil, j'ai entrevu une faible lueur d'espoir. Au réveil, je découvre que celle-ci s'est éteinte.

Aujourd'hui, je suis un garçon. Skylar Smith. Footballeur, mais pas des plus talentueux. Ma chambre est en ordre, mais pas impeccable. J'ai une console de jeux. Je suis prêt à me lever. Mes parents dorment encore.

Skylar habite dans une ville située à quatre heures de route de celle de Rhiannon.

Ça fait beaucoup trop loin.

C'est une journée sans histoires, comme la plupart d'entre elles. Le seul suspense est de savoir si je pourrai accéder suffisamment rapidement aux informations dont j'ai besoin.

L'entraînement de foot reste le plus difficile. L'entraîneur crie nos noms, et je dois retrouver à la vitesse de l'éclair qui est qui parmi mes partenaires. Aujourd'hui, Skylar ne se distingue pas spécialement par ses performances, mais au moins, il ne se ridiculise pas.

Je suis désormais familier de presque tous les sports, mais j'ai aussi appris à connaître mes limites — à onze ans, et de la manière la plus dure qui soit. Je me suis en effet réveillé un jour dans le corps d'un gamin qui passait des vacances à la neige. Chouette, m'étais-je dit, moi qui ai toujours voulu monter sur des skis ! Je comptais apprendre sur le tas, pensant que cela ne pouvait pas être bien sorcier.

Le gamin venait d'obtenir son flocon, et j'ignorais à l'époque que cela signifiait qu'il n'était encore qu'un débutant. Pour moi, le ski, c'était comme la luge, peu importait que la piste soit verte ou noire.

Grâce à cette brillante pensée, mon hôte s'est retrouvé avec une triple fracture de la jambe.

La douleur était terrible. Au point que j'avais peine à me dire que, le lendemain, en me réveillant dans un nouveau corps, je ne la ressentirais plus. Pour finir, ce que j'ai éprouvé le jour suivant était tout aussi violent : une culpabilité écrasante, terrifiante. À cause de moi, un inconnu était allongé dans un lit d'hôpital — exactement comme si je lui avais roulé dessus en voiture.

Et s'il n'avait pas survécu… serais-je mort, moi aussi ? Je ne le saurai jamais. Mais peu importe, d'une certaine façon. Si je m'en étais sorti et que le lendemain je m'étais réveillé ailleurs, porter la responsabilité de ce décès m'aurait détruit.

Depuis, je suis prudent. Le foot, le base-ball, le hockey sur gazon, le football américain, le softball, le basket, la natation, l'athlétisme – j'en fais mon affaire. Mais il m'est aussi arrivé de me réveiller dans le corps d'un joueur de hockey sur glace, d'un escrimeur, d'un cavalier de concours hippique et, un jour, d'un gymnaste.

Et je déclare alors forfait.

S'il y a bien un domaine dans lequel je suis bon, c'est celui des jeux vidéo. Comme la télé et Internet, ils sont partout. Où que je sois, j'y ai presque toujours accès, et ils m'aident à me détendre.

Après l'entraînement, les amis de Skylar passent le voir pour jouer à *World of Warcraft*. Nous parlons du lycée, des filles (à l'exception de mes potes Chris et David, qui parlent de gar-çons). J'ai découvert qu'il s'agit là sans doute de la meilleure façon de perdre du temps – bavar-der avec ses amis, de choses anodines ou par-fois importantes, tout en grignotant devant un écran –, car, au fond, il n'est pas vraiment perdu.

Ce serait presque agréable, si seulement je pouvais ne plus penser à cet ailleurs où je vou-drais être.

5997e jour

Les circonstances de mon réveil du lendemain sont si parfaites que c'en est presque étrange.

Je me réveille tôt – à six heures du matin.

Dans la peau d'une fille.

Une fille qui a le permis. Et une voiture.

À seulement une heure de route de chez Rhiannon.

Une demi-heure après mon réveil, alors que je m'éloigne de sa maison, je présente mes excuses à Amy Tran. À n'en pas douter, je suis en train de me rendre coupable d'une forme peu commune de kidnapping.

Quelque part, cependant, je soupçonne que cela ne la dérangerait pas. En m'habillant ce matin, j'ai constaté que j'avais le choix entre du noir, du noir ou… du noir. Pas dans le genre « gothique » – pas de gants en dentelle, par exemple –, mais plutôt rock. La compilation qui traîne dans l'autoradio enchaîne Janis Joplin et

Brian Eno, et bizarrement, ça fonctionne plutôt bien.

Je ne peux pas compter sur la mémoire d'Amy – elle n'est jamais allée là où je l'emmène. Après ma douche, j'ai donc fait une recherche d'itinéraire sur Google, en introduisant l'adresse du lycée de Rhiannon. Je l'ai imprimé, puis j'ai effacé l'historique du navigateur.

Effacer les historiques, c'est presque devenu ma spécialité.

Je sais que je ne devrais pas y aller. Je sais que je rouvre une plaie au lieu de la laisser cicatriser. Je sais qu'il n'y a pas d'avenir possible entre Rhiannon et moi.

Tout ce que je suis en train de faire, c'est prolonger le passé d'une journée encore.

Les gens normaux n'ont pas besoin de choisir ce qui vaut la peine d'être conservé en mémoire. Pour eux, il existe d'office une hiérarchie, des personnages qui reviennent, des choses qui se répètent, des événements que l'on peut prévoir, une longue histoire sur laquelle s'appuyer. En ce qui me concerne, je dois décider de l'importance de chaque souvenir. Je ne garde en tête que quelques personnes, et pour que cela soit possible, il me faut m'accrocher à elles, car la seule répétition à laquelle j'ai droit – la seule façon que j'ai de les revoir — consiste à les faire revivre par le biais de mon imagination.

Je choisis mes souvenirs, je choisis Rhiannon. Je la fais apparaître encore et encore, car si je la laisse filer ne serait-ce qu'un instant, elle risque de disparaître à jamais.

L'autoradio diffuse la chanson que nous avons écoutée dans la voiture de Justin :

And if I only could, I'd make a deal with God...

J'ai l'impression que l'univers essaie de me dire quelque chose. Et peu importe que ce soit vrai ou non. Ce qui compte, c'est que je le ressente, que je le croie.

Je sens monter en moi cette chose qui me dépasse : l'infini.

L'univers vibre en harmonie avec cette chanson.

***

J'essaie de conserver aussi peu de souvenirs anodins que possible. Certains faits, certains chiffres, oui, bien sûr. Certains livres que j'ai lus, certaines informations importantes. Les règles du football, par exemple. L'intrigue de *Roméo et Juliette*. Le numéro de téléphone des urgences. Tout ça, je le garde en mémoire.

En revanche, les gens accumulent des milliers de souvenirs ordinaires — l'endroit où ils rangent leurs clés, la date d'anniversaire de leur

mère, le nom de leur premier animal de compagnie, la combinaison du verrou de leur casier,
l'emplacement du tiroir à couverts, le numéro
du canal de MTV, le nom de famille de leur
meilleur ami – qui ne me serviraient à rien.

Au fil du temps, mon esprit s'est habitué à
effacer automatiquement toutes ces informations à mon réveil.

Voilà pourquoi il est remarquable – mais pas
franchement surprenant – que je sache exactement où se trouve le casier de Rhiannon.

J'ai préparé une excuse afin de me couvrir, au
cas où : si quelqu'un me demande ce que je fais
là, j'expliquerai que je suis venu visiter le lycée car
ma famille songe à emménager dans les environs.

Je ne me rappelle plus si les places de parking
sont attribuées, et je décide donc de me garer
loin des bâtiments. Puis je me lance et rentre
dans l'établissement. Dans les couloirs, je ne
suis qu'une fille parmi d'autres – les élèves de
seconde penseront que je suis en terminale,
ceux de terminale que je suis en seconde.
J'ai pris avec moi le sac de classe d'Amy, noir,
décoré avec des personnages de mangas japonais, rempli de livres qui ne servent à rien ici.
J'ai l'air de savoir où je vais. C'est le cas.

Si l'univers est vraiment dans le coup, et veut
que ça réussisse, eh bien, elle sera là, devant
son casier.

Voilà ce que je me dis. Et miracle, elle y est. À quelques pas de moi.

Parfois, la mémoire vous joue des tours. Parfois, la beauté est plus belle maintenue à distance. Mais, même de là où je me trouve, à dix mètres, je peux affirmer que Rhiannon, la vraie, va surpasser le souvenir que j'ai d'elle.

Plus que huit mètres.

Même dans ce couloir bondé, quelque chose en elle rayonne jusqu'à moi.

Quatre mètres.

Je le sens – elle se prépare à affronter une journée difficile.

Deux mètres.

Je me tiens là, tout près, et elle ne sait absolument pas qui je suis. Je me tiens là et je vois que la tristesse est revenue. Et ce n'est pas une tristesse belle à voir – que la tristesse puisse être belle n'est qu'un mythe. Un visage triste est un visage terreux, et non un visage de porcelaine. Rhiannon a mal.

« Salut », dis-je d'une voix grêle. Une fille timide, loin de chez elle.

Rhiannon met un certain temps avant de se rendre compte que c'est à elle que je m'adresse. Puis elle me répond :

« Salut. »

De façon instinctive, la plupart des gens se montrent secs envers les inconnus. Ils considèrent chaque approche comme une agression, chaque question comme une interruption. Pas Rhiannon. Elle ne sait pas qui je suis, mais elle n'est pas pour autant mal disposée à mon égard. Elle n'imagine pas tout de suite le pire.

« Je le confirme, je m'empresse de lui dire, on ne se connaît pas mais… C'est ma première fois ici. Je visite le lycée. En passant, j'ai remarqué ta jupe et ton sac, très chouettes, et j'ai décidé de me lancer. En fait, pour être honnête, je me sens un peu seule à l'heure qu'il est. »

Là encore, la plupart des gens seraient effrayés d'entendre ça. Mais pas Rhiannon. Elle me tend la main, se présente, me demande pourquoi personne de l'établissement n'a pris la peine de m'accompagner.

« Je ne sais pas.

— Dans ce cas, je ferais mieux de te conduire au secrétariat. Ils trouveront bien une solution.

— Non ! » je lâche, cédant à la panique. Après quoi je tente de me trouver une excuse pour passer encore un peu de temps avec elle. « C'est que… pour tout te dire, je ne suis pas censée être là. Mes parents ne sont pas au courant. Ils m'ont annoncé qu'on allait déménager dans le coin, et j'ai voulu venir faire un tour… pour voir s'il y avait de quoi s'inquiéter ou pas. »

Rhiannon hoche la tête.

« OK, j'ai compris. Tu as séché pour aller visiter un autre bahut ?

— Exactement.

80

« – Tu es en quelle classe ?

– En première.

– Moi aussi. Je te propose qu'on essaie un truc. Tu veux m'accompagner en cours ?

– Ce serait génial. »

Je sais qu'elle fait ça par pure gentillesse mais, même si c'est complètement irrationnel de ma part, je ne peux m'empêcher de penser que c'est peut-être aussi parce qu'elle me reconnaît. Je voudrais qu'elle puisse voir au travers de ce corps, qu'elle puisse me voir moi, à l'intérieur, et savoir que je suis la personne avec laquelle elle a passé cet après-midi à la plage.

Je la suis. En chemin, elle me présente quelques-uns de ses amis, et c'est un soulagement de les rencontrer, tous autant qu'ils sont ; c'est un soulagement d'apprendre qu'il n'y a pas que Justin dans sa vie. La façon qu'elle a de m'inclure, de prendre sous son aile cette parfaite inconnue et de lui faire partager son univers, me la rend encore plus précieuse. C'est une chose de se montrer douce lorsqu'on est seule avec son petit ami ; c'en est une autre de faire preuve d'une sollicitude aussi sincère à l'égard d'une fille que l'on connaît à peine. Rhiannon n'est pas seulement gentille. Elle est généreuse. Ce qui en dit long sur sa personnalité. La gentillesse peut parfois se limiter à l'image que l'on souhaite donner de soi. La générosité est beaucoup plus profonde : c'est une marque de caractère.

Justin fait sa première apparition entre la deuxième et la troisième heure de cours. Nous le croisons dans le couloir, et il prête à peine attention à Rhiannon, et pas du tout à moi. Il ne s'arrête même pas, se contentant de hocher la tête. Elle en souffre, je le vois bien, mais elle ne m'en dit pas un mot pour autant.

Le temps que nous en arrivions au dernier cours de la matinée – maths –, cette journée s'est muée en exquise séance de torture. Je suis à ses côtés, et je ne peux rien faire. Tandis que la prof nous abreuve de ses théorèmes, je dois garder le silence. Je lui fais passer un petit message, une bonne excuse pour lui toucher l'épaule, et pour qu'elle lise quelques mots de ma main. Mais ils sont insignifiants. Ce sont les mots d'une invitée, d'une étrangère.

J'aimerais savoir si je l'ai changée d'une quelconque façon. Si le jour passé en ma compagnie a eu un effet sur elle, même provisoire.

Je voudrais qu'elle me voie, même si je sais que c'est impossible.

***

Au déjeuner, il se joint à nous.

Aussi étrange que cela soit de revoir Rhiannon, et de me rendre compte que mon souvenir d'elle n'était pas à la hauteur, c'est encore plus bizarre de me retrouver assis en face de l'abruti dont j'occupais le corps il y a trois jours à peine. On ne peut pas comparer ça au fait de se regarder dans un miroir, l'effet est bien plus fort. Justin est à la fois plus beau et plus laid que je ne me l'imaginais. Ses traits sont plutôt séduisants, mais la manière dont il les anime ne l'est pas. Il arbore le petit air arrogant de quelqu'un qui souffre d'un bon gros complexe d'infériorité. Dans ses yeux, on perçoit une colère diffuse. Si sa manière de se tenir a quelque chose de provocant, c'est parce qu'il est sur la défensive.

L'autre jour, à cause de moi, il devait paraître méconnaissable.

Rhiannon lui explique qui je suis et les circonstances de ma présence ici. Il ne cache pas qu'il s'en fiche complètement, précisant aussitôt qu'il a oublié son portefeuille chez lui. C'est donc elle qui paie pour son repas. Il la remercie, et cela me déçoit presque. Car je suis sûr qu'elle attachera beaucoup d'importance à ce pauvre petit « merci ».

Je suis curieux de savoir ce que Justin a gardé en mémoire des événements d'il y a trois jours.

« On est à quelle distance de l'océan ? je demande à Rhiannon.

— C'est drôle que tu poses cette question, dit-elle. On était justement à la plage au début de la semaine. Cela nous a pris une heure environ. »

Je guette une réaction sur le visage de Justin, mais il se contente de manger.

« C'était sympa ? » je lui demande.

C'est elle qui répond :

« Plus que ça. »

Lui demeure silencieux.

J'essaie de nouveau :

« C'est toi qui as conduit, Justin ? »

Ce dernier me regarde comme si je posais des questions vraiment idiotes, ce qui est probablement le cas.

« Oui, j'ai conduit. »

Il n'en dira pas plus.

« On a passé un moment formidable », ajoute Rhiannon.

Et cela la rend heureuse – ce souvenir a encore le pouvoir de la rendre heureuse. Ce qui ne fait que m'attrister un peu plus.

Je n'aurais pas dû venir ici. Je n'aurais pas dû jouer ce jeu. Il faut que je parte maintenant.

Mais je n'y arrive pas. Je suis auprès d'elle, et j'essaie de me dire que c'est ça qui compte.

Je continue de tenir mon rôle.

Je n'ai pas envie de l'aimer. Je ne veux pas être amoureux d'elle.

La constance de l'amour n'étonne pas plus les gens que celle de leur propre corps. Ils n'ont pas conscience du fait que le plus beau dans cet amour, c'est sa présence dans la durée. Quand l'amour dure, il sert de fondation à votre vie. Privée de sa présence quotidienne, celle-ci repose sur des bases beaucoup plus fragiles.

Elle est assise juste à côté de moi. J'ai envie de caresser son bras du bout de mon doigt. J'ai envie de l'embrasser dans le cou. J'ai envie de lui chuchoter la vérité à l'oreille.

Mais, au lieu de ça, je la regarde conjuguer des verbes. J'entends résonner dans l'air des bribes hachées de phrases en langue étrangère. J'essaie d'ébaucher son profil dans mon cahier, mais je ne suis pas un artiste, et ni les lignes ni les formes ne correspondent. Je n'arrive pas à reproduire le moindre détail de Rhiannon.

***

La sonnerie marquant la fin des cours retentit. Elle me demande où je suis garé, et je sais que ça y est, c'est fini. Elle me note son adresse e-mail sur un bout de papier. Voici venu le temps des adieux. Si ça se trouve, à l'heure qu'il est, les parents d'Amy Tran ont déjà appelé la police. Si ça se trouve, des recherches ont été lancées, à une heure d'ici. C'est cruel de ma part, mais je m'en fiche. Je veux que Rhiannon me propose d'aller au cinéma, qu'elle m'invite chez elle, qu'elle me demande de l'accompagner à la plage. C'est alors que Justin apparaît. Il attend, montrant des signes d'impatience. Je ne sais pas ce qu'est leur programme, mais j'ai un mauvais pressentiment. Je me dis que s'il se montre si insistant, c'est qu'il s'agit de sexe.

« Tu m'accompagnes jusqu'à ma voiture ? » je demande à Rhiannon.

Elle se tourne vers Justin pour avoir son aval.

« Je vais chercher ma caisse », dit-il.

Je viens de gagner un peu de temps avec elle : celui qu'il nous faudra pour traverser le parking. Je sais que j'ai besoin d'obtenir quelque chose de sa part, mais quoi ?

« Dis-moi quelque chose que personne ne sait de toi. »

Rhiannon me regarde de façon bizarre.

« Quoi ?

— Je demande toujours ça aux gens — de me dire quelque chose à leur sujet que personne ne sait. Pas besoin que ce soit important, ça peut être un tout petit truc. »

Une fois qu'elle a saisi, le défi semble lui plaire, et moi, c'est sa réaction qui me plaît.

« OK. Quand j'avais dix ans, j'ai tenté de me percer l'oreille avec une aiguille. Je l'ai enfoncée à moitié, puis je me suis évanouie. Il n'y avait personne à la maison, et je suis restée comme ça jusqu'à ce que je me réveille, l'aiguille encore dans l'oreille, du sang plein mon T-shirt. J'ai retiré l'aiguille, après quoi j'ai fait un peu de toilette, et je n'ai jamais réessayé. Ce n'est qu'à quatorze ans que je me suis fait percer les oreilles pour de bon, avec ma mère, au centre commercial. Elle ne se doutait de rien. À ton tour, maintenant. »

J'ai le choix parmi tant de vies, même si j'en ai oublié la plupart.

J'ignore aussi si les oreilles d'Amy Tran sont percées ou non, alors autant choisir un sujet complètement différent.

« Quand j'avais huit ans, j'ai volé à ma sœur son exemplaire de *Pour toujours* de Judy Blume. Je pensais que si ce bouquin avait été écrit par l'auteur du *Roi des casse-pieds*, il devait forcément avoir de l'intérêt. En tout cas, j'ai vite compris pourquoi elle le gardait sous son lit. Je ne suis pas sûre d'avoir tout compris, mais cela me paraissait injuste que le garçon du roman nomme son, euh, son organe, et pas la fille. Alors j'ai décidé de donner un nom au mien. »

Rhiannon se met à rire.

« Comment tu l'as appelé ?

— *Helena*. Le soir, au dîner, j'ai même fait les présentations avec toute la famille. C'était quelque chose. »

Nous voilà devant ma voiture. Rhiannon ne sait pas que c'est la mienne, mais vu que c'est la dernière sur le parking, nous ne pouvons aller plus loin.

« J'ai été vraiment ravie de faire ta connaissance, dit-elle. Avec un peu de chance, je te reverrai l'année prochaine.

— Oui. Moi aussi, j'ai été ravie. »

Je la remercie d'au moins cinq façons différentes. Puis la voiture de Justin s'approche : il klaxonne.

Notre temps est écoulé.

Les parents d'Amy Tran n'ont pas appelé la police. Ils ne sont même pas encore rentrés. J'écoute le répondeur : pas de message du lycée.

Un coup de chance. Le seul de la journée.

5998e jour

Le lendemain matin, à la seconde où je me réveille, je sens que quelque chose ne tourne pas rond. Quelque chose de chimique.

Ce n'est même plus vraiment le matin. Ce corps-là a dormi jusqu'à midi. Parce qu'il s'est couché tard, et qu'il a passé la soirée à planer. Et il veut recommencer. Il en a besoin, là, tout de suite.

J'ai déjà occupé le corps de gros fumeurs de haschich. Je me suis déjà réveillé encore ivre d'une cuite prise la veille. Mais là, c'est pire. Bien pire.

Il n'y aura pas de lycée pour moi aujourd'hui. Il n'y aura pas de parents pour me réveiller. Je suis seul, dans une pièce dégoûtante, étendu sur un matelas souillé, avec une couverture qu'on dirait volée à un enfant. J'entends des gens hurler dans d'autres pièces de la maison.

Vient un moment où le corps prend le contrôle de la vie. Vient un moment où les pulsions et besoins du corps font la loi. Sans vous en rendre compte, vous lui avez donné la clé. Et à partir de là, c'est lui qui commande. Lorsqu'on bidouille trop avec la mécanique, la mécanique finit par vous dicter votre conduite.

Je n'en avais eu qu'un avant-goût auparavant. À présent, j'en fais l'expérience de plein fouet. Immédiatement, mon esprit cherche à lutter contre le corps. Pas facile. Je ne ressens aucune forme de plaisir. Je dois m'accrocher au souvenir du plaisir. Je me répète que je ne suis ici que pour une seule journée, qu'il faut que je tienne le coup.

J'essaie de me rendormir, mais c'est hors de question. Le corps est réveillé, et il sait ce qu'il veut.

Je sens bien ce que je dois faire, même si je ne comprends pas exactement ce qui est en jeu ici. Je ne me suis jamais retrouvé dans une telle situation, mais j'ai déjà eu à lutter avec le corps. J'ai été malade, gravement malade, et il n'y a qu'une attitude à adopter : supporter. Par le passé, j'espérais que ma présence, aussi courte soit-elle, pourrait améliorer les choses. Mais, très rapidement, j'ai pris conscience de mes propres limites. Un corps ne peut être transformé en un seul jour, surtout lorsque l'esprit de son propriétaire n'est plus aux manettes.

Je ne veux pas quitter cette pièce. Dans le cas contraire, Dieu sait ce qui se passera, Dieu sait sur qui je pourrais tomber. Désespérément, je cherche autour de moi quelque chose qui puisse m'aider à tenir. Je repère une étagère à moitié croulante, pleine de vieux livres de poche. Je décide que ces bouquins seront mon salut. J'ouvre ce qui doit être un thriller et me concentre sur la première ligne. *L'obscurité s'était abattue sur la ville de Manassas, en Virginie...*

Le corps ne veut pas lire. Le corps est comme pris dans un étau de barbelés électrifiés. Le corps me dit qu'il n'y a qu'un moyen de régler le problème, qu'un moyen de mettre fin à la douleur, qu'un moyen d'aller mieux. Le corps va me tuer si je ne l'écoute pas. Le corps crie. Le corps impose sa propre logique.

Je lis la phrase suivante.

Je vais verrouiller la porte.

Je lis la troisième phrase.

Le corps se rebelle. Ma main tremble. Ma vue se brouille.

Je ne suis pas sûr d'avoir la force de résister.

Je dois réussir à me convaincre que Rhiannon est là, à portée de main. Je dois réussir à me convaincre que cette vie n'est pas absurde, malgré ce que me dit le corps.

Pour donner encore plus de poids à ses arguments, ce dernier a détruit ses souvenirs. Il ne reste presque rien à quoi je puisse accéder. Je ne dois compter que sur les souvenirs qui me sont propres, ceux qui n'ont rien à voir avec cette journée.

Je dois me tenir à distance.

Je lis encore une phrase, puis une autre. Peu importe l'histoire, j'avance mot à mot ; chaque mot est une arme contre le corps.

Ça n'est pas efficace. Le corps me dit qu'il veut déféquer et vomir. À peu près normalement, d'abord. Puis j'ai envie de déféquer par la bouche et de vomir par le bas. Tout est chamboulé. Envie de me jeter contre les murs, de les labourer de mes ongles. Envie de hurler. Envie de me marteler de coups de poing.

Il faut que j'imagine mon esprit comme une entité physique capable de dominer le corps, de le mettre à genoux.

Je lis une nouvelle phrase.

Puis une autre.

On cogne à la porte. Je crie que je suis en train de lire.

On me laisse tranquille.

Ce n'est pas moi qui ai, dans cette pièce, ce qu'ils désirent.

C'est eux qui ont ce que je désire.

Je ne dois pas quitter cette pièce.

Je ne dois pas laisser le corps sortir de cette pièce.

***

Je l'imagine marchant dans les couloirs. Je l'imagine assise à côté de moi. Je l'imagine croisant mon regard.

Puis je l'imagine montant dans la voiture de Justin, et j'arrête.

Le corps est en train de me contaminer. Je commence à ressentir de la colère. De la colère à l'idée d'être ici. De la colère à l'idée de devoir mener une vie pareille. De la colère que tant de choses me soient interdites.

De la colère contre moi-même.

N'as-tu pas envie que cela prenne fin ? me demande le corps.

Je dois me retrancher de lui aussi loin que possible.

Bien que je sois à l'intérieur.

Il faut que j'aille aux toilettes. Je ne peux plus me retenir.

J'urine dans une bouteille de soda. En mets partout.

Mais mieux vaut ça que de quitter la pièce.

Si je quitte cette pièce, je ne pourrai pas empêcher le corps d'obtenir ce qu'il veut.

J'ai atteint la page 90. Je n'en garde absolument rien en mémoire.

Pourtant, je m'accroche, un mot après l'autre.

À force de lutter, le corps s'épuise.

C'est moi qui vais gagner.

***

C'est une erreur de considérer le corps comme une simple enveloppe. Il est aussi actif que l'esprit, que l'âme. Et plus on lui cède du terrain, plus il rend votre vie difficile. J'ai occupé le corps de boulimiques, d'anorexiques, de toxicomanes. Tous croient que leurs actions vont les aider à aller mieux. Mais, pour finir, ils sont toujours vaincus par le corps.

Tout ce que je souhaite, c'est que le jour de la défaite n'advienne pas lorsque je me trouverai à l'intérieur du corps concerné.

Le soleil se couche, je tiens encore. Deux cent soixante-cinq pages lues. Sous la couverture sale, je frissonne. Je ne sais pas si c'est la température de la pièce ou si c'est seulement moi.

Tu y es presque, me dis-je pour m'encourager.

Il n'y a qu'une façon de s'en sortir, me dit le corps.

À ce stade, j'ignore s'il parle de prendre ma dose ou de mourir.

À ce stade, le corps n'a plus de préférence.

Le corps tombe de sommeil. Enfin.

Je le laisse s'endormir.

5999ᵉ *jour*

Mon esprit a beau être exténué, je sens que Nathan Daldry a passé une bonne nuit.

Nathan est un brave garçon. Dans sa chambre, tout est impeccablement rangé. Nous sommes seulement samedi matin, mais il a déjà bouclé ses devoirs du week-end. Il a réglé la sonnerie de son réveil pour huit heures, afin de ne rien perdre de cette journée. Il s'est probablement couché à vingt-deux heures au plus tard.

J'allume son ordinateur et consulte mes e-mails. Je rédige quelques notes concernant les jours précédents : elles me serviront de pense-bête. Puis je me connecte au compte de Justin et découvre qu'il y a une soirée chez un certain Steve Mason, aujourd'hui même. Grâce à Google, l'adresse de Steve est à portée de mes doigts. J'affiche l'itinéraire pour me rendre là-bas. Bonne nouvelle, c'est seulement à une heure et demie de voiture.

J'ai comme l'impression que Nathan va aller faire la fête ce soir.

En premier lieu, je dois convaincre ses parents.

De retour sur mon propre compte e-mail, je suis interrompu par la mère de Nathan. Je referme brusquement la fenêtre qui est à l'écran, hoche la tête quand elle me dit qu'il est hors de question que je passe la journée devant mon ordinateur et qu'il est l'heure que je descende prendre mon petit-déjeuner.

Les parents de Nathan sont des gens très gentils, qui vous font cependant vite comprendre qu'il ne vaut mieux pas abuser de leur gentillesse, ni même chercher à en tester les limites.

« Je peux emprunter la voiture ? Ils ont monté une comédie musicale au lycée, et j'aimerais bien aller la voir.

— Tu as bouclé ce que tu avais à faire pour les cours ? »

Je hoche la tête.

« Et tes tâches ménagères ?

— Je vais m'en occuper.

— Tu seras rentré avant minuit ? »

J'acquiesce de nouveau. Je décide de ne pas leur préciser que, si je ne suis pas rentré avant minuit, je serai violemment arraché à ce corps. C'est un détail qui ne les rassurerait sans doute pas.

Il me semble évident qu'ils n'auront pas besoin de la voiture ce soir. C'est le genre de personnes qui ne voient pas l'intérêt d'avoir une vie sociale, puisqu'elles ont une télévision.

Je passe l'essentiel de la journée à accomplir un certain nombre de corvées. Reste le dîner en famille, et je suis prêt à partir.

La soirée est censée débuter à dix-neuf heures, il serait donc préférable que je n'arrive pas avant vingt et une heures, histoire qu'il y ait suffisamment de monde pour passer inaperçu. Et si jamais le nombre d'invités se limite à une dizaine ou une douzaine de personnes, il faudra que je fasse demi-tour. Mais ça m'étonnerait – Justin est du style à fréquenter les grosses noubas.

Pour ce qui est de Nathan, si je devais parier sur son genre de soirées, ce serait plutôt jeux de société et soda. Tout en roulant, j'accède à certains de ses souvenirs. J'ai toujours été persuadé que, jeune ou vieux, chaque être humain a au moins une bonne histoire à raconter. Mais j'ai du mal à découvrir celle de Nathan. La seule trace d'émotion que je retrouve dans sa vie correspond à la mort de sa chienne April, quand il avait neuf ans. Depuis lors, il semble que rien ne soit venu le troubler. La plupart de ses souvenirs ont trait à sa scolarité. Nathan a des amis, mais tout ce petit monde ne fait pas grand-chose en dehors du lycée. Une fois qu'il a eu dépassé l'âge de jouer au base-ball en

Little League, il a arrêté le sport. Il semblerait qu'il n'ait jamais goûté à rien de plus fort que la bière – et encore, c'était à un barbecue, le jour de la fête des pères, et sur l'insistance de son oncle.

Normalement, je prendrais en compte ces paramètres. Normalement, je me cantonnerais aux limites de Nathan.

Mais pas aujourd'hui. Pas lorsqu'il existe une chance de revoir Rhiannon.

Je me souviens qu'hier, le fil qui m'a guidé à travers l'obscurité semblait être relié à elle. Comme si, lorsqu'on aime quelqu'un, cette personne devenait votre raison d'être. Ou peut-être que je vois les choses à l'envers, peut-être est-ce parce que j'ai besoin d'une raison d'être que je suis tombé amoureux d'elle. Mais je ne crois pas que ce soit le cas. Je crois que si je ne l'avais pas rencontrée, j'aurais continué mon petit bonhomme de chemin sans me poser de questions.

Désormais, je laisse ma vie prendre en otage ces autres vies une journée durant. Je ne respecte pas leurs paramètres. Bien que ce soit dangereux.

J'arrive devant la maison de Steve Mason avant vingt heures. Je ne vois pas la voiture de Justin, et pour tout dire, il n'y a pas encore beaucoup de véhicules garés dans la rue. Alors, je patiente et je surveille. Au bout d'un moment, ça commence à se remplir. Bien que j'aie passé un jour et demi dans leur lycée, je ne reconnais aucun de ces jeunes. Ils n'étaient que des figurants.

Peu après vingt et une heure trente, la voiture de Justin pointe enfin son nez. Rhiannon l'accompagne, comme je l'espérais. Ils se garent et remontent l'allée qui mène à la maison, Justin marchant devant. Je les suis à l'intérieur.

J'ai peur que quelqu'un ne contrôle les entrées, mais la soirée a déjà quasiment plongé dans le chaos. Ceux qui sont arrivés tôt sont soûls, et les autres sont sur le point de les rattraper. Je sais que je n'ai pas l'air à ma place – la tenue de Nathan serait plus appropriée à un débat inter-lycées qu'à une fête du samedi soir. Mais personne n'y prête attention ; tous ces jeunes sont trop concentrés sur leurs amis ou sur eux-mêmes pour remarquer la présence d'un ringard inconnu au bataillon.

La lumière est faible, la musique est forte, et Rhiannon est introuvable. Mais le seul fait d'être dans le même endroit qu'elle me procure un sentiment d'exaltation.

Justin se tient dans la cuisine et discute avec quelques types. Il semble à son aise, dans son élément. Il termine une bière, en ouvre immédiatement une autre.

Je passe à côté de lui, puis je traverse le salon et me retrouve devant une pièce plus petite.

Dès que j'en franchis le seuil, je sens sa présence. Un ordinateur portable relié à des haut-parleurs crache de la musique, mais Rhiannon s'intéresse à une collection de CD dans un coin. Deux filles discutent près d'elle, mais j'ai l'impression qu'elle a renoncé à prendre part à leur conversation.

Je m'approche et constate qu'elle a entre les mains un album où figure une des chansons que nous avons écoutées sur la route.

« J'aime beaucoup ce groupe, dis-je. Toi aussi ? »

Elle sursaute, comme si nous étions entourés de silence et que je venais de le briser. *Je prête attention à toi*, ai-je envie de lui dire. *Maintenant et toujours.*

« Oui, dit-elle. »

Je me mets aussitôt à fredonner la chanson, celle de la voiture. Puis j'ajoute :

« J'aime particulièrement ce morceau.

— On se connaît ? demande-t-elle.

— Je m'appelle Nathan, dis-je pour éviter d'avoir à répondre.

— Rhiannon.

— C'est un joli prénom.

— Merci. Je n'ai pas toujours pensé ça, mais il y a du mieux.

— Pourquoi ?

— Trop compliqué à épeler. » Elle me regarde attentivement. « Tu vas en cours à Octavian ?

– Non. Je suis là juste ce week-end. Je rends visite à mon cousin.

– Ton cousin ?

– Steve. »

C'est un mensonge risqué, sachant que je ne vois absolument pas qui est Steve, et que je n'ai aucun moyen d'accéder à cette information.

« Ah, tout s'explique. »

Elle s'apprête alors à s'éloigner de moi, comme elle a dû s'éloigner des filles qui bavardent non loin de nous, j'imagine.

« Je ne supporte pas mon cousin », dis-je.

Elle semble interpellée, et je poursuis :

« Je déteste la façon dont il traite les filles. Je déteste sa manière de vouloir acheter ses amis en organisant des soirées telles que celle-ci. Je déteste le fait qu'il ne vous adresse la parole que lorsqu'il a besoin de quelque chose. Et je le déteste surtout car il semble incapable d'aimer. »

Je prends soudain conscience que je suis en train de parler de Justin, et non de Steve.

« Alors que fais-tu là ? demande Rhiannon.

– Je crois que j'ai envie de voir ça tourner au vinaigre. Lorsque les flics débarqueront – et ils *vont* débarquer si personne ne baisse le son –, j'ai envie d'être témoin de la scène. À bonne distance, bien sûr.

– Et tu dis qu'il est incapable d'aimer Stephanie ? Ça fait pourtant plus d'un an qu'ils sortent ensemble.

– Ça ne prouve pas grand-chose, dis-je, tandis qu'intérieurement je présente mes excuses à Steve et Stephanie. On peut rester avec quelqu'un pendant un an parce qu'on est amoureux… mais aussi parce qu'on est prisonnier. »

J'ai peur d'être allé trop loin. Je sens que Rhiannon réfléchit à mes paroles, mais j'ignore l'impact qu'elles peuvent avoir sur elle. Les mots ont un écho différent chez celui qui les prononce et chez celui qui les entend.

« Tu parles en connaissance de cause ? » finit-elle par me demander.

L'idée que Nathan – qui, pour autant que je sache, n'est pas sorti avec une fille depuis la quatrième – puisse s'exprimer en connaissance de cause est parfaitement risible. Mais Rhiannon ne sait rien de lui, et je suis, par conséquent, libre d'être davantage moi-même. Bien que, moi non plus, je n'aie pas beaucoup d'expérience personnelle en la matière, j'ai au moins pu observer deux ou trois choses.

« On peut persister dans une relation pour plusieurs raisons, dis-je. Parce que l'on a peur de se retrouver seul. Parce que l'on a peur de bouleverser ses habitudes. Parce que l'on préfère se contenter de quelque chose de pas terrible plutôt que de risquer de ne pas trouver mieux. Ou peut-être parce que l'on croit de manière irrationnelle que les choses vont s'arranger, tout en sachant pertinemment qu'il ne changera pas.

— *Il* ?

— Oui.

— Je vois. »

Sur le coup, je ne comprends pas très bien ce qu'elle voit – c'est d'elle que je parlais, évidemment. Puis je saisis ce que le pronom « il » l'a amenée à conclure.

« Un problème avec ça ? je lui demande, songeant soudain qu'elle sera encore plus rassurée si Nathan est homo.

— Absolument pas.

— Et toi ? Tu vois quelqu'un ?

— Oui, depuis plus d'un an, dit-elle d'un air impassible.

— Dans ce cas, pourquoi êtes-vous encore ensemble ? Parce que tu as peur d'être seule ? Parce que tu préfères t'en contenter ? Parce que tu espères de manière absurde qu'il va changer ?

— Oui. Oui. Et oui.

— Alors…

— Mais il est aussi capable de se montrer incroyablement doux. Et je sais que, au fond de lui, il tient énormément à moi.

— Au fond de lui ? Es-tu sûre que c'est satisfaisant ? Devrait-on avoir à creuser pour trouver l'amour que les gens nous portent ?

— Et si on changeait de sujet, tu veux bien ? Ce n'est pas vraiment une conversation "festive", il me semble. J'aimais mieux quand tu me chantais cette chanson. »

Je suis sur le point de faire référence à une autre chanson – dans l'espoir de la ramener à notre virée en voiture – quand j'entends Justin demander, derrière mon épaule :

« C'est qui, lui ? »

Il était peut-être détendu tout à l'heure, dans la cuisine, mais il est désormais clairement irrité.

« T'inquiète, Justin, dit Rhiannon. Il est homo.

– On s'en serait douté, vu sa manière de s'habiller. Qu'est-ce que tu fous ici ?

– Nathan, je te présente Justin, mon petit ami. Justin, voici Nathan.

– Salut », je lui dis.

Il ne répond pas, demande à Rhiannon :

« Tu as vu Stephanie ? Steve la cherche partout. Je crois que ça barde encore entre eux.

– Peut-être qu'elle est descendue au sous-sol.

– M'étonnerait. Ça danse, au sous-sol. »

En un instant, le visage de Rhiannon s'éclaire.

« On y va ? On va danser ? demande-t-elle à Justin.

– Tu plaisantes ? Je ne suis pas venu ici pour danser. Je suis venu ici pour *boire*.

– C'est charmant », dit Rhiannon, s'adressant davantage à moi (je pense) qu'à lui. Ça t'embête si j'y vais avec Nathan ?

« — T'es sûre qu'il est gay ?

— Je peux improviser quelques morceaux de comédies musicales, si ça peut te convaincre », je lui propose.

Justin me donne une tape dans le dos.

« Non, mon vieux, surtout pas. Allez plutôt danser. »

Et voilà comment je me retrouve à suivre Rhiannon dans le sous-sol de chez Steve Mason. Dès que nous mettons un pied dans l'escalier, nous sentons vibrer les basses. L'ambiance n'est pas la même qu'en haut – ici, priorité au *beat*, à la pulsation. Pour tout éclairage, quelques lumières rouges : on ne perçoit que des silhouettes qui se fondent les unes dans les autres.

« Hé, Steve ! lance Rhiannon. Il est cool, ton cousin ! »

Un type qui doit être Steve la regarde et hoche la tête. Je ne saurais dire s'il a mal entendu ou s'il est bourré.

« T'as pas vu Stephanie ? crie-t-il.

— Non ! » crie Rhiannon.

Enfin, nous nous mêlons aux danseurs. C'est triste à dire, mais j'ai presque aussi peu d'expérience sur une piste de danse que Nathan. J'essaie de me laisser porter par la musique, mais ça ne marche pas. Je ferais mieux de me laisser guider par Rhiannon. De m'abandonner entièrement à elle. D'être son ombre, son complément, l'autre moitié de cette conversation entamée entre nos deux corps. Je bouge quand elle bouge, je bouge comme elle bouge. J'effleure son dos, je touche ses hanches. Elle se rapproche.

En m'oubliant de la sorte, je la trouve. La conversation a bien lieu. Nous avons repéré notre rythme et il nous entraîne. Je ne peux m'empêcher de chanter, de chanter pour elle, et elle adore ça. Elle redevient quelqu'un d'insouciant, et moi, quelqu'un qui ne se soucie que d'elle.

« Tu ne danses pas si mal ! me crie-t-elle par-dessus la musique.

– Tu danses comme une reine ! » je lui crie en retour.

Justin ne descendra pas nous rejoindre. Rhiannon est en sécurité avec le cousin gay de Steve Mason, et je sais que personne d'autre ne viendra interrompre ce moment. Les chansons s'enchaînent comme si les artistes se passaient le relais afin de nous offrir un seul long morceau. Les ondes sonores nous poussent l'un contre l'autre, s'enroulent autour de nous tels des rubans de couleur. Nous sommes attentifs l'un à l'autre, ainsi qu'à la présence de cette chose qui nous dépasse. La pièce n'a plus de plafond ; la pièce n'a plus de murs. Seule existe la plaine infinie de notre joie, que nous parcourons de nos petits mouvements, parfois sans même décoller nos pieds du sol. C'est comme si cela faisait des heures que nous dansions, mais aussi comme si nous venions tout juste de commencer. Et il en va ainsi jusqu'à ce que la musique s'arrête, jusqu'à ce que quelqu'un rallume les lumières et annonce que la fête est finie : les voisins se sont plaints et la police risque de débarquer d'une minute à l'autre.

Rhiannon a l'air aussi déçue que je le suis intérieurement.

« Il faut que je trouve Justin, dit-elle. Et toi, ça va aller ? »

Non, ai-je envie de lui répondre. *Pas tant que tu ne m'accompagneras pas là où je vais ensuite, où que ce soit.*

Je lui demande son adresse e-mail, et lorsqu'elle fronce les sourcils, je précise que je suis encore gay.

« C'est dommage », dit-elle.

Je voudrais qu'elle ajoute quelque chose, mais elle se contente de me donner l'adresse, et je lui en donne moi aussi une fausse, qu'il va me falloir créer une fois de retour chez Nathan.

Les gens commencent à fuir la maison à toutes jambes. Dans le lointain, on entend des sirènes qui réveillent sûrement autant de monde qu'a pu le faire cette soirée. Rhiannon m'abandonne pour partir à la recherche de Justin, mais pas avant de me promettre que c'est elle qui prendra le volant. Je cours vers ma voiture. Quand je mets le contact, l'horloge s'allume et je me rends compte qu'il est beaucoup plus tard que je ne le croyais.

23.15.

Jamais je ne serai rentré à temps.

Cent dix kilomètres/heure.

Cent trente.

Cent quarante.

Je roule aussi vite que possible, mais ça ne suffira pas.

À minuit moins dix, je me gare sur le bas-côté de la route. Si je ferme les yeux, je devrais pouvoir m'endormir avant minuit. J'ai au moins cette facilité-là – je n'ai besoin que de quelques minutes.

Pauvre Nathan Daldry. Il va se réveiller au bord d'une autoroute, à une heure de chez lui. Je n'ose pas imaginer la terreur qui sera la sienne.

C'est monstrueux de ma part de lui faire un coup pareil.

Mais j'ai mes raisons.

6000ᵉ jour

Il est l'heure pour Roger Wilson d'aller à l'église.

Vite, j'enfile sa tenue du dimanche, qu'il a pensé à sortir la veille – à moins que ce ne soit sa mère qui l'ait fait, en tout cas ça m'arrange. Après quoi je descends prendre le petit-déjeuner avec toute la famille – la mère et les trois sœurs. Pas de patriarche dans les parages. D'après des informations auxquelles j'accède facilement, ce dernier est parti juste après la naissance de la benjamine, laissant à sa moitié la lourde tâche d'élever les enfants.

Il n'y a qu'un seul ordinateur dans la maison ; j'attends que la mère de Roger aille aider les filles à se préparer, puis je l'allume et me hâte de créer l'adresse e-mail que j'ai donnée à Rhiannon hier soir. Je croise les doigts pour qu'elle n'ait pas déjà essayé de me contacter.

« Roger ! »

C'est l'heure de partir. Je me déconnecte, efface l'historique et rejoins mes sœurs dans la voiture. Il me faut quelques minutes pour accéder à leurs noms – Pam a onze ans, Lacey dix et Jenny huit. Seule la plus jeune a l'air contente d'aller à l'église.

Une fois sur place, les filles filent directement au catéchisme, tandis que la mère de Roger et moi allons prendre place parmi les fidèles. Je me prépare à une messe baptiste, tout en tentant de me souvenir de ce qui la distingue des autres messes auxquelles j'ai pu assister.

Au fil des années, j'ai pris part à de nombreuses cérémonies religieuses. J'en suis ressorti avec l'impression que les différentes religions possèdent beaucoup plus de choses en commun qu'elles ne veulent l'admettre. Pour faire court, les croyances sont presque toujours les mêmes ; ce sont seulement les histoires qui varient. Tous ces gens veulent croire à un être tout-puissant. Ils veulent appartenir à quelque chose qui dépasse leur petite personne, et partager cette expérience avec d'autres. Ils veulent croire en une force qui œuvre pour le bien sur Terre, et ils veulent qu'on les incite à se joindre à cette force. Ils veulent qu'on leur donne l'occasion de prouver leur foi et leur appartenance, par le biais des rituels et de la dévotion. Ils veulent toucher du doigt cet infini.

Ce sont les détails qui servent de prétexte aux complications et aux querelles – ces détails qui empêchent tous ces gens de se rendre compte que, quels que soient leur religion, leur sexe, leur race ou leur origine géographique, ils sont tous identiques à 98 %. Oui, il existe une différence biologique entre hommes et femmes, mais cette différence est minime comparée à l'ensemble des points communs. Pour ce qui est de ce qu'on appelle la « race », c'est avant tout quelque chose qui relève de la construction sociale. Quant à la religion, eh bien, que l'on croie en Dieu ou en Yahvé ou en Allah ou en autre chose, on retrouve partout la même espérance. Je ne sais pas pourquoi tout le monde se focalise sur ces 2 %, mais ils sont la cause de la plupart des conflits sur cette planète.

En ce qui me concerne, si, jusqu'à présent, je suis arrivé à mener ma petite barque, je le dois aux 98 % que toute vie a en commun avec les autres.

Je songe à tout cela tandis que je suis le rituel de ce dimanche matin à l'église. Je lance souvent des regards vers la mère de Roger, qui semble si fatiguée, que la vie a tellement éprouvée. Je crois autant en elle qu'en Dieu – face à tous les défis que l'univers met sur notre route, la persévérance des êtres humains renforce ma foi. C'est d'ailleurs peut-être une des choses que j'ai également perçues chez Rhiannon : ce refus de s'avouer vaincue.

Après la messe, nous allons déjeuner chez la grand-mère de Roger. Il n'y a pas d'ordinateur dans cette maison, et même si nous n'étions pas à trois heures de route, je n'aurais aucun moyen d'aller retrouver Rhiannon. Je décide donc de consacrer cette journée au repos. Je m'amuse avec mes sœurs, puis leur prends sagement les mains autour de la table au moment de dire le bénédicité.

Le seul incident a lieu lors du trajet de retour, quand une dispute éclate sur la banquette arrière. En tant que sœurs, ces filles sont sûrement semblables à 99 %, mais pas question pour elles de le reconnaître. Elles préfèrent se chamailler au sujet du choix d'un animal domestique… même si, à voir la réaction de leur mère, ce n'est pas demain la veille que cette famille adoptera un animal. C'est un débat tout à fait théorique.

Une fois à la maison, je me vois contraint de patienter avant d'utiliser l'ordinateur. Il se trouve en effet en plein milieu du salon, et je ne pourrai pas regarder mes e-mails tant que tout le monde n'en sera pas sorti. Tandis que les trois filles chahutent, je monte dans la chambre de Roger et boucle ses devoirs du week-end le plus soigneusement possible. J'espère bien qu'il est autorisé à se coucher plus tard que ses sœurs. C'est le cas. Après le dîner, les filles ont droit à une heure de télévision, puis leur mère leur dit qu'il est temps d'aller au lit. De vives protestations s'ensuivent, qui demeurent sans effet. Là encore, c'est en quelque sorte un rituel, mais maman a toujours le dessus.

Alors que le reste de la famille s'affaire, je profite enfin de quelques minutes de tranquillité pour consulter l'adresse e-mail que j'ai créée ce matin : aucun message de Rhiannon. Songeant que cela ne peut pas faire de mal de prendre les devants, voilà que je me retrouve à lui écrire :

Salut Rhiannon,
Je voulais juste te dire que j'ai été très content de faire ta connaissance et de danser avec toi hier soir. Je regrette que la police ait débarqué et que nous ayons dû nous séparer. Même si tu n'es pas tout à fait mon genre, tu es tout à fait le genre de personne que j'apprécie. Restons en contact !

N.

Ça me semble tenir la route. Spirituel, sans en faire trop. Sincère, mais sans tomber dans la solennité. Il ne s'agit que de quelques lignes, mais je les relis au moins une douzaine de fois avant de cliquer sur *envoyer*. Je me demande quelle sera la nature des mots que je recevrai en retour. Si jamais j'en reçois.

On n'est pas encore prêt à dormir, là-haut – j'entends que ça se dispute pour savoir quel chapitre notre mère va lire aujourd'hui –, et j'en profite pour me connecter à ma boîte personnelle.

Un geste tout ce qu'il y a de plus ordinaire. Un clic, et l'interface de réception de mes messages apparaît dans toute sa banalité.

Mais cette fois-ci, c'est comme pénétrer dans sa propre chambre et découvrir une bombe posée en plein milieu.

Là, sous la lettre d'info hebdomadaire d'une librairie, se trouve un message envoyé par Nathan Daldry en personne.

En place d'objet, un mot : AVERTISSEMENT. Puis je lis :

Je ne sais pas qui tu es ni ce que tu es ni ce que tu m'as fait hier, mais je veux que tu saches que tu ne t'en tireras pas comme ça. Je ne te laisserai pas prendre possession de moi ni détruire ma vie. Je ne compte pas me taire. Je sais que quelque chose est arrivé dont tu es sans doute responsable. Laisse-moi tranquille. Je ne serai pas ton hôte.

« Ça va, Roger ? »

Je me retourne. Les sourcils froncés, ma mère se tient dans l'embrasure de la porte.

« Oui, dis-je en me positionnant de façon à ce qu'elle ne puisse pas voir l'écran.

— Bon, alors, tu as encore dix minutes, puis tu m'aides à vider le lave-vaisselle et tu vas te coucher, d'accord ? Nous avons une grosse semaine qui nous attend.

— OK. Je te rejoins dans dix minutes. »

Je reviens au message de Nathan. Comment répondre ? Et faut-il seulement répondre ? J'ai le vague souvenir d'avoir été interrompu par sa mère lorsque j'étais sur son ordinateur ; j'ai dû fermer la fenêtre sans préalablement effacer l'historique. Et lorsque Nathan a voulu à son tour se connecter à sa boîte, c'est mon adresse qui a dû apparaître. Mon compte demeure probablement protégé car il ne connaît pas mon mot de passe mais, dans le doute, je vais quand même en changer et déplacer toute mon ancienne correspondance. Et vite.

Je ne compte pas me taire.

Que veut-il dire exactement par là ?

***

Impossible de transférer tous mes anciens e-mails en dix minutes, mais j'en traite tout de même un bon paquet.

« Roger ! »

La mère de Roger m'appelle et je sais qu'il faut que j'y aille. Mais effacer l'historique et éteindre l'ordinateur ne m'empêche pas de continuer à gamberger. J'imagine Nathan se réveillant au bord de la route. Qu'a-t-il bien pu penser à ce moment-là ? Pour être honnête, je n'en sais rien. A-t-il tout de suite su qu'il n'était pas responsable, que quelqu'un d'autre l'avait mis dans cette situation, quelqu'un qui contrôlait son corps ? En était-il déjà convaincu quand il a allumé son écran et qu'il est tombé sur mon adresse e-mail ?

Et à présent, qui croit-il que je suis ?

Que croit-il que je suis ?

Lorsque j'entre dans la cuisine, la mère de Roger m'adresse de nouveau un regard inquiet. Elle est proche de son fils, je le sens. Elle sait déchiffrer ses émotions. Au fil des années, ils ont toujours pu compter l'un sur l'autre. Il l'aide à élever ses sœurs. Et elle, elle l'a élevé, lui.

Si j'étais vraiment Roger, je pourrais tout lui raconter. Si j'étais vraiment Roger, et en dépit du fait que mon histoire paraisse incompréhensible, elle serait de mon côté. Loyalement. Farouchement.

Mais je ne suis pas son fils, ni le fils de personne. Je ne peux pas révéler ce qui trouble Roger aujourd'hui, car demain, cela n'aura plus pour lui la moindre importance. Je rassure donc sa mère, lui dis que ce n'est rien, puis vide le lave-vaisselle avec elle. Le temps de ranger, une camaraderie tranquille et silencieuse s'installe entre nous, puis c'est l'heure de se mettre au lit.

Je ne parviens pas à m'endormir tout de suite. Je reste allongé et je fixe le plafond. L'ironie de tout ça, c'est que même si, chaque matin, je me réveille dans un corps différent, je garde en quelque sorte toujours le contrôle.

Sauf que, désormais, je ne contrôle plus rien.

Désormais, d'autres personnes sont impliquées.

6001e jour

Le lendemain matin, je me retrouve encore plus éloigné de Rhiannon.

Je suis à quatre heures de route, et dans le corps de Margaret Weiss. Par chance, Margaret dispose d'un ordinateur portable sur lequel je peux consulter mes e-mails avant d'aller au lycée.

Il y a un message de Rhiannon.

Nathan !

Je suis bien contente que tu m'aies écrit, car j'avais bêtement perdu le bout de papier sur lequel tu avais noté ton adresse e-mail. Moi aussi, j'ai adoré bavarder et danser avec toi. Comment la police a-t-elle osé nous séparer ! Et toi aussi, tu es du genre que j'apprécie. Même si tu ne sembles pas croire aux relations qui durent plus d'un an. (D'ailleurs, je ne dis pas que tu as tort. Le jury n'a pas encore rendu son verdict.)

Je n'aurais jamais cru dire ça un jour, mais j'espère que Steve organisera bientôt une autre soirée. Ne

serait-ce que pour que tu puisses assister encore
à cette infamie.
Je t'embrasse,

Rhiannon

J'imagine le sourire qu'elle avait sur les lèvres en écrivant ces lignes et, à mon tour, je souris.

Puis j'ouvre mon autre compte, et découvre un nouveau message de Nathan.

J'ai donné cette adresse e-mail à la police.
Ne t'imagine pas que tu vas t'en tirer comme ça.

La police ?

Je tape *Nathan Daldry* dans un moteur de recherche. Et tombe immédiatement sur un article de presse daté de ce matin.

C'EST LA FAUTE DU DIABLE
**Arrêté par la police,
un adolescent de la ville prétend
avoir été victime
d'une possession démoniaque**

Samedi soir, quand des officiers de police ont découvert Nathan Daldry – un jeune homme de seize ans dont la famille habite au 22 Arden Lane – endormi dans son véhicule le long de la Route 23, ils n'imaginaient sûrement pas que celui-ci leur raconterait une histoire pareille. La plupart des adolescents évoqueraient la consommation d'alcool pour expliquer leur situation, mais pas Daldry, qui a affirmé à ses interlocuteurs ne pas savoir comment il s'était retrouvé là, avant de déclarer qu'un démon avait dû prendre possession de lui.

« C'était comme être somnambule, a dit Daldry dans son interview au journal *Le Crieur*. Tout au long de la journée, cette chose a contrôlé mon corps. Elle m'a forcé à mentir à mes parents et à me rendre à une soirée dans une ville où je n'avais jamais mis les pieds auparavant. Je ne me souviens pas des détails. Tout ce que je sais, c'est que ce n'était pas moi. »

Chose encore plus mystérieuse, Daldry affirme être ensuite rentré chez lui et avoir trouvé l'adresse e-mail d'un inconnu sur son ordinateur.

« Il est clair que je n'étais pas moi-même », a-t-il répété.

Selon l'agent Lance Houston de la police d'État, Daldry ne sera inculpé d'aucun délit, car le jeune homme n'était effectivement pas en état d'ivresse et ne conduisait pas un véhicule volé lorsqu'il a été appréhendé.

« Quelles que soient ses raisons pour raconter ce qu'il a raconté, ce garçon n'a rien fait d'illégal », a expliqué Houston.

Mais Daldry ne semble pas s'en satisfaire :

« Si d'autres personnes ont déjà vécu une expérience similaire, je leur demande de se manifester. Je ne peux être le seul dans ce cas. »

Rien de trop alarmant, je suis sur le site d'un journal local. Et la police n'a pas l'air décidée à pousser l'enquête beaucoup plus loin. Cependant, je ne suis pas rassuré. Depuis toutes ces années, c'est la première fois que quelqu'un me fait un coup pareil.

J'imagine facilement la scène : au bord de la route, Nathan est réveillé par un officier de police qui frappe à sa vitre. Peut-être même qu'un gyrophare rouge et bleu l'éblouit. En quelques secondes seulement, il prend conscience qu'il est dans de beaux draps – on est bien après minuit, ses parents vont le tuer. Ses vêtements sentent la cigarette et l'alcool, mais pas moyen pour lui de se rappeler s'il a bu ou fumé quelque chose. Il a un terrible trou de mémoire, identique à ceux qu'on peut avoir lorsqu'on se réveille en pleine crise de somnambulisme. Si ce n'est que… il sent encore ma présence. Il a comme un vague souvenir – celui de ne pas être lui-même. Quand l'officier de police lui demande ce qu'il fait là, il répond qu'il ne le sait pas. Quand il lui demande où il a passé la soirée, il répond qu'il ne le sait pas non plus. L'homme lui ordonne ensuite de sortir du véhicule et lui fait passer un Alcootest, qui révèle que Nathan n'a apparemment pas bu une goutte d'alcool. Mais l'officier insiste pour obtenir des réponses, alors Nathan lui dit la vérité : quelqu'un a pris possession de son corps. Mais qui d'autre que le diable serait capable de faire une chose pareille ? Voilà donc l'histoire qu'il va raconter. Et on le croira, car c'est un bon garçon – là-dessus, tout le monde est d'accord.

Aux yeux de l'officier de police, ce qui importe, c'est que Nathan rentre chez lui sain et sauf. Peut-être même escorte-t-il le garçon jusqu'au 22 Arden Lane, appelant ses parents pour les prévenir de son arrivée. À son retour, tous deux sont réveillés, en colère et inquiets. Il leur répète son histoire, dont ils ne savent que penser. Pendant ce temps, un journaliste du coin, branché sur les ondes courtes, entend l'officier mentionner l'affaire, ou bien l'histoire fait simplement le tour du poste de police. Celle d'un ado qui s'est rendu à une soirée sans l'autorisation de ses parents, et qui a ensuite voulu mettre ça sur le dos du diable. Le matin même, le journaliste appelle chez les Daldry, et Nathan décide de se confier à lui. De cette façon, cela n'en sera que plus réel, n'est-ce pas ?

Je me sens à la fois contrit et sur la défensive. Contrit parce que, quelles qu'aient été mes intentions, c'est moi qui ai fait subir ça à Nathan. Sur la défensive parce que sa réaction, dont il est seul responsable, risque de rendre les choses encore plus difficiles pour lui, comme pour moi certainement.

Même s'il n'y a qu'une chance sur un million pour que Nathan réussisse à persuader quelqu'un de remonter à la source de mes e-mails, je décide de ne plus consulter mon compte depuis des ordinateurs personnels. Car s'il parvenait à identifier la plupart des maisons où je suis passé ces deux ou trois dernières années, il s'ensuivrait beaucoup de conversations déroutantes.

Une partie de moi aimerait lui répondre pour lui donner des explications. Mais je doute que celles-ci lui suffisent, car je ne connais pas moi-même la plupart des réponses à ses interrogations. Cela fait bien longtemps que j'ai arrêté d'essayer de comprendre le pourquoi du comment. Tandis que j'ai l'impression que Nathan ne se découragera pas aussi facilement.

Sam, le petit ami de Margaret Weiss, aime l'embrasser. Souvent. En public, en privé – peu importe. Dès qu'il entrevoit une occasion, il la saisit.

Je ne suis pas d'humeur câline.

Margaret a donc tôt fait de se découvrir un rhume. Finis les baisers passionnés, place à la sollicitude fervente : Sam est visiblement très épris de sa petite amie, qu'il entoure du doux miel de son amour. D'après ce que je peux voir dans les souvenirs récents de Margaret, elle est d'habitude tout aussi affectueuse avec lui. Sam a toujours été sa priorité, et c'est un miracle qu'elle ait encore des amis.

Interro écrite en cours de science. Apparemment, j'en connais plus sur le sujet que Margaret. C'est son jour de chance.

Je meurs d'envie d'accéder à un des ordinateurs du lycée, mais il faut d'abord que je me débarrasse de Sam. J'ai déjà réussi à séparer les lèvres des deux tourtereaux, mais pour le reste, ça s'annonce beaucoup plus difficile. Au déjeuner, il glisse une main dans la poche arrière de Margaret pendant qu'ils mangent, puis prend un air de chien battu quand elle ne lui rend pas la pareille. Ils ont ensuite une heure de permanence, qu'il consacre à lui prodiguer des caresses tout en lui parlant du film qu'ils ont vu hier soir.

À dix-sept heures, les amoureux sont enfin censés avoir des cours différents ; je décide de saisir ma chance. Sam accompagne Margaret jusqu'à sa salle de classe, mais dès qu'il s'éloigne, je vais voir le prof et annonce que je dois me rendre à l'infirmerie. Pour foncer droit à la bibliothèque.

Je finis dans un premier temps le transfert de mes e-mails depuis mon ancien compte. Il ne reste plus que les deux messages de Nathan, et j'hésite à les effacer, tout comme je rechigne à supprimer le compte. Pour une raison que j'ignore, je veux qu'il garde la possibilité de me contacter. Peut-être parce que je me sens encore responsable.

Je me connecte ensuite à mon nouveau compte, avec l'intention de répondre à Rhiannon. À ma grande surprise, elle m'a déjà envoyé un autre message, que j'ouvre, tout excité.

Nathan,
Apparemment, Steve n'a pas de cousin prénommé Nathan, et aucun de ses cousins n'est d'ailleurs venu à la soirée.
Ça te dirait de m'expliquer ?

Rhiannon

Je ne réfléchis pas. Je ne pèse pas le pour et le contre. Je tape simplement quelques mots et j'envoie mon message.

Rhiannon,
En effet, des explications s'imposent. Pourrait-on se donner rendez-vous quelque part ? C'est le genre d'éclaircissements qu'il vaut mieux fournir en personne.
Je t'embrasse.

Nathan

Non, je n'ai pas l'intention de lui dire la vérité. Juste besoin de temps afin de choisir le mensonge le plus adapté.

La sonnerie annonçant la fin des cours retentit, et je sais que Sam va bientôt partir à la recherche de Margaret. Lorsque je le rejoins devant son casier, il se comporte comme si nous avions été séparés pendant des semaines. Quand je l'embrasse, je ne peux songer qu'à Rhiannon. Quand je l'embrasse, j'ai presque l'impression d'être déloyal envers Rhiannon. Quand je l'embrasse, mes pensées sont à des heures d'ici, avec elle.

6002e jour

Le lendemain matin, il semblerait que l'univers ait décidé d'être de mon côté : je me réveille dans le corps de Megan Powell, à seulement une heure de route de Rhiannon.

Et, quand je consulte mes e-mails, je découvre un message d'elle.

Nathan,
Je suis curieuse d'entendre tes explications. Retrouvons-nous au café de la librairie Clover à dix-sept heures.

Rhiannon

Ce à quoi je réponds :

Rhiannon,
J'y serai. Mais peut-être pas de la façon dont tu t'attends à me voir. J'espère que tu voudras bien écouter ce que j'ai à te dire.

A

Aujourd'hui, Megan Powell va devoir quitter l'entraînement des pom-pom girls un peu plus tôt que prévu. Je fouille dans son placard, et en sors une tenue qui me fait penser à quelque chose que Rhiannon pourrait porter – j'ai appris que les gens ont tendance à faire davantage confiance à ceux qui leur ressemblent. Quoi que je puisse lui dire dans quelques heures, j'ai intérêt à ce qu'elle soit le plus possible à l'écoute.

Tout au long de la journée, je réfléchis à ce que je vais pouvoir inventer, et me demande comment elle va réagir. Il me semble que ce serait très dangereux de lui dire la vérité. Je ne l'ai jamais fait avec personne. Je n'y ai même jamais songé.

Cependant, dans cette situation, aucun mensonge ne me paraît convaincant. Et, après en avoir passé en revue des dizaines, je me rends compte que je me prépare ni plus ni moins à tout lui avouer. Je commence à comprendre qu'une vie n'est réelle que si quelqu'un d'autre atteste sa réalité. Et je veux que ma vie soit réelle.

Je me suis habitué à cette vie – quelqu'un d'autre pourrait-il l'accepter ?

Si elle croit en moi, si elle sent, comme moi, la présence de l'infini, elle croira ce que je vais lui dire.

Et si elle ne croit pas en moi, si elle ne sent pas l'infini, alors elle me prendra pour un de ces cinglés qui courent les rues.

Je n'ai pas grand-chose à perdre.

Et pourtant, j'ai peur de tout perdre.

J'invente un rendez-vous chez le docteur pour Megan, et à seize heures, je me mets en route, direction la ville de Rhiannon.

Il y a pas mal de circulation, je me perds un peu, et j'arrive à la librairie avec dix minutes de retard. Je regarde à l'intérieur par la vitrine : assise dans un coin, elle feuillette un magazine et lève régulièrement les yeux vers la porte. Je voudrais la figer dans le temps, prolonger ce moment. Je sais que tout est sur le point de basculer, et j'ai peur de regretter un jour cette minute, où rien encore n'a été dit. J'ai peur de vouloir remonter le fil du temps pour effacer ce qui est sur le point de se produire.

Évidemment, ce n'est pas Megan que guette Rhiannon. Elle est donc un peu étonnée lorsque je m'installe à sa table.

« Excusez-moi, dit-elle, mais cette place est prise.

— Je sais, mais je viens de la part de Nathan.

— De sa part ? Où est-il ? »

Elle balaie ensuite la salle du regard, comme s'il se cachait derrière les rayonnages.

Un bref coup d'œil alentour me confirme que nous ne sommes pas seuls. Je sais que je devrais proposer à Rhiannon de sortir faire un tour, et éviter ainsi de prendre le risque qu'on ne m'entende. Mais je doute qu'elle accepte, et je ne veux surtout pas l'effrayer. C'est ici même que je vais devoir lui parler.

« Rhiannon… »

Je plonge mon regard dans le sien, et je la ressens de nouveau. Cette connexion. Cette impression que quelque chose d'absolument énorme nous dépasse. Quelque chose que je reconnais.

Je ne sais pas si Rhiannon a le même sentiment, je ne suis pas sûr, mais en tout cas, elle ne bouge pas. Elle ne me quitte pas des yeux. Fait perdurer cette connexion.

« Oui ? murmure-t-elle.

— Il y a quelque chose que je dois te dire. Cela va te sembler vraiment, vraiment bizarre. Mais il faut que tu m'écoutes jusqu'au bout. Même si tu as envie de te lever et de partir. Même si tu as envie d'éclater de rire. Il faut que tu prennes ce que je vais t'expliquer très au sérieux. Je sais que cela va te paraître incroyable, mais c'est la vérité. Est-ce que tu comprends ? »

Il y a maintenant de la peur dans ses yeux. J'aimerais tendre le bras et lui prendre la main, mais je sais que je ne dois pas. Pas encore.

Je fais en sorte de garder une voix posée. Sincère.

« Chaque matin, je me réveille dans un corps différent. C'est comme ça depuis ma naissance. Aujourd'hui, je me suis réveillé dans le corps de Megan Powell, que tu vois là, assise en face de toi. Il y a trois jours, samedi, j'étais Nathan Daldry. Deux jours plus tôt, j'étais Amy Tran, qui a visité ton lycée et passé la journée avec toi. Et lundi dernier, j'étais Justin, ton petit ami. Tu as cru être allée à la plage avec lui, mais tu étais avec moi, en réalité. Ce jour-là, c'est la première fois que nous nous sommes rencontrés, et depuis, je n'arrive pas à t'oublier. »

Je marque une pause.

« C'est une blague, c'est ça ? dit Rhiannon. Tu me fais marcher…

— Lorsque nous étions à la plage, tu m'as parlé du défilé de mode auquel, petite, tu as participé avec ta mère ; tu m'as dit que c'était probablement la dernière fois que tu l'avais vue maquillée. Quand Amy t'a demandé de lui confier quelque chose que tu n'avais jamais raconté à personne, tu lui as fait part de ta tentative ratée pour te percer l'oreille, à l'âge de dix ans ; elle, elle t'a parlé de *Pour toujours* de Judy Blume. Nathan, lui, s'est approché de toi tandis que tu regardais la collection de CD, et il a fredonné une chanson que tu avais chantée avec Justin dans la voiture. Il t'a dit qu'il était le cousin de Steve, alors qu'il n'était venu que pour te voir. Il t'a parlé des relations qui duraient depuis plus d'un an, et tu lui as expliqué que tu étais certaine que, au fond de lui, Justin tenait énormément à toi ; Nathan t'a demandé si c'était suffisant. Ce que je suis en train de te dire, Rhiannon, c'est que… toutes ces personnes, c'était moi. Le temps d'une journée. Aujourd'hui, je suis Megan Powell, et je voulais t'avouer la vérité avant de changer de corps une nouvelle fois. Parce que je te trouve étonnante. Parce que je ne veux pas avoir à faire semblant d'être quelqu'un d'autre chaque fois que je te vois. Parce que je veux pouvoir te rencontrer en étant moi-même. »

J'observe son visage, cherchant désespérément la trace de quelque chose qui ne serait pas l'incrédulité la plus totale. Sans succès.

« C'est Justin qui t'a demandé de faire ça ? demande-t-elle alors d'un ton écœuré. Tu crois vraiment que c'est drôle ?

— Non, ce n'est pas drôle. C'est vrai. Je ne m'attends pas à ce que tu comprennes tout de suite. Je sais à quel point cela peut paraître fou. Mais c'est vrai. Je te jure que c'est vrai.

— Pourquoi tu fais ça ? On ne se connaît même pas !

— Écoute-moi. Je t'en prie. Tu sais parfaitement que ce n'était pas Justin qui était avec toi ce jour-là. Ton cœur le sait. Justin n'aurait pas agi comme ça. Justin n'aurait pas parlé comme ça. Et pour cause… c'était moi. Je n'ai pas prémédité ça. Je n'ai pas voulu tomber amoureux de toi. Mais c'est arrivé. Je ne peux pas revenir en arrière, je ne peux pas non plus oublier ce qui s'est passé. J'ai vécu toute ma vie de cette façon, et c'est toi qui, pour la première fois, m'as donné envie que tout cela s'arrête. »

La peur se lit toujours sur son visage, son corps.

« Mais pourquoi moi ? demande-t-elle. Ça n'a aucun sens.

– Parce que tu es extraordinaire. Parce que tu témoignes de la gentillesse à une inconnue qui débarque comme ça dans ton lycée. Parce que toi non plus, tu ne veux pas rester enfermée du mauvais côté de la fenêtre, tu veux prendre la vie à bras-le-corps. Parce que tu es belle. Parce que, lorsque j'ai dansé avec toi samedi dans le sous-sol de Steve, c'était comme un feu d'artifice. Et que lorsque j'étais allongé près de toi sur la plage, c'était comme goûter au calme le plus parfait qui puisse exister. Je sais que tu penses que Justin t'aime au fond de lui, quelque part, mais moi, je t'aime de tout mon être.

– Ça suffit ! dit Rhiannon d'une voix qui s'étrangle légèrement. Ça… ça suffit, OK ? Je crois que je comprends ce que tu me racontes, même si ça n'a *aucun sens*.

– Tu sais que ce n'était pas lui, ce jour-là…

— *Je ne sais rien du tout !* » s'écrie-t-elle suffisamment fort pour que quelques têtes se tournent dans notre direction. Lorsqu'elle s'en rend compte, Rhiannon baisse de nouveau le ton. « Je n'en sais rien, je ne sais absolument rien. »

Elle est au bord des larmes. Je tends le bras et lui prends la main. Ça ne lui plaît pas, mais elle ne fait rien pour me repousser.

« Je sais que ça fait beaucoup de choses à la fois, dis-je. Crois-moi, je sais.

— Ce n'est pas possible, murmure-t-elle.

— Si. J'en suis la preuve. »

Toutes les fois où j'ai essayé d'imaginer cette conversation, il me semblait qu'elle pouvait prendre deux directions : révélation ou révulsion, pour faire court. Mais, ici, nous sommes coincés quelque part entre les deux. Elle n'a pas confiance en moi – pas au point de croire ce que je lui raconte. Et en même temps, elle ne m'a pas encore planté là, et ne s'est pas mise à hurler avec insistance que c'était une plaisanterie de très mauvais goût.

Je prends conscience que je ne parviendrai pas à la convaincre. Pas comme ça. Pas ici.

« Écoute : et si nous nous donnions rendez-vous ici demain, à la même heure ? Je ne serai pas dans le même corps, et pourtant ce sera toujours moi. Est-ce que ça t'aiderait à me croire ?

— Qu'est-ce qui t'empêcherait de demander à quelqu'un d'autre de venir à ta place ?

— Rien, mais pourquoi ferais-je ça ? Il ne s'agit pas d'une blague, il ne s'agit pas d'un canular. Il s'agit de ma vie.

— Tu es complètement dingue.

— Tu sais bien que non. Ça, au moins, tu le sens. »

C'est maintenant à son tour de me regarder droit dans les yeux. De me jauger. De relier les points, et de voir s'ils nous relient l'un à l'autre.

« C'est quoi ton nom ? demande-t-elle.

— Aujourd'hui, je m'appelle Megan Powell.

— Non. Je veux connaître ton vrai nom. »

L'espace d'un instant, je cesse de respirer. Personne ne m'a encore posé cette question. Et, évidemment, de moi-même, je ne l'ai jamais dit à qui que ce soit.

« A.

— A ? C'est tout ?

— A, c'est tout. Je me suis inventé ça quand j'étais petit. C'était en quelque sorte une manière de préserver mon intégrité tout en passant d'un corps à un autre, d'une vie à une autre. J'avais besoin de quelque chose de pur. Alors j'ai choisi la lettre A.

— Comment tu trouves mon nom à moi ?

— Je te l'ai dit l'autre soir. Je pense que c'est un joli prénom, même si, à une époque, ça t'embêtait d'avoir souvent à l'épeler. »

Elle se lève. Je fais de même.

Elle reste là, devant moi, immobile. Je vois bien que des pensées se bousculent dans sa tête, dont j'ignore la nature. Tomber amoureux de quelqu'un ne permet pas de mieux comprendre ce que ressent la personne. Vous seul savez ce que vous ressentez.

« Rhiannon… »

Elle lève la main pour m'interrompre.

« Ça suffit, dit-elle. Pas maintenant. Demain. Je t'accorde demain, si cela peut me permettre d'y voir plus clair. Et si ça se passe vraiment comme tu dis… De toute façon, j'ai besoin de plus de temps.

— Merci.

— Tu me remercieras demain, si je viens. Tout ça, c'est… c'est à n'y rien comprendre.

— Je sais. »

Elle enfile sa veste et se dirige vers la sortie. Avant de se tourner vers moi une dernière fois.

« Le truc, c'est que, ce jour-là, je n'avais effectivement pas l'impression que c'était lui. Pas entièrement. Et, depuis, il fait comme si cette journée n'avait jamais existé. Il n'en a gardé aucun souvenir. Il y a un million d'explications possibles à ça. Mais voilà.

— Voilà. »

Elle secoue la tête.

« À demain, lui dis-je.

– À demain », répond-elle.

Cela sonne comme un peu moins qu'une promesse, et comme un peu plus qu'une chance.

6003e jour

Quand je me réveille le lendemain matin, je ne suis pas seul.

Je partage une chambre avec deux autres garçons – mes frères. Paul et Tom. Paul a un an de plus que moi. Tom et moi sommes jumeaux. Je m'appelle James.

James est un grand costaud – il joue au football américain. Tom affiche à peu près la même carrure, et Paul est encore plus massif.

La chambre est propre, mais avant même de savoir dans quelle ville je me trouve, je me doute que nous n'habitons pas les beaux quartiers. Nous sommes une grande famille dans une petite maison. Pas d'ordinateur ici. James n'a certainement pas de voiture.

C'est le rôle de Paul – rôle assumé de lui-même ou confié par un tiers – de nous tirer du lit. Notre père travaille de nuit et il n'est pas encore rentré ; notre mère est déjà partie au boulot. Nos deux sœurs vont sortir de la salle de bains d'une minute à l'autre, et ce sera notre tour.

En accédant à la mémoire de James, j'apprends que nous habitons dans la commune voisine de celle de Nathan, à plus d'une heure de chez Rhiannon.

Ça ne va pas être une journée facile.

***

Le trajet en bus jusqu'au lycée dure quarante-cinq minutes. Une fois sur place, nous allons directement à la cafétéria prendre un petit-déjeuner gratuit. L'appétit de James me stupéfie : j'avale pancake sur pancake, et il a encore faim. *Idem* pour Tom.

Par chance, ma journée commence par une heure de permanence. Qui doit malheureusement être consacrée à des devoirs à finir. Je boucle le tout au plus vite et il me reste une dizaine de minutes pour m'installer devant l'un des ordinateurs.

J'y découvre un message de Rhiannon, envoyé à une heure du matin.

A,

J'ai envie de te croire, mais comment le pourrais-je ?

Rhiannon

Je réponds :

138

Rhiannon,

Comment n'est pas la question. Fais juste confiance à ton instinct.

Aujourd'hui, je suis à Laurel, à plus d'une heure de chez toi, dans le corps d'un joueur de football américain prénommé James. Je sais à quel point ça paraît grotesque. Mais comme tout ce que je t'ai dit auparavant, c'est la vérité.

Je t'embrasse,

A

J'ai tout juste le temps de consulter mon autre compte. Où se trouve un nouveau message de Nathan.

Tu ne pourras pas échapper éternellement à mes questions. Je veux savoir qui tu es. Je veux savoir pourquoi tu agis comme tu le fais.
Explique-moi.

Une fois de plus, je ne réponds pas. Lui dois-je vraiment des explications ? Je n'en sais rien. Je lui dois sans doute quelque chose. Mais peut-être pas ça.

Vient l'heure du déjeuner. Je voudrais accéder de nouveau au plus vite à un ordinateur, mais James a faim. Tom est avec lui, et j'ai peur que s'il ne déjeune pas maintenant, profitant des repas offerts par le lycée, il n'avale rien avant l'heure du dîner. Il n'y a en effet que trois dollars dans son portefeuille, petite monnaie incluse.

J'engloutis donc mon repas aussi vite que possible puis annonce que je dois me rendre à la bibliothèque, ce qui suscite les sarcasmes de Tom :

« C'est pour les gonzesses, ce genre de choses ! »

Prenant à cœur mon rôle de frère, je réplique :

« Ça explique pourquoi tu ne t'en trouves jamais ! »

S'ensuit alors un match de catch improvisé, qui me coûte un temps précieux.

Quand j'arrive enfin à la bibliothèque, tous les postes sont occupés. L'air menaçant, je me plante donc à côté d'un petit gars de troisième qui, au bout de deux minutes, finit par prendre peur et me laisse sa place. Je consulte deux ou trois sites et découvre malheureusement qu'il va me falloir emprunter pas moins de trois bus pour parvenir jusqu'à la ville de Rhiannon. Je m'apprête à repartir quand je constate qu'elle vient de m'envoyer un nouvel e-mail.

A,

As-tu une voiture ? Dans le cas contraire, je pourrais peut-être venir ? Il y a un Starbucks à Laurel. Il ne peut rien vous arriver de mal dans un Starbucks, paraît-il. Dis-moi si tu veux qu'on se retrouve là-bas.

Rhiannon

Je tape :

Rhiannon,
Ça m'arrangerait effectivement que tu viennes
jusqu'ici. J'accepte volontiers.

A

Sa réponse ne tarde pas à me parvenir :

Je serai au Starbucks à cinq heures. J'ai hâte de
voir quelle tête tu as aujourd'hui.
(J'ai toujours autant de mal à y croire.)

Rhiannon

L'espoir me met dans tous mes états. Elle a eu le temps de réfléchir, et elle n'en est pas venue à se braquer contre moi. C'est plus que je n'aurais osé espérer. Mieux vaut cependant ne pas trop se réjouir, de peur d'être déçu.

Mon après-midi se déroule de façon tout à fait banale… à une exception près. Pendant la dernière heure de cours, Mme French, la prof de biologie, s'en prend à un élève qui n'a pas rendu son devoir. Il fallait préparer une expérience, et il est clairement pris au dépourvu.

« Je ne sais pas ce qui m'est arrivé, dit le cancre. J'ai dû être possédé par le diable ! »

À ces mots, le reste de la classe éclate de rire, et même Mme French ne peut s'empêcher d'émettre quelques gloussements.

« Ouais, moi aussi j'ai été possédé par le diable, lance un autre garçon. Au bout de sept bouteilles de bière !

— Bon, ça suffit maintenant, on se calme », intervient la professeure.

Mais, à la manière dont ils en parlent, je comprends que l'histoire de Nathan est maintenant connue de tous.

« Hé, dis-je à Tom tandis que nous nous rendons à l'entraînement de football américain, t'as entendu parler de cet ado à Monroeville qui raconte avoir été possédé par le diable ?

— Ben ouais, mon vieux, on en discutait hier, toi et moi ! Les journaux ne parlent que de ça.

— Oui, bien sûr, excuse-moi, je voulais juste savoir s'il y avait eu du nouveau depuis ?

— Que veux-tu de plus ? J'ai presque pitié de ce gars. Il a inventé ce bobard complètement dingue, et maintenant, tous les fanatiques religieux veulent le récupérer. »

Voilà qui n'est pas une très bonne nouvelle.

Notre entraîneur doit accompagner sa femme à son cours d'accouchement sans douleur – ce dont il se plaint en nous donnant moult détails – et nous laisse donc partir plus tôt que prévu. J'annonce à Tom que je compte passer en vitesse chez Starbucks, et il me regarde comme si je m'étais totalement et irrémédiablement transformé en chochotte. J'espérais une telle réaction de dégoût, et je suis soulagé de l'obtenir.

Elle n'est pas là quand j'arrive, et je me commande un petit café noir – c'est à peu près tout ce que je peux me payer –, avant de m'installer à une table pour l'attendre. L'endroit est bondé ; je prends l'air d'une brute afin de dissuader qui que ce soit de s'asseoir sur la chaise en face de moi.

Vers cinq heures vingt, elle fait enfin son entrée. Elle balaie la salle des yeux ; je lui fais signe de la main. J'ai eu beau lui annoncer que j'étais un joueur de football américain, elle est tout de même un peu surprise. Mais elle s'approche.

« Bon, dit-elle en s'asseyant, avant d'aller plus loin, je veux voir ton téléphone. » Devant mon air confus, elle précise aussitôt : « Je veux vérifier tous les appels que tu as passés au cours de la semaine, et tous ceux que tu as reçus. Si ton histoire n'est pas un gros canular, alors tu n'as rien à cacher. »

Je lui tends le téléphone de James, dont elle sait se servir mieux que moi.

Après quelques minutes de recherche, elle semble satisfaite.

« Maintenant, un petit quiz, annonce-t-elle en me rendant mon portable. Pour commencer :

qu'est-ce que je portais le jour où Justin m'a emmenée à la plage ? »

Je me repasse le fil de cette journée, tentant de me remémorer ce genre de détails. Mais je les ai déjà oubliés. Je me souviens d'elle, pas de ses vêtements.

« Je ne sais plus. Mais toi, tu te souviens de ce que Justin portait ? »

Elle prend le temps de réfléchir.

« Hmm. Touché. Bon, et sur la plage, on est allés jusqu'où en termes de câlins ?

— Nous avons installé notre couverture, mais nous n'avons fait que nous embrasser. C'était bien suffisant.

— Qu'est-ce que je t'ai dit avant de descendre de la voiture ?

— "Voilà pour la note agréable".

— Exact. Vite, comment s'appelle la petite amie de Steve ?

— Stephanie.

— Et à quelle heure la soirée s'est-elle terminée ?

— Onze heures et quart.

— Et quand tu étais dans le corps de cette fille que j'ai emmenée avec moi en cours, qu'était-il écrit sur le mot que tu m'as fait passer ?

— Quelque chose du genre : *Les cours sont aussi ennuyeux ici que dans mon lycée actuel.*

— Et tu avais quoi comme badge sur ton sac à dos ce jour-là ?

– Des chatons de mangas japonais.

– Bon, eh bien, il y a deux possibilités : soit tu es un excellent menteur, soit tu changes effectivement de corps chaque jour. Je ne saurais dire laquelle est la bonne.

– La seconde. »

C'est alors que par-dessus l'épaule de Rhiannon, je remarque soudain la présence d'une femme qui nous regarde bizarrement. A-t-elle suivi notre échange ?

« Sortons d'ici, dis-je en chuchotant. J'ai l'impression qu'on s'intéresse à notre conversation. »

Rhiannon n'a pas l'air convaincue.

« Je te suivrais peut-être si tu avais de nouveau emprunté le corps d'une petite pom-pom girl. Je ne suis pas sûre que tu t'en rendes bien compte, mais aujourd'hui, tu es plutôt du genre grand baraqué pas franchement rassurant. J'entends encore la voix de ma mère : "Ne suis jamais un inconnu dans une allée obscure." »

Je pointe le doigt vers la fenêtre : un banc nous tend les bras sur le trottoir.

« Au grand jour, à la vue de tous, mais sans personne pour nous écouter.

– OK. »

Lorsque nous nous levons, je lis de la déception sur le visage de la femme repérée plus tôt. Je réalise à ce moment-là que beaucoup d'ordinateurs et de cahiers sont ouverts un peu partout, et prie pour que personne n'ait pris de notes.

Une fois dehors, Rhiannon me laisse m'asseoir en premier, afin de décider elle-même de la distance qui va nous séparer – une distance considérable.

« Donc tu dis que ça fonctionne comme ça depuis ta naissance ?

– Oui, pour autant que je m'en souvienne.

– Et comment ça se passait au début ? Tu n'étais pas complètement perdu ?

– Il faut croire que je me suis habitué assez vite. Dans un premier temps, j'ai cru que tout le monde était dans le même cas que moi. Pour un nourrisson, ce qui compte, c'est qu'on s'occupe de lui, et peu importe qui. Plus tard, j'ai vécu ça comme un jeu, et j'ai appris instinctivement à accéder à la mémoire des corps que j'occupais. De sorte que je savais toujours quel était mon nom et où je me trouvais. Ce n'est que vers six ou sept ans que j'ai compris que j'étais différent, et vers neuf ou dix ans que j'en ai eu assez.

– Tu aurais voulu que ça s'arrête ?

– Bien sûr. Imagine-toi vouloir rentrer chez toi alors que tu n'as jamais eu de chez-toi. Voilà ce que j'éprouvais. Je désirais des amis, une mère, un père, un chien ; mais les seuls que j'avais, je ne pouvais les garder plus d'une journée. C'était brutal. Je me rappelle que parfois, la nuit, je criais, je pleurais, je suppliais mes parents de ne pas m'obliger à aller me coucher. Ils ne pouvaient malheureusement pas deviner de quoi j'avais peur. Ils pensaient que c'était un monstre sous le lit qui m'effrayait, ou bien que je faisais tout cela pour qu'on me lise encore quelques histoires. Je n'arrivais jamais vraiment à leur expliquer, en tout cas pas d'une façon qu'ils pouvaient comprendre. Je leur disais que je ne voulais pas qu'on se dise adieu, et ils me promettaient qu'il ne s'agissait pas d'adieux, mais simplement de se souhaiter une bonne nuit. Quand j'affirmais que cela revenait au même, ils me demandaient d'arrêter de faire l'idiot. Au bout d'un moment, j'ai fini par accepter. Je n'avais pas le choix. J'ai compris que c'était ça, ma vie, et que je ne pouvais rien y changer. Je ne pouvais rien contre le cours des choses, alors autant le suivre le plus docilement possible, en évitant les heurts.

— Combien de fois as-tu raconté cette histoire ?

— Jamais auparavant. Je te le jure. Tu es la première à l'entendre. »

J'espérais que cela lui ferait comprendre l'importance qu'elle a pour moi, mais cela semble avant tout l'inquiéter.

« Tu dois avoir des parents, non ? Tout le monde a des parents…

— Je n'en sais rien, dis-je en haussant les épaules. Ça paraîtrait logique. Mais je n'ai personne à qui poser la question. Je n'ai jamais rencontré qui que ce soit dans ma situation. À moins que je ne m'en sois pas rendu compte, bien sûr. »

À voir son expression, il est évident qu'elle trouve mon histoire bien triste. Comment la convaincre du fait qu'il y a aussi de bons moments ?

« J'ai eu accès à des choses que… »

Je m'interromps, ne sachant pas comment poursuivre.

« Oui, continue, dit-elle.

– C'est juste que… Je sais que ça a l'air d'une existence abominable, mais j'ai aussi vu tellement de choses. Quand on est cantonné dans le même corps, il est difficile de se faire vraiment une idée de ce qu'est la vie. Chacun demeure enfermé dans sa propre perspective. Tandis que lorsqu'on change soi-même chaque jour, on accède plus facilement à l'universel. Et cela à travers les détails les plus ordinaires. On se rend compte que les cerises n'ont pas le même goût en fonction de celui qui les mange, qu'un bleu n'a pas la même teinte selon qui le regarde. On découvre tous les rituels étranges auxquels les garçons ont recours entre eux afin de se témoigner de l'affection sans en avoir l'air. On apprend que si un parent vous lit une his-toire le soir, c'est qu'il est sans doute un bon parent, car tant d'autres n'ont jamais le temps pour ça. On apprend à reconnaître la valeur de chaque journée, car elles sont toutes uniques. Si tu demandes à la plupart des gens quelle différence il y a eu entre leur lundi et leur mardi, ils vont probablement te parler de ce qu'ils ont mangé au dîner chaque soir. Pas moi. Observer le monde à partir d'une multitude de points de vue m'a permis d'en éprouver toutes les dimensions.

— Mais tu n'as jamais connu aucune expérience qui dure, me fait remarquer Rhiannon. Je comprends ce que tu dis, ce que ça représente d'exceptionnel, mais tu n'as jamais eu un ami que tu as vu tous les jours pendant dix ans. Tu n'as jamais possédé un animal qui a vieilli auprès de toi. Tu n'as jamais vu ce que l'amour d'un père ou d'une mère peut avoir de tordu sur la durée. Et tu n'as jamais eu une relation d'un an, ni même d'une semaine. »

J'aurais dû me douter qu'on en reviendrait à ça.

« Mais j'ai pu voir, observer. Je sais comment tout ça fonctionne.

— De l'extérieur ? Je ne crois pas qu'on puisse vraiment comprendre de l'extérieur.

— Je pense que tu sous-estimes à quel point certains éléments des relations de chacun peuvent être prévisibles.

— Je l'aime, dit-elle. Tu ne le comprends pas, mais c'est la vérité.

— Tu ne devrais pas. Je l'ai vu de l'intérieur. Je sais de quoi je parle.

— Une journée. Tu l'as vu vivre pendant une journée, c'est tout.

— Et au cours de cette même journée, tu as perçu ce qu'il pourrait être. Tu l'as aimé plus fort… quand c'était moi. »

Je tends de nouveau le bras vers sa main, mais cette fois, elle m'arrête :

« Non. Ne fais pas ça. »

Je me fige.

« J'ai un petit ami, dit-elle. Je sais que tu ne l'aimes pas, et il est certain que, de temps à autre, je ne l'aime pas non plus. Mais c'est comme ça. En revanche, je crois ce que tu viens de me dire. Je crois que tu es une seule et même personne que j'ai pour l'instant rencontrée dans cinq corps différents. Il faut sans doute en conclure que je suis aussi cinglée que toi. Tu dis que tu m'aimes, mais tu ne me connais pas. Tu ne me connais que depuis une semaine. Il me faut du temps, plus de temps.

— Mais ne l'as-tu pas senti, ce jour-là, sur la plage ? Est-ce que ça ne t'a pas semblé parfait ? »

Et là, tout me revient : l'appel de l'océan, la musique de l'univers. Elle pourrait mentir, nier ce qui s'est passé. Mais certaines personnes refusent que leur vie soit une suite de mensonges. Elle se mord la lèvre et hoche la tête.

« Oui. Mais je ne sais pas à qui était destiné ce sentiment. Même si c'était à toi, tu comprends bien que mon histoire avec Justin a joué un rôle là-dedans. Je n'aurais jamais éprouvé la même chose avec un inconnu. Ça n'aurait pas été aussi parfait.

— Comment le sais-tu ?

— Justement, je n'en sais rien. »

Elle jette un coup d'œil à son téléphone. Je comprends que c'est un signal – elle doit ou elle veut partir.

« Il faut que j'y aille, dit-elle. Il faut que je rentre à temps pour le dîner.

— Merci d'être venue jusqu'ici. »

Tout ça est maladroit. Tellement maladroit.

« On peut se revoir ? »

Elle hoche la tête.

« Je vais te montrer, lui dis-je. Je vais te montrer ce que ça signifie.

— Quoi ?

— Aimer. »

Ressent-elle de la peur alors ? De la gêne ? De l'espoir ?

Aucune idée.

Quand j'arrive à la maison, j'ai droit à la colère de Tom. En partie parce que je suis allé chez Starbucks, en partie parce que, après ça, j'ai dû marcher plus de trois kilomètres pour rentrer, ce qui m'a mis en retard pour le dîner, et nous a valu d'essuyer la fort méchante humeur de notre père.

« Je sais pas qui est cette fille, mais j'espère qu'elle en valait la peine », se moque-t-il ensuite.

Je le regarde en faisant mine de ne pas comprendre.

« Arrête ça, mon vieux, tu ne vas pas me faire croire que t'avais juste envie de boire un petit café en écoutant cette mauvaise musique qu'ils diffusent. Je te connais trop bien. »

Mieux vaut ne rien répondre à ça.

C'est moi qui suis chargé de faire la vaisselle. Je m'y attelle en allumant la radio, et quand vient l'heure des infos régionales, à qui ai-je droit ? À Nathan Daldry, bien sûr.

« Alors, Nathan, racontez-nous ce qui vous est arrivé samedi dernier ?

— J'ai été possédé. Il n'y a pas d'autre mot pour décrire ça. Je ne contrôlais plus mon propre corps. J'estime avoir de la chance d'être encore en vie. Et je lance un appel à toutes les personnes qui, comme moi, ont été, un jour durant, les victimes d'une possession : contactez-moi. Je vais être honnête avec vous, Chuck, beaucoup de gens pensent que je suis fou. Au lycée, mes camarades se moquent constamment de moi. Mais je sais ce qui s'est passé. Et je sais que je ne suis pas le seul à qui une telle chose est arrivée. »

Je sais que je ne suis pas le seul.

Voilà la phrase qui me hante. J'aimerais en être aussi sûr que Nathan.

J'aimerais ne pas être le seul à vivre ce que je vis.

6004ᵉ jour

Le lendemain matin, je me réveille dans la même chambre.

Dans le même corps.

Je n'arrive pas à y croire. C'est incompréhensible. Après toutes ces années…

Je regarde le mur. Mes mains. Les draps.

Puis je me retourne et je découvre James qui dort dans son lit.

James.

Et je comprends aussitôt : je ne suis pas dans le même corps. Je ne me suis pas réveillé du même côté de la pièce.

Non, ce matin, je suis le jumeau de James – Tom.

Jamais auparavant je n'ai eu cette chance-là. J'observe James tandis qu'il émerge du sommeil, d'une journée passée à l'écart de son propre corps. Je guette des indices de cette aliénation, d'une confusion qu'il éprouverait au moment d'en sortir. Mais je n'assiste qu'au réveil banal d'un joueur de football américain qui commence la journée par quelques étirements. S'il ressent quelque chose d'étrange ou de différent, en tout cas, il n'en montre rien.

« Bah alors, mon vieux, qu'est-ce que tu regardes comme ça ? »

Ce n'est pas James qui m'interpelle, mais l'aîné, Paul.

« Rien, je me lève », dis-je en marmonnant.

Mais, en réalité, je ne quitte pas James des yeux. Ni à ce moment-là, ni pendant le trajet jusqu'au lycée, ni au petit-déjeuner à la cafétéria. Il a l'air un peu ahuri, mais comme quelqu'un qui a mal dormi, rien de plus.

« Tu te sens bien ? » je lui demande.

Il pousse un grognement.

« Ouais, super. Gentil de te soucier de moi. »

Je décide de lui poser mes questions aussi bêtement que possible. Ça devrait passer tout seul puisqu'il ne s'attend pas à ce que je sois une lumière.

« Tu as fait quoi après l'entraînement, hier ?

— Je suis passé au Starbucks.

— Tu étais avec qui ? »

Il me regarde alors comme si je venais de lui poser ma question d'une voix de fausset.

« Avec personne – j'avais envie d'un café, OK ? »

Je scrute son visage. Cherche-t-il à me dissimuler sa conversation avec Rhiannon ? J'en doute. Il serait incapable de mentir aussi bien que ça.

Non, il ne se souvient pas de leur rendez-vous. Ni de leur conversation. Ni d'elle.

« Alors pourquoi ça t'a pris si longtemps ?

— Quoi, tu m'as chronométré ? Merci, coach.

— Dans ce cas, à qui as-tu écrit un e-mail à l'heure du déjeuner ?

— J'ai le droit de consulter ma messagerie tout de même !

— Ta propre messagerie ?

— Quelle messagerie voudrais-tu que je consulte ? Qu'est-ce qui te prend ? C'est quoi toutes ces questions bizarres ? Hein, Paul ? »

Paul est occupé à mâcher un morceau de bacon.

« J'en sais rien, les mecs. Quand vous causez, je ne fais jamais vraiment attention. Je décroche automatiquement. »

Paradoxalement, je regrette de ne pas être resté dans le corps de James, afin de savoir exactement quels souvenirs il a conservés de la journée d'hier. De l'extérieur, j'ai l'impression qu'il se rappelle les endroits où il a été, mais que son cerveau a fabriqué une version alternative des événements, dont la logique est davantage compatible avec sa vie. Est-ce vraiment lui qui est à l'origine de ce scénario – serait-ce une sorte d'auto-adaptation ? Ou bien est-ce moi qui, juste avant de quitter son corps, ai modifié sa mémoire ?

James ne s'inquiète pas d'avoir été possédé par le diable.

Pour lui, hier était un jour comme les autres.

Une fois de plus, ma matinée se résume à trouver quelques minutes de libres au cours desquelles je pourrai consulter mes e-mails.

J'aurais dû lui donner mon numéro de téléphone.

Cette pensée m'arrête brutalement. Debout au milieu d'un couloir du lycée, je suis, l'espace d'un instant, sous le choc. Je viens d'avoir une idée toute bête, des plus banales – et c'est exactement ce qui m'a cloué sur place. Car, dans le contexte de ma vie, une pensée ordinaire est une pensée absurde. Il m'était impossible de donner à Rhiannon un quelconque numéro de téléphone. Je le sais parfaitement. Et pourtant, cela m'est venu à l'esprit. Pendant quelques secondes, j'ai cru que j'étais comme tout le monde.

Je ne sais pas ce que cela signifie, mais je crains d'être sur une pente dangereuse.

Au déjeuner, j'annonce à James que je vais à la bibliothèque.

« Arrête, dit-il, c'est pour les gonzesses, ce genre de choses. »

***

Pas de nouveaux messages de Rhiannon. Je décide donc de lui écrire.

Rhiannon,
Figure-toi qu'aujourd'hui tu me reconnaîtrais. Je me suis réveillé dans le corps du frère jumeau de James. J'espérais que cela m'aiderait à comprendre certaines choses, mais jusqu'à présent, ça n'a pas été le cas.
Je veux te revoir.

A

Rien non plus de la part de Nathan. Je tape encore une fois son nom dans un moteur de recherche, en me disant que d'autres articles sur sa mésaventure sont peut-être parus.

Une liste de plus de deux mille résultats s'affiche. Datant tous de ces trois derniers jours.

La rumeur s'amplifie. Principalement par le biais de sites chrétiens évangélistes, qui se sont jetés sur les déclarations de Nathan évoquant le diable comme on se jetterait sur du pain blanc. Pour eux, l'adolescent est la dernière preuve en date que notre civilisation se dirige tout droit vers l'enfer.

Dans mon souvenir, aucune des versions du « Garçon qui criait au loup » que j'ai pu entendre ne s'attardait à ce point sur l'état émotionnel du garçon, surtout une fois que le loup s'était enfin montré. Je voudrais savoir ce que Nathan pense vraiment – croit-il à ce qu'il raconte ? Les articles de presse ou les blogs ne m'en apprennent pas beaucoup : Nathan répète la même chose à tout le monde, et les gens le décrivent soit comme un hurluberlu, soit comme un prophète. Personne n'a pris la peine de le faire asseoir et de s'adresser à lui comme à un adolescent de seize ans. On omet les bonnes questions au profit des questions sensationnelles.

J'ouvre de nouveau son dernier e-mail.

Tu ne pourras pas échapper éternellement à mes questions. Je veux savoir qui tu es. Je veux savoir pourquoi tu agis comme tu le fais.
Explique-moi.

Comment pourrais-je lui répondre sans confirmer au moins en partie l'histoire qu'il a inventée ? J'ai le sentiment qu'il a raison – d'une certaine manière, je ne peux pas échapper éternellement à ses demandes. Elles finiront par me tarauder. Où que je me réveille, elles me poursuivront. Mais un retour de ma part lui apporterait une forme de justification, et il vaut mieux que j'évite ça. Autant ne pas l'encourager à persister dans cette voie.

Ce que je peux espérer de mieux, c'est qu'il se mette à croire qu'il est bel et bien fou. Même si je me rends compte combien il est affreux de souhaiter ça à quelqu'un. Surtout s'il ne l'est pas.

Je voudrais pouvoir demander conseil à Rhiannon à ce sujet. Mais je crois deviner ce qu'elle me dirait. À moins que je ne fasse que projeter sur elle ce qu'il y a de meilleur en moi. Car la réponse, je la connais : à quoi bon chercher à se protéger si l'on a honte de qui l'on est ?

C'est moi qui ai mis Nathan dans cette situation. J'ai donc une responsabilité vis-à-vis de ce qui lui arrive.

Je déteste me l'avouer, mais c'est la vérité.

Je ne vais pas lui écrire tout de suite. Il faut que je prenne le temps de réfléchir et que je trouve le moyen de l'aider sans pour autant confirmer quoi que ce soit.

Pendant la dernière heure de cours, une idée me vient enfin ; je crois que je tiens la bonne façon de procéder.

Je sais qui tu es. J'ai entendu parler de toi à la télévision. Cette histoire n'a rien à voir avec moi. Désolé, mais tu fais erreur.

J'en profite pour te dire qu'il me semble que tu n'as pas envisagé toutes les possibilités. Je suis certain que ce qui t'est arrivé n'était pas des plus agréable, mais en rendre le diable responsable n'est pas la solution.

Je me hâte de lui envoyer ce message avant mon entraînement.

Je regarde aussi si j'ai reçu un e-mail de Rhiannon.

Rien.

La fin de la journée se déroule sans événement marquant. Je constate que je le regrette, ce qui est nouveau pour moi. Jusqu'à présent, c'est ma capacité à coller à la routine qui me procurait une certaine satisfaction. Désormais, les heures que j'ai à affronter me paraissent ennuyeuses, vides. Faire les choses de façon mécanique vous donne justement le temps de réfléchir aux mécanismes. Jusqu'à présent, je trouvais cela intéressant. Aujourd'hui, cela me paraît dépourvu de sens.

Je m'entraîne au football. Un camarade me dépose chez moi en voiture. Je fais mes devoirs. J'avale mon dîner. Je regarde la télé en famille.

C'est le problème, quand vous avez une raison de vivre : tout le reste vous semble mort.

James et moi sommes les premiers à aller nous coucher. Paul est dans la cuisine, il discute avec notre mère des horaires de son job du week-end. Nous nous déshabillons, allons et venons entre la chambre et la salle de bains, tout ça sans dire un mot.

Je me mets au lit et il éteint la lumière. Mais je ne l'entends pas s'allonger sous ses draps. Il reste planté au milieu de la pièce.

« Tom ?

— Ouais ?

— Pourquoi tu m'as posé toutes ces questions sur ce que j'ai fait hier ? »

Je me redresse.

« Je ne sais pas. C'est juste que t'avais un peu l'air… à côté de tes pompes.

— Ça m'a fait bizarre. Que tu demandes, je veux dire. »

Je l'entends s'approcher de son lit, écraser le matelas de son poids.

« Alors il ne s'est rien passé d'anormal pour toi, hier ? » dis-je, en espérant que quelque chose — n'importe quoi — remonte à la surface.

« Non, pas que je me souvienne. C'était drôle que Snyder arrête l'entraînement pour aller aider sa femme à apprendre à respirer — t'imagines le truc ? Mais, à part ça, rien de spécial. Tu trouves que j'ai pas l'air dans mon assiette aujourd'hui non plus ? »

À dire vrai, j'ai cessé de prêter attention à James après le petit-déjeuner.

« Pourquoi, c'est le cas ?

— Non, je me sens bien mais… enfin, c'est juste que je ne voudrais pas avoir l'air bizarre alors que tout est OK.

— T'inquiète, t'as l'air normal.

– Parfait, alors », dit-il avant de se retourner vers le mur.

Je voudrais prolonger la conversation, mais les mots ne me viennent pas. J'ai une tendresse particulière pour ces échanges nocturnes : quand les lumières sont éteintes, les paroles semblent se matérialiser différemment dans l'air. Je repense à ces nuits où j'ai été chanceux – lorsque j'étais invité à dormir chez des amis, ou lorsque je partageais ma chambre avec un frère ou une sœur que j'appréciais particulièrement. Certaines conversations m'ont presque fait croire un instant que je pouvais dire tout ce qui me passait par la tête, qu'il n'y avait rien à cacher. Et quand venait le moment de dormir, je glissais doucement dans le sommeil, en paix.

« Bonne nuit », dis-je à James – au lieu de lui dire au revoir. Car je m'en vais bientôt, je quitte cette famille. Cela n'aura duré que deux jours, mais c'est deux fois plus que ce dont j'ai l'habitude. Ce n'est qu'un aperçu – un infime aperçu – de ce que cela pourrait être de se réveiller chaque matin au même endroit.

Maintenant, je dois passer à autre chose.

6005ᵉ *jour*

Certaines personnes croient que la maladie mentale est une affaire d'humeur, de personnalité. Elles pensent que la dépression est une forme de tristesse, que la névrose obsessionnelle est l'apanage des gens coincés. Elles s'imaginent qu'on peut choisir, contrôler ça.

Je sais à quel point cette idée est fausse.

Plus jeune, je ne comprenais pas. Je me réveillais parfois dans un nouveau corps et, sans savoir pourquoi, tout me paraissait plus étouffant, plus sombre. Ou bien, au contraire, je me sentais surexcité, sans repères, comme une radio à plein volume sur laquelle on fait défiler les stations. N'ayant pas accès aux émotions de mon hôte, j'ai longtemps supposé qu'il ne pouvait s'agir que des miennes. Au fil du temps, néanmoins, je me suis rendu compte que ces dispositions, ces compulsions, faisaient partie intégrante du corps qui m'hébergeait, au même titre que la couleur des yeux ou le son de la voix. Certes, les émotions sont intangibles, informes, mais leur origine est chimique, biologique.

Voilà un cycle qu'il est difficile de vaincre. Le corps lutte contre vous, ce qui a pour conséquence d'augmenter encore votre désespoir. Et de renforcer le déséquilibre déjà existant. Cela demande une force extraordinaire de vivre avec ce genre de pathologies. Mais cette capacité de résistance, j'y ai été confronté à maintes reprises. Quand j'occupe le corps de personnes qui se battent de la sorte, je dois me montrer aussi fort qu'elles, voire plus fort encore, car je suis moins préparé.

Je sais désormais reconnaître les signes. Je sais quand je dois me mettre à la recherche de boîtes de comprimés, et quand je dois laisser le corps suivre sa pente naturelle. Je dois surtout ne jamais oublier la chose suivante : *ce n'est pas ce que je suis, moi.* Cela a rapport avec la chimie. La biologie. Rien à voir avec moi, ni avec aucun de ces individus.

Je le sens avant même d'ouvrir les yeux : la tête de Kelsea Cook est un lieu très sombre. Mais le vacarme y règne. Les mots, les envies, les pulsions se fracassent les uns contre les autres en permanence. J'essaie d'imposer mes propres pensées au milieu de ce brouhaha. Le corps de Kelsea réagit aussitôt en se mettant à suer abondamment. Je m'efforce de rester calme, mais il s'oppose à moi, cherche à me noyer dans sa furie.

D'après mon expérience, c'est rarement aussi difficile dès le matin. Je crains que cela ne soit pire encore dans la journée !

Derrière la confusion, je sens l'envie de se faire mal. J'ouvre les yeux et découvre des cicatrices. Pas seulement sur le corps, même si celles-là sont bien présentes – des fines traces de lame de rasoir sur la peau, dont l'entrelacement forme une toile d'araignée morbide. Des cicatrices, il y en a aussi dans la pièce, balafrant les murs, jonchant le sol. Pour la personne qui habite ici, plus rien n'a d'importance. Les affiches pendent en lambeaux. Le miroir est fêlé. Des vêtements traînent par terre, abandonnés. Les rideaux sont tirés. Des livres sont abandonnés en vrac sur les étagères, telles des rangées de dents n'ayant jamais vu de dentiste. Un stylo a dû être cassé et secoué avec frénésie, car les murs et le plafond sont criblés de petites larmes d'encre.

J'accède à la mémoire de Kelsea et suis stupéfait d'apprendre que personne ne s'est encore penché sur son cas, que personne ne l'a diagnostiquée. Jusqu'à présent, l'adolescente a dû se débrouiller seule, et elle n'y arrive plus.

Il est cinq heures du matin. Je me suis réveillé sans l'aide du radio-réveil. Je me suis réveillé parce que ces pensées font un tapage terrible, et qu'aucune d'entre elles ne me veut du bien.

J'essaie de me rendormir, mais le corps ne compte me laisser aucun répit.

Deux heures plus tard, je me lève.

On compare parfois la dépression à un nuage noir ou à un chien noir. La métaphore qui convient le mieux dans le cas de Kelsea, c'est celle du nuage. Il l'entoure, l'emprisonne, et il n'y a pas vraiment de porte de sortie. Sa seule issue consiste à essayer de circonscrire sa maladie, pour la réduire à la forme d'un chien. Cette bête la suivra où qu'elle aille ; elle ne s'en débarrassera jamais. Mais au moins deviendra-t-elle une entité séparée, distincte de son hôte, qui sera sa maîtresse.

Je me traîne jusque dans la salle de bains et ouvre le robinet de la douche.

« Qu'est-ce que tu fabriques ? crie une voix d'homme. Tu t'es déjà douchée hier soir ! »

Je m'en fiche. J'ai besoin de l'eau sur ma peau. J'en ai besoin pour me sentir prêt à affronter cette journée.

Quand je sors de la salle de bains, le père de Kelsea fait le pied de grue dans le couloir et me lance un regard noir de colère.

« Habille-toi », dit-il d'une voix menaçante.

Je resserre ma serviette autour de moi.

Dans ma chambre, j'enfile des vêtements et sélectionne les livres dont j'aurai besoin aujourd'hui. Il y a un journal intime dans le sac à dos de Kelsea, mais je n'ai pas le temps d'y jeter un œil. Pas le temps non plus de consulter mes e-mails. Il a beau attendre dans la pièce d'à côté, je peux sentir d'ici l'impatience de son père.

Ils ne sont que tous les deux. J'accède de nouveau à la mémoire de mon hôte et découvre qu'elle lui a raconté un mensonge pour qu'il la conduise au lycée. Tout ça afin d'éviter de se retrouver dans le bus parmi les autres jeunes. Le problème n'est pas qu'ils la harcèlent – trop occupée à se harceler elle-même, elle ne le remarquerait même pas ; non, le problème, c'est l'enfermement, le fait de se sentir coincée.

Ce n'est pas beaucoup mieux dans la voiture, mais au moins ne doit-elle gérer la présence que d'une seule personne. Même alors que nous roulons, l'agacement du père de Kelsea est palpable. Je m'étonne toujours de la capacité de certaines personnes à ne pas regarder un problème en face tout en sachant qu'il existe, comme si c'était là le meilleur moyen de le faire disparaître. Elles s'épargnent ainsi la confrontation, mais cela ne les empêche pas pour autant d'être rongées par le ressentiment.

Elle a besoin de ton aide, ai-je envie d'expliquer à son père. Mais je ne suis pas en position de lui dire ça, et puis j'ignore comment il pourrait réagir.

Kelsea reste donc silencieuse tout au long du trajet. Son père n'est pas plus loquace, et j'imagine que, pour eux, c'est un matin comme les autres.

Kelsea a accès à Internet sur son téléphone, mais je crains désormais que l'on puisse remonter jusqu'à moi par ce biais, surtout après la gaffe que j'ai commise avec Nathan.

Je passe donc la matinée à longer des couloirs et à assister à des cours, guettant une occasion. Aider Kelsea à tenir le coup me demande de gros efforts. Dès que je baisse ma garde, la dépression s'insinue en moi et finit par m'accabler. Ce serait trop simple de dire que je me sens invisible. La vérité, c'est que je me sens terriblement visible et complètement ignoré. Les gens s'adressent à elle, mais c'est comme s'ils se trouvaient à l'extérieur d'une maison et parlaient à travers une fenêtre fermée. Kelsea a des amis, mais ce ne sont que des personnes avec qui passer le temps, sans jamais rien partager. Elle est en permanence harcelée par un monstre imaginaire qui agit sur elle aussi viscéralement qu'un instinct et souligne que rien n'a de sens.

La seule personne qui cherche sans doute à établir un vrai rapport avec Kelsea, c'est son binôme de physique, Lena. Nous sommes désormais en TP, et l'exercice consiste à mettre en place un système de poulies. Ça ne me pose pas de difficultés, car j'ai déjà eu à le faire auparavant. Mais Lena est surprise par l'ardeur de sa camarade. Je réalise alors que j'ai outrepassé mon rôle : Kelsea est en général très peu motivée par ce genre de choses. Cependant, Lena ne me laisse pas faire marche arrière. Quand j'essaie de passer la main en marmonnant quelques excuses, elle insiste pour que je continue.

« Tu as du talent pour ces trucs-là, dit-elle. Bien plus que moi. »

Tandis que je fais quelques réglages, ajustant les degrés d'inclinaison et éliminant les points de friction, Lena me parle d'une soirée à venir, me demande si j'ai des projets pour le week-end, précisant qu'elle ira peut-être à Washington avec ses parents. Elle est extrêmement attentive à mes réactions, et j'imagine donc que nos conversations se prolongent rarement autant. Mais je la laisse parler, je laisse sa voix repousser celles, néfastes et persistantes, qui ne résonnent que dans ma tête.

Puis le cours se termine, et nous partons chacune de notre côté. Je ne la revois pas du reste de la journée.

Je passe l'heure du déjeuner devant l'un des ordinateurs de la bibliothèque. Personne ne va sans doute remarquer mon absence à la cantine – mais peut-être est-ce exactement le genre de réflexion que se ferait Kelsea. Devenir adulte, c'est en partie apprendre à distinguer la réalité objective de son ressenti personnel ; en raison de sa maladie, Kelsea en est encore très loin, et je me demande à quel point mes propres pensées subissent cette influence aujourd'hui.

Consulter mes e-mails me fait l'effet d'un électrochoc salutaire, et me rappelle que je ne suis pas Kelsea. Pour couronner le tout, un message de Rhiannon m'attend. Ce qui me remonte un instant le moral, jusqu'à ce que j'en lise le contenu.

A,

Alors, qui es-tu, aujourd'hui ?

Quelle drôle de question, n'est-ce pas ? Mais, à y réfléchir, elle me semble appropriée. Appropriée à une drôle de situation.

Hier a été une journée difficile. La grand-mère de Justin est malade, mais au lieu d'admettre qu'il en souffre, il redouble d'agressivité. J'essaie de lui venir en aide, mais ce n'est pas simple.

Je me doute que tu n'as peut-être pas envie que je te parle de ça. Je sais ce que tu penses de Justin. Je peux bien sûr garder tout cela pour moi, si c'est ce que tu souhaites. Mais je ne crois pas que ce soit le cas.

Dis-m'en un peu plus concernant ta journée.

Rhiannon

Je lui écris aussitôt quelques lignes à propos de Kelsea et de ce à quoi elle est confrontée. Je termine par ces mots :

*Je veux que tu sois honnête avec moi. Même si cela
doit me faire souffrir. Bien sûr, je préférerais éviter !
Je t'embrasse.*

A

Selon mon rituel habituel, je relève mon
autre messagerie, sur laquelle m'attend une
réponse de Nathan :

*Je ne crois pas faire erreur. Je sais ce que tu es.
Et je compte découvrir qui tu es. Le révérend m'a
dit qu'il s'en chargeait.
Tu voudrais que je doute de moi. Mais je ne suis
pas le seul dans mon cas. Tu verras.
Tu ferais bien d'avouer avant que nous ne met-
tions la main sur toi.*

Pendant une bonne minute, pris de court,
je ne fais rien d'autre que fixer l'écran. Le ton
de cet e-mail correspond si peu au Nathan que
j'ai connu pendant vingt-quatre heures. Est-il
possible que quelqu'un ait piraté son compte ?
Et qui peut bien être le « révérend » ?

La sonnerie retentit, marquant la fin de la
pause déjeuner. Je retourne en classe et le
nuage noir m'enveloppe de nouveau. J'ai du
mal à me concentrer sur ce que dit le profes-
seur. J'ai du mal à voir l'importance de tout ça.
Rien de ce que l'on m'enseigne ici ne rendra ma
vie moins pénible. Personne dans cette salle ne
peut faire quoi que ce soit pour moi. Avec une

précision implacable, j'attaque la peau autour de mes ongles. C'est la seule sensation qui me paraisse véritable.

***

Le père de Kelsea ne vient pas la chercher à la sortie du lycée ; il est encore au boulot. Pour éviter le calvaire du bus, elle rentre donc à pied. Je suis tenté de la forcer à rompre avec cette habitude, mais cela fait tellement longtemps qu'elle ne s'est pas imposé cette épreuve qu'elle ne sait même plus quelle ligne est la bonne. Je n'ai pas d'autre choix que de me mettre à marcher.

Une fois de plus, je regrette qu'il me soit impossible de faire cette chose toute simple : passer un coup de fil à Rhiannon, afin que sa voix remplisse le vide de l'heure qui va suivre.

Car me voilà seul avec Kelsea et ses perceptions défaillantes. La route monte énormément sur le chemin du retour ; je me demande si ce n'est pas pour elle une façon supplémentaire de se punir. Au bout d'une demi-heure, alors que je ne suis qu'à mi-chemin, je passe devant une aire de jeux et décide de m'y arrêter un moment. Sachant que je ne suis ni un parent ni un enfant, on m'y lance des regards méfiants, et je m'installe à l'écart, à bonne distance de la cage à poules, des balançoires et du bac à sable, sur une vieille chaise à bascule qui semble spécialement réservée à ceux que l'on bannit.

Je pourrais m'attaquer aux devoirs de Kelsea, mais son journal intime m'attire davantage. J'ai beau avoir un peu peur de ce que je vais y trouver, la curiosité est la plus forte. Si je parviens à accéder aux émotions associées à ses notes, je pourrai au moins en déchiffrer une partie.

Dès les premières pages, je comprends qu'il ne s'agit pas d'un journal au sens habituel du terme. Il n'y est pas question de garçons, de copines. De disputes avec son père ou les profs. Kelsea n'y révèle pas de secrets, n'y dénonce aucune injustice.

En revanche, elle y présente plusieurs méthodes de suicide, qu'elle détaille le plus minutieusement du monde.

Poignard dans le cœur. Dans le bras. Ceinture autour du cou. Sac en plastique sur la tête. Chute mortelle. Immolation. Techniques ayant toutes fait l'objet de recherches approfondies, appuyées par des exemples, illustrées par des dessins dans lesquels le cobaye mis en scène n'est autre que Kelsea elle-même.

Je saute des pages et des pages d'indications, d'instructions, de dosages à respecter. Il reste quelques pages blanches à la fin mais, avant cela, on peut lire ces mots : DERNIÈRE

LIMITE. Suivis d'une date. Cette date, c'est dans six jours.

Je reviens en arrière, cherchant à déterminer si d'autres dates de ce genre sont mentionnées, d'autres « limites » qui n'auraient pas été respectées.

Mais ce n'est pas le cas.

Je descends de ma balançoire et m'éloigne du parc. J'ai à présent l'impression d'être réellement cette chose qui fait peur à ces parents autour de moi, l'impression d'incarner cette réalité qu'ils ne veulent pas voir – ou, s'il le faut, qu'ils veulent empêcher d'advenir. Ils n'ont pas envie que je m'approche de leurs enfants, et je les comprends. C'est comme si tout ce que je touchais devenait dangereux.

Je ne sais pas comment réagir. La menace n'est pas imminente : je contrôle le corps, et tant que je serai aux commandes, je ne le laisserai pas se faire du mal. Mais, dans six jours, je ne serai plus là pour veiller sur lui.

Je ne suis pas censé intervenir. C'est la vie de Kelsea, pas la mienne. Je n'ai pas le droit de faire quelque chose qui pourrait contraindre ses choix, décider pour elle.

Quelque part, je regrette presque d'avoir ouvert ce journal.

Si ce n'est que ce qui est fait est fait.

Dans la mémoire de Kelsea, j'essaie de trouver la trace d'un appel à l'aide. Mais encore faudrait-il qu'il y ait eu quelqu'un pour l'entendre. Son père voit ce qu'il a envie de voir, et elle ne tient pas à remplacer ses illusions par la réalité. Sa mère les a quittés, il y a de nombreuses années, et Kelsea n'a pas d'autre famille. Ses amis ont toujours été maintenus à distance par le nuage noir, et ce n'est pas parce que Lena a récemment manifesté de la gentillesse à son égard qu'elle pourrait assumer cette responsabilité, ou même qu'elle saurait comment s'y prendre.

Quand je pénètre enfin dans la maison déserte de Kelsea, je suis en sueur et épuisé. J'allume son ordinateur, et tout ce que j'ai besoin de savoir se trouve sur son navigateur — les sites dans lesquels elle a glané les informations qui remplissent son journal. Il suffit pour cela de cliquer sur l'historique, ce que n'importe qui pourrait faire. Mais que personne n'a fait.

Kelsea et moi devons nous confier à quelqu'un.

J'écris un e-mail à Rhiannon.

Je dois te parler au plus vite. La fille dont j'occupe le corps a prévu de se suicider. Ce n'est pas une plaisanterie.

Je lui donne également le numéro du fixe de Kelsea. De cette façon, pas de trace sur son portable, et si jamais quelqu'un s'intéresse tout de même à cet appel, il pourra toujours passer pour un faux numéro.

Dix minutes plus tard, le téléphone sonne et je décroche.

« Allô ?

— C'est toi ? demande Rhiannon.

— Oui. » J'avais oublié qu'elle ne reconnaîtrait pas ma voix. « C'est moi.

— J'ai eu ton message. Ouah.

— Comme tu dis.

— Comment peux-tu en être sûr ? »

Je lui résume de ce que j'ai trouvé dans le journal de Kelsea.

« C'est terrible, dit Rhiannon. Qu'est-ce que tu comptes faire ?

— Je n'en ai pas la moindre idée.

— Dans un cas pareil, est-ce qu'il ne faut pas avertir quelqu'un ?

— Je n'ai pas été formé à ce genre de chose. Vraiment, je n'en sais rien. »

La seule chose dont je suis certain, c'est que j'ai besoin de Rhiannon. Mais je n'ose pas le lui dire. Je ne veux pas risquer de l'effrayer et de la faire fuir.

« Où es-tu ? » me demande-t-elle.

Je lui donne le nom de la ville.

« Ce n'est pas très loin. Je peux être là dans peu de temps. Tu es seul ?

— Oui. Son père ne rentre pas avant dix-neuf heures.

« – Donne-moi l'adresse. J'arrive. »

Je n'ai pas eu à le lui demander. Elle me l'a proposé d'elle-même, et ça compte beaucoup pour moi.

Que se passerait-il si je mettais de l'ordre dans la chambre de Kelsea ? Comment réagirait-elle si, en se réveillant demain matin, elle découvrait toutes ses affaires impeccablement rangées ? Cette surprise lui procurerait-elle une forme d'apaisement ? L'aiderait-elle à comprendre que la vie peut ne pas être soumise au chaos ? À moins que, obéissant à la chimie qui régit son corps, son premier réflexe ne soit de tout remettre sens dessus dessous.

J'entends la sonnette de la porte d'entrée. J'ai passé les dix dernières minutes à fixer des yeux les taches d'encre sur les murs, dans l'espoir vain d'y déchiffrer une réponse à mon problème.

À ce stade, le nuage noir est si épais que même la présence de Rhiannon ne semble pouvoir l'éloigner. Je suis heureux de la découvrir sur le seuil, mais ce bonheur correspond davantage à une forme de gratitude résignée qu'à un réel plaisir.

Elle cligne des yeux, me regarde. J'ai oublié qu'elle n'a pas encore l'habitude, qu'elle ne s'attend pas à découvrir en face d'elle une personne différente chaque jour. C'est une chose de l'admettre théoriquement, c'en est une autre de se retrouver nez à nez avec une ado maigrelette et tremblotante au bord d'un précipice.

« Merci d'être venue. »

Il est déjà cinq heures passées, nous ne disposons pas de beaucoup de temps avant que le père de Kelsea ne rentre.

Nous allons dans sa chambre. Rhiannon prend le journal intime sur le lit, se met à le feuilleter. Je ne la quitte pas des yeux.

« C'est sérieux, dit-elle. J'ai déjà eu moi aussi... des idées un peu sombres. Mais rien de comparable. »

Elle s'assoit sur le lit, et je la rejoins.

« Il faut que tu l'empêches de faire ça, me dit-elle.

— Mais comment veux-tu que je m'y prenne ? Et est-ce que j'en ai vraiment le droit ? N'est-ce pas à elle de décider après tout ?

— Alors quoi ? Tu vas la laisser mourir ? Parce que tu préfères ne pas t'en mêler ? »

Je lui prends la main.

« Rien ne prouve qu'elle compte respecter cette échéance. Peut-être est-ce sa manière à elle d'exorciser ces pensées-là ? Peut-être a-t-elle écrit ça pour ne pas avoir à le faire ? »

Rhiannon plonge ses yeux dans les miens.

« Sauf que tu es convaincu du contraire, n'est-ce pas ? Sans quoi tu ne m'aurais pas appelée. »

Son regard s'arrête alors sur nos mains enlacées.

« C'est tellement bizarre...

— Quoi ? »

Elle presse ma main un instant, puis la lâche et retire la sienne.

« Ça.

— Qu'est-ce que tu veux dire ?

— Ça n'est pas comme l'autre jour. Cette main est différente. Évidemment. Puisque tu es une personne différente.

— Non, je t'assure que je suis le même.

— Tu ne peux pas dire ça. Tu es la même personne à l'intérieur, bien sûr. Mais l'extérieur compte tout autant, tu le sais bien.

— Pour moi, tu es la même, quels que soient les yeux avec lesquels je te regarde. Et je ressens toujours la même chose. »

Tout cela est vrai, mais cela ne change rien à ce qu'elle vient de me dire.

« Les gens dont tu occupes le corps... Jamais tu ne t'autorises à intervenir dans leur vie ? »

Je secoue la tête.

« Tu essaies de laisser cette vie comme tu l'as trouvée ?

— C'est ça.

— Mais Justin, alors ? Qu'avait-il de si différent ?

180

– Toi. »

Un mot, et elle comprend. Un mot, et la porte de l'infini s'ouvre enfin.

« Cela n'a aucun sens », dit-elle.

Et la seule façon pour moi de lui montrer que cela a du sens, la seule façon de lui faire sentir la réalité de cet infini consiste à me pencher vers elle et à l'embrasser. C'est comme la dernière fois, tout en étant différent. Ce n'est pas notre premier baiser, mais c'est comme un premier baiser. La sensation de mes lèvres contre les siennes n'a rien à voir, nos corps se rejoignent d'une autre manière. Et puis, cette fois-ci, il n'y a pas que l'infini autour de nous, il y a aussi le nuage noir. Je ne l'embrasse pas parce que j'en ai envie, ou parce que j'en ai besoin ; je l'embrasse pour une raison qui transcende l'envie et le besoin, poussé par le fondement même de notre existence, par un élément moléculaire à la base de notre univers. Ce n'est pas la première fois qu'elle m'embrasse, mais c'est la première fois qu'elle m'embrasse en sachant qui je suis – et ce premier baiser compte davantage que le précédent.

Je souhaiterais que Kelsea puisse en profiter, elle aussi. Peut-être est-ce le cas. Cela ne suffit pas bien sûr, cela n'apporte pas de solution, mais c'est tout de même un bol d'air momentané.

Lorsque nous nous écartons enfin l'un de l'autre, Rhiannon ne sourit pas. La joie qui accompagnait le baiser précédent est absente.

« Y a pas à dire, c'est franchement bizarre.

— Pourquoi ça ?

— Peut-être parce que tu es une fille, parce que j'ai encore un petit ami, et parce qu'on est en train de parler du suicide de quelqu'un.

— Et ça change quelque chose à ce que tu ressens à l'intérieur ? »

En ce qui me concerne, tout ça n'a aucune importance.

« Oui, dit-elle.

— Qu'est-ce qui te gêne, dis-moi ?

— Tout. Quand je t'embrasse, ce n'est pas toi que j'embrasse. Tu es quelque part à l'intérieur, mais c'est ton enveloppe extérieure qui est tout contre moi. Et là, maintenant, j'ai beau savoir que tu es là, je sens surtout de la tristesse. J'embrasse cette fille et ça me donne envie de pleurer.

— Ce n'est pas ce que je voulais.

— Je sais. Mais c'est pourtant ce qui se transmet. »

Elle se lève et promène son regard dans la chambre, à la recherche d'indices concernant un meurtre à venir.

« Que ferais-tu si elle se vidait de son sang en pleine rue ? me demande-t-elle.

— Ça n'est pas comparable.

— Et si elle projetait de tuer quelqu'un d'autre ?

— Je la dénoncerais.

— Dans ce cas, quelle est la différence ?

— Il s'agit de sa propre vie. Pas de celle d'un autre.

— Mais on parle quand même de *tuer*.

— Si c'est vraiment ce qu'elle veut, il n'y a rien que je puisse faire pour l'en empêcher. »

Alors même que je prononce ces paroles, je sens à quel point tout cela est faux.

« D'accord, dis-je avant que Rhiannon n'ait eu le temps de me reprendre. Je pourrais peut-être dresser des obstacles sur sa route. Je pourrais alerter certaines personnes. Je pourrais la conduire chez un médecin.

— Tout comme si elle avait un cancer, ou si elle se vidait de son sang en pleine rue. »

Voilà ce dont j'ai besoin. Envisager moi-même ces choses-là ne suffit pas. Il faut que je les entende de la bouche de quelqu'un en qui j'ai confiance.

« À qui puis-je en parler, alors ?

— Peut-être à un conseiller au lycée ? »

Je jette un coup d'œil à l'horloge.

« Le lycée est fermé. Et nous n'avons que jusqu'à minuit, n'oublie pas.

— Qui est sa meilleure amie ? »

Je secoue la tête.

« Elle a un petit ami ? Une petite amie ?

– Non.

– Et si tu contactais un organisme genre SOS Suicide ?

– Pourquoi pas, mais je serai celui qui écoutera leurs conseils, pas Kelsea. Impossible de savoir si elle s'en souviendra demain, si ça aura le moindre impact. Crois-moi, j'ai déjà pensé à toutes ces options.

– Dans ce cas, il ne reste plus que son père. C'est bien ça ?

– J'ai l'impression qu'il a jeté l'éponge il y a longtemps.

– Eh bien, il faut que tu le forces à prendre ses responsabilités. »

À l'entendre, cela semble si facile. Mais Rhiannon sait aussi bien que moi que ça ne le sera pas.

« Qu'est-ce que je vais bien pouvoir lui dire ?

– "Papa, j'ai envie de me tuer." Comme ça, direct.

– Et s'il me demande pourquoi ?

– Tu lui dis que tu l'ignores. Et tu ne promets rien surtout. Laisse-la gérer ça elle-même demain.

– On dirait que tu as pris le temps de réfléchir.

– Oui, le temps du trajet en voiture jusqu'ici. Il y avait pas mal de circulation.

– Et s'il s'en fiche ? S'il ne la croit pas ?

– Alors tu prends les clés de la bagnole du père et tu conduis cette fille à l'hôpital le plus proche. En emportant son journal intime avec toi. »

Entendre Rhiannon dire ces choses si simples m'aide à y voir clair.

Elle se rassoit sur le lit.

« Viens là », dit-elle.

Mais cette fois-ci, nous ne nous embrassons pas. Elle nous serre juste contre elle, moi et mon corps fragile.

« Je ne sais pas si j'y arriverai, dis-je à mi-voix.

— Bien sûr que si, me dit-elle. Tu y arriveras. »

Je suis seul dans la chambre de Kelsea lorsque son père rentre. Je l'entends jeter ses clés sur une table, prendre quelque chose dans le réfrigérateur. Je l'entends monter dans sa chambre, en ressortir. Il ne m'appelle pas, ne me dit pas bonsoir. Je ne suis même pas sûr qu'il sache que je suis là.

Cinq minutes s'écoulent. Dix minutes.

« Le dîner est prêt ! » lance-t-il enfin.

Je n'ai perçu aucune activité dans la cuisine, et je ne suis donc pas surpris de trouver une énorme barquette de poulet frit sur la table. Le père de Kelsea est déjà en train de rogner un pilon.

Je n'ai aucun mal à imaginer leur rituel. Il emporte son repas devant la télé, elle emporte le sien dans sa chambre. Voilà comment doivent se terminer leurs soirées.

Mais, ce soir, Kelsea bouleverse leur routine. Ce soir, elle dit :

« J'ai envie de me tuer. »

On pourrait d'abord croire qu'il ne m'a pas entendu.

« Je sais que tu ne veux pas le savoir, mais c'est la vérité. »

Son bras tombe mollement le long de son corps, le morceau de poulet toujours au bout de ses doigts.

« Qu'est-ce que tu racontes ? demande-t-il.

— Je veux mourir.

— Arrête un peu… Tu crois vraiment à ce que tu dis ? »

Si j'étais Kelsea, je quitterais sans doute la pièce, écœurée. J'abandonnerais.

« Il faut que tu me trouves de l'aide. J'y pense depuis longtemps. »

Je pose le journal intime sur la table, le pousse sous ses yeux. Voilà qui constitue sans doute ma plus grande trahison envers mon hôte. Je m'en veux mais, au creux de mon oreille, j'entends la voix de Rhiannon me chuchoter que je n'ai pas le choix.

Le père de Kelsea abandonne son morceau de poulet, prend le journal. Commence à lire. J'essaie de déchiffrer l'expression apparue sur son visage. Ce n'est pas quelque chose qu'il a envie de voir. Faire face à cette situation le met en colère, il déteste ça. Mais il ne déteste pas sa fille – et il continue de lire.

« Kelsea… » dit-il d'une voix qui s'étrangle.

J'aimerais qu'elle puisse voir à quel point il est affecté. Ce regard qu'il a, comme si sa vie s'écroulait. Peut-être alors se rendrait-elle compte – ne serait-ce que l'espace d'un instant – que, même si rien n'a d'importance pour elle, *elle* a de l'importance pour certaines personnes.

« Ce n'est pas quelque chose que tu fais juste… comme ça, n'est-ce pas ? »

Je secoue la tête. Sa question est stupide, mais je n'ai pas l'intention de relever.

« Qu'attends-tu de moi ? » demande-t-il.

Ça y est. Il est concerné.

« Il faut que nous trouvions de l'aide, dis-je. Demain matin, il nous faut chercher un médecin qui consulte le samedi, et à partir de là, on verra. J'aurai probablement besoin d'un traitement. Ou au moins, de voir un thérapeute. J'ai enduré ça pendant tellement longtemps.

– Pourquoi tu ne m'as rien dit ? »

Pourquoi n'as-tu rien vu ? ai-je envie de répliquer. Mais ce n'est pas le moment. Cette question, il en viendra bien à se la poser tout seul, si ce n'est pas déjà fait.

« Peu importe. Ce qui compte, c'est aujourd'hui, maintenant. J'ai besoin d'aide. J'ai besoin que tu me trouves de l'aide.

187

– Tu es sûre que ça peut attendre jusqu'à demain matin ?

– Il ne m'arrivera rien ce soir. Mais dès demain il faudra que tu me surveilles, et que tu me forces à aller chez ce médecin même si j'ai changé d'avis. Car il est possible que je change d'avis, que je fasse comme si cette conversation n'avait jamais eu lieu. Garde ce journal. Il contient la vérité. Et si je refuse de te suivre, n'abandonne pas. Appelle une ambulance.

– Une ambulance ?

– C'est aussi sérieux que ça, papa. »

C'est ce dernier mot qui fait toute la différence. Je ne crois pas que Kelsea l'utilise souvent.

Il se met à pleurer à présent. Nous restons là à nous regarder.

Puis il dit :

« Mange un peu, s'il te plaît. »

Je prends aussitôt quelques morceaux de poulet, que j'emporte dans ma chambre. J'ai dit tout ce que j'avais à dire.

Kelsea devra lui expliquer le reste.

Je l'entends faire les cent pas dans la maison, puis parler à quelqu'un au téléphone. J'espère que cette personne pourra l'aider comme Rhiannon m'a aidé. Je l'entends s'arrêter derrière ma porte : il a peur d'ouvrir, mais il tend l'oreille. Je remue un peu, afin qu'il sache que sa fille est réveillée, en vie.

Je glisse dans le sommeil, en partie rassuré par son inquiétude.

6006ᵉ jour

Le téléphone sonne.

Je décroche, pensant qu'il s'agit de Rhiannon.

Même si c'est impossible.

Je regarde le nom qui s'affiche sur le combiné. *Austin.*

Mon petit ami.

Je réponds : « Allô ?

— Hugo ! Debout, il est neuf heures. Je serai là dans une heure. Fais-toi beau !

— Puisque tu me le demandes gentiment… » dis-je en marmonnant.

Ça promet d'être une heure bien remplie.

D'abord, comme à l'accoutumée, il me faut me lever, me doucher, choisir quelques vêtements. Dans la cuisine, j'entends mes parents parler fort dans une langue que je ne connais pas. On dirait de l'espagnol mais ce n'est pas tout à fait ça, peut-être du portugais. Les langues étrangères m'ont toujours posé problème : il y en a certaines dont je connais les rudiments, mais je n'arrive pas à accéder à la mémoire des gens suffisamment vite pour donner l'illusion de les parler couramment. Ce que je sais cependant désormais, c'est que les parents de Hugo sont brésiliens. Mais ce n'est pas ce qui va m'aider à mieux les comprendre. Je reste donc à l'écart.

Austin passe chercher Hugo afin de se rendre à la *Gay Pride* d'Annapolis. Ils seront accompagnés par deux amis, William et Nicolas. Hugo a noté l'événement dans son calendrier, mais il ne semble pas du genre à pouvoir l'oublier.

Par chance, mon hôte a un ordinateur dans sa chambre. C'est le week-end, et je prends le risque de consulter ma messagerie, cas de force majeure oblige. J'y découvre un e-mail que Rhiannon m'a envoyé dix minutes auparavant.

A,

J'espère que tout s'est bien passé hier soir. Je viens de téléphoner chez elle, sans y trouver personne. Crois-tu que son père l'a conduite chez un médecin ? J'essaie en tout cas de me dire que c'est bon signe.

Rien à voir, mais tu trouveras attaché à cet e-mail un lien auquel il faut que tu jettes un coup d'œil. Tout ça prend une ampleur délirante.

Où es-tu aujourd'hui ?

R

Je clique sur le lien en question, et atterris sur la page d'accueil d'un site de presse à scandale de Baltimore. Un gros titre barre l'écran :

LE DIABLE EST PARMI NOUS !

Il s'agit de l'histoire de Nathan, mais pas seulement de la sienne. Cette fois-ci, cinq ou six autres individus vivant dans la région prétendent avoir été victimes de possession démoniaque. À mon grand soulagement, à l'exception de Nathan, aucun d'entre eux ne m'est familier. Ils sont tous plus âgés que moi, et la plupart d'entre eux prétendent que leur aliénation a duré plus d'une journée.

La journaliste fait preuve de bien moins de scepticisme qu'on ne l'aurait cru, et va jusqu'à ajouter des liens vers d'autres articles du même genre — condamnés à mort expliquant avoir agi sous l'influence de puissances sataniques, hommes politiques et prêtres surpris en plein actes compromettants et déclarant avoir perdu le contrôle d'eux-mêmes… Très pratique, n'est-ce pas ?

Je tape de nouveau *Nathan Daldry* dans un moteur de recherche et tombe sur une liste de résultats toujours plus nombreux. La rumeur a encore pris de l'ampleur. On parle non seulement de lui dans les journaux et blogs à scandale, mais également au sein de la communauté évangéliste.

Je remarque alors que, d'un article à l'autre, le nom d'une même personne revient de façon presque systématique. Et, pour l'essentiel, cet homme dit toujours la même chose :

« Il ne fait aucun doute que nous avons bien affaire à des cas de possession diabolique », *assure le révérend Anderson Poole, qui conseille Daldry depuis quelque temps. « Nous sommes ici en présence d'exemples tout à fait typiques. Il faut dire qu'il n'y a pas plus prévisible que le diable. »*
« Personne ne devrait être surpris par ces possessions, ajoute Poole. Notre société a en effet laissé la porte grande ouverte au Malin. Pourquoi se gênerait-il pour entrer ? »

Les gens semblent croire ces sornettes. Ces articles et ces posts sont suivis de hordes de commentaires, tous rédigés par des individus persuadés que le diable est partout à l'œuvre.

J'ai beau savoir que cela n'est pas une bonne idée, je ne peux m'empêcher d'écrire aussitôt à Nathan :

Je ne suis pas le diable.

Je clique sur *envoyer*, mais cela ne m'aide pas à me sentir mieux pour autant.

J'écris ensuite à Rhiannon afin de lui raconter comment cela s'est passé avec le père de Kelsea. Je lui fais aussi savoir que je serai à

Annapolis aujourd'hui, lui décrivant ma tenue aussi précisément que possible et, plus généralement, mon apparence physique.

Coup de klaxon dehors. J'aperçois une voiture qui doit être celle d'Austin. Je traverse la cuisine en courant, ralentissant juste pour un rapide au revoir aux parents de Hugo. Puis je m'engouffre dans le véhicule – le garçon qui se trouve sur le siège passager (William) passant à l'arrière, où l'attend un autre garçon (Nicolas), et ce, afin que je puisse m'asseoir à côté de mon petit ami. Un coup d'œil à ma tenue et celui-ci m'adresse un sifflement réprobateur.

« Tu comptes aller *comme ça* à la Gay Pride ? »

Mais Austin plaisante. Enfin, je crois.

Pendant tout le trajet, la conversation va bon train, même si je n'y participe que vaguement. J'ai la tête ailleurs.

Je n'aurais pas dû envoyer cet e-mail à Nathan.

Quelques mots, rien de plus, mais qui font figure d'aveu.

Dès notre arrivée à Annapolis, Austin est comme un poisson dans l'eau.

« On est pas bien, là ? » s'exclame-t-il à maintes reprises.

William, Nicolas et moi nous contentons de hocher la tête. Oui, bien sûr. En réalité, l'*Annapolis Pride* est loin d'être spectaculaire. Au milieu d'une foule disparate et bariolée qui s'est rassemblée pour l'événement, on croirait assister à une parade de la *U.S. Navy* où tous les marins seraient devenus homos et lesbiennes le temps d'une journée. Cependant, il fait beau et pas trop chaud, on ne peut pas se plaindre. Austin ne me lâche pas d'une semelle, me tenant en permanence la main. D'ordinaire, je trouverais ça charmant. Il a toutes les raisons d'être fier, et de vouloir en profiter. Il n'est pour rien dans le fait que je sois plongé dans mes pensées.

Je cherche Rhiannon dans la foule. C'est plus fort que moi. À plusieurs reprises d'ailleurs, Austin suit mon regard.

« Tu as vu quelqu'un que tu connais ?

— Non », dis-je sans avoir à lui mentir.

Rhiannon n'est pas là. Et je me sens bête d'avoir espéré qu'elle vienne. Elle ne peut pas interrompre le cours de sa vie chaque fois que je suis disponible. Sa journée a autant d'importance que la mienne.

Nous parvenons bientôt à un coin de rue où manifeste un petit groupe d'opposants au défilé. Cela m'étonne à chaque fois. Pourquoi ne pas manifester contre les gens aux cheveux roux, tant qu'on y est ?

D'après mon expérience, il y a le désir, et il y a l'amour. Je ne suis jamais tombé amoureux de quelqu'un parce qu'il s'agissait d'une fille ou d'un garçon. Je suis tombé amoureux d'individus en raison de ce qu'ils manifestaient d'unique. Je sais que la plupart des gens ne fonctionnent pas selon cette logique, et pourtant, elle me paraît la seule valable.

Je me souviens de l'hésitation de Rhiannon quand elle m'a embrassé alors que j'étais dans le corps de Kelsea. J'espère que ce n'est pas parce qu'elle était gênée d'embrasser une fille. Il y avait tellement de bonnes raisons de s'embrasser à ce moment-là.

Une des pancartes brandies par les manifestants attire alors mon attention. *L'homosexualité est l'œuvre du diable*, proclame-t-elle. Et, une fois de plus, je remarque à quel point ces personnes associent facilement le diable aux choses qui leur font peur. Il me semble qu'ils prennent le problème à l'envers. Le diable n'a jamais forcé qui que ce soit à faire quoi que ce soit. Les gens font des choses, puis ils en rejettent la responsabilité sur le diable.

De façon prévisible, Austin s'arrête pour m'embrasser devant les manifestants. J'essaie de jouer le jeu. Philosophiquement, je suis en phase avec lui. Mais mon cœur n'y est pas. L'intensité n'y est pas.

Et il s'en rend compte. Il ne dit rien, mais il s'en rend compte.

Je voudrais pouvoir consulter ma messagerie sur le téléphone de Hugo, mais Austin ne me quitte pas des yeux. Lorsque William et Nicolas décident d'aller déjeuner, il annonce que nous allons faire un petit tour tous les deux, lui et moi.

Il m'entraîne aussitôt dans une boutique de fringues branchées où il passe plus d'une heure à essayer diverses tenues – tandis que je reste à l'extérieur de la cabine pour lui donner mon opinion. À un moment donné, il m'attrape et m'attire à l'intérieur, le temps de quelques baisers volés. Je me laisse faire, tout en songeant que Rhiannon ne me trouvera jamais dans ces conditions.

Alors qu'Austin se pose la question de savoir si son jean skinny est suffisamment skinny, je me mets à penser à Kelsea, me demandant où elle est et ce qu'elle fait. A-t-elle accepté de se confier à quelqu'un, ou bien refuse-t-elle avec véhémence une aide qu'elle déclare n'avoir jamais demandée ? Je pense à Tom et James, en train de jouer aux jeux vidéo chez eux, toute trace de ma présence dans leur vie désormais complètement effacée. À Roger Wilson qui, tout à l'heure, va préparer les vêtements qu'il mettra demain matin à l'église.

« Qu'est-ce que t'en penses ? demande Austin.

– Ça te va très bien.

– Tu n'as même pas jeté un œil. »

Inutile de prétendre le contraire. Il a raison. Je ne faisais pas attention.

Je lève les yeux. Je lui dois bien ça.

« Je t'assure, j'aime beaucoup.

– Eh bien, pas moi », dit-il avant de claquer la porte de la cabine.

Parachuté dans la vie de Hugo, je m'acquitte mal de mes devoirs envers lui. J'accède à sa mémoire et découvre qu'Austin et lui ont commencé à sortir ensemble il y a exactement un an, lors de ce même défilé. Ils étaient amis depuis un petit moment déjà, mais ne s'étaient jamais fait part de leurs sentiments respectifs. Ils craignaient de gâcher cette amitié, mais leur prudence excessive créait plus de gêne qu'autre chose. C'est Austin, voyant passer deux jeunes hommes se tenant la main, qui s'est jeté à l'eau :

« Ça pourrait être nous deux dans dix ans.

– Ou dix mois, lui a répondu Hugo.

– Ou dix minutes.

– Ou dix secondes. »

Ils ont ensuite compté jusqu'à dix, puis ne se sont plus lâchés de tout le reste de la journée.

Voilà comment ça a commencé.

Hugo ne l'aurait pas oublié.

Moi si.

Austin sent bien que quelque chose cloche. Il sort de la cabine d'essayage les mains vides, me dévisage et prend une décision :

« Sortons d'ici. Ce n'est pas l'endroit pour avoir la conversation que nous devons avoir. »

Je le suis sur le port, à l'écart des festivités et de la foule. Nous repérons un banc isolé au bord de l'eau, et là, il me dit ce qu'il a à me dire :

« Depuis ce matin, tu es complètement ailleurs. Tu n'écoutes pas un mot de ce que je te dis. Tu n'arrêtes pas de regarder autour de toi comme si tu cherchais quelqu'un. Et t'embrasser est aussi agréable que d'embrasser une planche. Pourquoi me fais-tu ça aujourd'hui ? Tu m'avais dit que tu ferais un effort. Tu m'avais dit que ton comportement étrange de ces quinze derniers jours n'était que passager. Tu m'avais juré qu'il n'y avait personne d'autre. J'ai peut-être eu tort de te croire. J'étais d'accord pour te donner du temps, Hugo. Mais tu vas trop loin. Arrête de me prendre pour un idiot. J'ai tout de même mes limites.

— Austin, je suis désolé.

— Est-ce que tu m'aimes toujours, au moins ? »

Je ne connais pas les sentiments de Hugo. Si je le voulais, je pourrais sans doute retrouver dans sa mémoire des moments où il a éprouvé de l'amour pour Austin, et d'autres où cela n'a pas été le cas. Mais à présent, je ne peux répondre à cette question tout en étant sûr de dire la vérité. Je suis coincé.

« Mes sentiments n'ont pas changé, dis-je. Je ne suis pas dans mon assiette aujourd'hui, c'est tout. Ça n'a rien à voir avec toi. »

Austin éclate de rire.

« Le jour de notre anniversaire, ça n'a rien à voir avec moi ?

— Je ne parlais pas de ça. Je parlais simplement de mon humeur. »

Désormais, il secoue la tête.

« C'est trop pour moi, Hugo. J'abandonne.

— Qu'est-ce que tu veux dire ? Tu es en train de rompre ? »

La peur dans ma voix est tout ce qu'il y a de plus sincère. Je n'arrive pas à croire à ce qui est en train de se produire par ma faute.

Austin a perçu mon inquiétude, il se tourne vers moi. Peut-être sent-il quelque chose qui vaut la peine d'être sauvé :

« Je n'ai pas envie que cette journée se termine comme ça, dit-il. Mais j'ai besoin d'être sûr que ce n'est pas non plus ce que tu veux. »

Je doute que Hugo ait eu l'intention de rompre avec Austin aujourd'hui. Et, même si c'était le cas, il pourra toujours le faire demain.

« Viens là », dis-je.

Austin s'approche et je me serre contre lui. Nous restons assis sans bouger un moment, à regarder les bateaux dans la baie. Je lui prends la main. Quand je le regarde enfin, je découvre dans ses yeux des larmes qu'il tente de réprimer.

Cette fois-ci, quand je l'embrasse, je sais que j'y mets autre chose. Austin le sent, et prend peut-être ça pour de l'amour. En réalité, il s'agit plutôt de gratitude envers lui pour ne pas avoir mis fin à cette relation. Pour m'avoir accordé au moins un jour de plus.

Nous demeurons à Annapolis jusque tard le soir, et j'adopte le rôle du parfait petit ami de bout en bout. Je finis même par me laisser entraîner un peu dans cette vie, dansant avec Austin, William et Nicolas, parmi quelques centaines d'homosexuels, au son des DJ.

Je continue de guetter Rhiannon dans la foule, mais uniquement lorsque l'attention de mon petit ami est retenue ailleurs. Pour finir par abandonner tout espoir de la voir aujourd'hui.

De retour à la maison, je trouve un e-mail de Rhiannon :

A,
Désolée de ne pas avoir pu te rejoindre à Annapolis – certaines choses que je devais faire. Demain, peut-être ?

R

Je me demande quelles étaient ces « choses » qu'elle a dû faire. Cela devait concerner Justin, sans quoi elle m'en aurait dit davantage.

C'est exactement ce à quoi je suis en train de réfléchir quand je reçois un SMS d'Austin, m'écrivant qu'il a finalement passé une très bonne journée. Je lui réponds que c'est aussi mon cas. J'espère que c'est également le souvenir que Hugo en gardera, car si jamais il prétend le contraire, Austin a maintenant une preuve à lui fournir.

Soudain, la mère de Hugo entre dans sa chambre et me demande quelque chose en portugais. Je n'en comprends pas la moitié.

« J'en peux plus. Je crois qu'il faut que je me mette au lit », lui dis-je en anglais.

Je ne pense pas avoir répondu à sa question, mais elle se contente de secouer la tête – comportement typique d'ado, après tout ! – et de quitter les lieux.

Avant de me coucher, je décide de regarder si Nathan s'est manifesté.

C'est bien le cas.

Deux mots.

Prouve-le.

6007e jour

Le lendemain matin, je me réveille dans le corps de Beyoncé.

Pas dans celui de la vraie Beyoncé, bien sûr. Mais dans un corps qui ressemble furieusement au sien. Avec tout ce qu'il faut, là où il faut.

Quand j'ouvre les yeux, mon environnement est complètement flou. Je cherche des lunettes sur la table de nuit, en vain. J'entre donc à tâtons dans la salle de bains et y dégote mes lentilles de contact.

Puis je me regarde dans le miroir.

Je ne suis pas jolie. Je ne suis pas belle.

Je suis absolument superbe.

J'avoue préférer les jours où je suis « plutôt pas mal ». Ceux où l'on ne me trouve pas trop moche. Où je fais assez bonne impression. Mais où ma vie n'est pas définie par mon aspect physique, car c'est là autant une source de périls que de satisfactions.

Or la vie d'Ashley Ashton est définie par sa beauté. On peut être belle naturellement, mais il est difficile d'être renversante par hasard. Ce visage-là, ce corps-là ont demandé beaucoup d'efforts. Nul doute que je suis censé me livrer à tout un tas d'exercices et de rituels en préambule de cette journée.

Très peu pour moi, merci. Les filles comme Ashley me donnent envie de les secouer et de leur expliquer que, en dépit de leur acharnement, leur beauté se fanera un jour ou l'autre – elles ont donc intérêt à bâtir leur existence sur des fondements plus solides. Il m'est cependant impossible de faire passer le message à l'intéressée. Ma rébellion se limite à ne pas lui épiler les sourcils ce jour-là.

Dans la mémoire d'Ashley, je recherche des informations sur la ville où je me trouve. Bonne nouvelle, ce n'est qu'à environ un quart d'heure de chez Rhiannon.

Je me connecte à ma messagerie. Elle m'y a laissé un message.

A,
Je suis libre aujourd'hui, et j'ai la voiture.
J'ai prétendu que j'avais des courses à faire.
Je t'inclus dans ma liste de courses ?

R

Je lui réponds oui. Un million de fois oui.

Les parents d'Ashley ne sont pas là ce week-end. C'est Clayton, son grand frère, qui est chargé de veiller sur elle. L'espace d'un instant, j'ai peur qu'il ne me mette des bâtons dans les roues, mais il m'annonce tout de go qu'il est très occupé et que je vais devoir me débrouiller seule. Je lui dis de ne pas s'en faire.

« Tu comptes sortir comme ça ? » me dit-il alors d'un air surpris.

La plupart du temps, dans la bouche d'un grand frère, ces mots signifient que vous portez une jupe trop courte, un décolleté trop plongeant. Concernant ce cas précis, je pense qu'il veut dire que je n'ai pas encore adopté l'apparence qu'Ashley revêt en public, et que j'arbore toujours celle qu'elle ne s'autorise qu'en privé.

En ce qui me concerne, cela m'importe peu, mais je dois prendre en compte et respecter le fait qu'Ashley, elle, ne s'en ficherait pas – loin de là. Je retourne donc me changer, et même me maquiller. Je suis déconcerté par la vie qu'une telle fille doit mener. Comme lorsque l'on est extrêmement petit ou extrêmement grand, cela doit donner une perspective sur le monde tout à fait particulière. Si les gens vous regardent différemment, vous finissez forcément par faire de même, vous aussi.

Même son frère la traite avec une certaine déférence, et je parie qu'il ne se comporterait pas de la sorte si elle possédait un physique plus banal. Lorsque je lui annonce que je compte passer la journée dehors avec mon amie Rhiannon, il ne trouve rien à redire.

Quand votre beauté est indiscutable, on ne discute pas avec vous.

Dès que je monte dans sa voiture, Rhiannon éclate de rire.

« J'ai du mal à y croire… dit-elle.

— Quoi ?

— *Quoi ?* » fait-elle en imitant le ton de ma voix.

Je suis heureux qu'elle se sente suffisamment à l'aise pour se moquer mais, au final… elle est tout de même en train de se payer ma tête.

« Tu te rends compte que tu es la toute première personne à me connaître sous différents aspects ? lui dis-je. Je ne suis pas préparé à ça. Je ne sais jamais à quelle réaction m'attendre de ta part.

— Excuse-moi, dit-elle en redevenant un peu plus sérieuse. Mais je te rappelle que tu viens de débarquer dans le corps d'une super bombe. De ce fait, c'est très difficile de m'inventer une image mentale de toi. Il faut constamment que je la modifie.

— Imagine-moi comme tu veux. Ça sera toujours plus vrai qu'aucun des corps dans lesquels tu me verras.

« – Très bien, mais, pour l'instant, je t'avoue que mon imagination n'est pas à la hauteur de la situation.

– Je comprends. Bon, où va-t-on ?

– Puisque nous sommes déjà allés à la plage, on pourrait peut-être faire un petit tour dans les bois ? »

Nous voilà donc partis, direction la forêt.

Rien à voir avec la dernière fois. La radio est allumée, mais nous demeurons silencieux. Nous partageons le même espace, mais nos pensées ont pris des directions différentes.

Je voudrais lui prendre la main, mais je sens que ce n'est pas opportun. Je sais aussi que ce geste ne viendra pas d'elle, à moins qu'elle sente que j'en ai besoin. Le problème, lorsque vous êtes belle comme Ashley, c'est que plus personne n'ose vous toucher. Le problème, quand vous vous retrouvez chaque jour dans un nouveau corps, c'est que vous avez beau avoir une histoire, celle-ci demeurera toujours invisible. En étant chaque fois un autre, je dois faire les choses différemment, et, d'une certaine façon, repartir de zéro.

Nous parlons un peu de Kelsea : hier, Rhiannon a de nouveau appelé chez elle, à tout hasard. C'est son père qui a répondu. Lorsqu'elle s'est présentée comme étant une amie, il s'est contenté de lui dire que sa fille s'était absentée un moment, le temps de régler certains problèmes. Rhiannon et moi choisissons de voir là un point positif.

Nous continuons de discuter, mais de sujets sans importance. J'aimerais pouvoir dépasser cette gêne entre nous, faire en sorte que Rhiannon me traite encore comme son petit ami ou sa petite amie. Mais cela est impossible. Parce que je ne suis rien de tout ça.

Une fois arrivés dans les bois, nous cherchons un endroit tranquille, à l'écart des promeneurs du week-end. Rhiannon nous trouve un coin idéal pour un pique-nique et, à ma grande surprise, sort un véritable festin du coffre de sa voiture – fromage, pain frais, houmous, olives, salade, chips, salsa mexicaine.

« Tu es végétarienne ? » dis-je, à la vue du menu.

Elle hoche la tête.

« Et pourquoi ça ? je lui demande.

– Parce que j'ai une théorie : lorsque nous mourrons, ce sera au tour des animaux que nous avons mangés de nous dévorer. Autant dire que, pour les carnivores, le purgatoire risque de durer assez longtemps.

– Tu crois vraiment à ce que tu dis ? »

Elle éclate de rire.

« Bien sûr que non, c'est juste que j'en ai assez qu'on me pose la question. Je suis végétarienne parce que je ne veux pas manger d'autres créatures douées comme nous de sensations. Et puis, c'est sans doute mieux pour l'environnement.

— Je te l'accorde. »

J'évoque alors avec elle les quelques fois où j'ai accidentellement mangé de la viande alors que j'étais dans le corps d'un végétarien. J'oublie constamment de vérifier ces choses-là. Je n'en prends souvent conscience que devant les réactions outrées des amis de mon hôte. Un jour, au fast-food, j'ai ainsi carrément retourné l'estomac d'une végétalienne.

Ce n'est qu'une fois notre pique-nique terminé que nous rentrons dans le vif du sujet.

« J'ai besoin de savoir ce que tu veux, me demande-t-elle.

— Je veux qu'on soit ensemble », lui dis-je presque du tac au tac, sans prendre le temps de réfléchir.

Elle ne cesse pas pour autant de marcher, et je reste à ses côtés.

« Mais nous ne pourrons jamais être ensemble. Tu l'as compris, n'est-ce pas ? C'est pourtant évident.

— Non, dis-je. Ça ne me paraît pas si évident. »

À présent, elle s'arrête. Met sa main sur mon épaule.

« C'est quelque chose que tu dois accepter, A, dit-elle. Je peux avoir de l'affection pour toi, et toi pour moi, mais jamais ça ne marchera. »

Je sais que c'est ridicule, mais je lui pose tout de même la question :

« Pourquoi ?

— Pourquoi ? Parce que tu pourrais te réveiller un matin à l'autre bout du pays. Parce que chaque fois que je te vois, j'ai l'impression de rencontrer quelqu'un de nouveau. Parce que je ne pourrai jamais compter sur toi. Parce que l'apparence aura toujours de l'importance. Comme aujourd'hui par exemple.

— En quoi cela est-il un problème ?

— C'est trop. Tu es bien trop parfaite. Je ne me vois pas assumer d'être aux côtés de quelqu'un… comme toi.

— Mais parce que c'est elle que tu regardes. Regarde-moi plutôt.

— Désolée, mais je n'arrive pas à voir à travers elle. Et il y a aussi Justin. Je dois penser à Justin.

— Non, tu ne le dois pas.

— Arrête de croire que tu le connais, OK ? Combien d'heures as-tu passé dans son corps ? Quatorze ? Quinze ? Tu penses avoir tout appris de lui en une journée ? Et tu penses aussi tout savoir de moi ?

— Tu l'aimes parce que c'est un paumé. Crois-moi, j'ai déjà vu ça. Mais tu sais ce qui arrive aux filles qui sont amoureuses de paumés ? Elles finissent par se perdre, elles aussi. Ça ne rate jamais.

— Tu ne me connais pas…

— Mais je sais comment ça fonctionne ! Je sais qui il est. Il est loin de se soucier de toi autant que tu te soucies de lui… et autant que je le fais.

— Arrête ! C'est bon, arrête. »

Mais il est trop tard.

« Que crois-tu qu'il se passerait s'il me rencontrait dans ce corps-là ? Si nous sortions tous les trois ensemble un soir ? Penses-tu qu'il s'intéresserait beaucoup à toi ? Il se fiche de *qui* tu es. Pour ma part, je te trouve mille fois plus attirante qu'Ashley. Mais crois-tu vraiment que Justin n'aurait pas envie de fricoter avec elle ?

— Il n'est pas comme ça.

— Tu en es sûre ? Vraiment sûre ?

— Très bien, dit Rhiannon. Dans ce cas, je l'appelle. »

J'ai beau me mettre à protester, elle compose son numéro sur-le-champ et, lorsqu'il répond, elle lui explique qu'elle voudrait lui présenter une amie de passage en ville. Que dit-il d'un dîner ? Moyennement enthousiaste, il attend qu'elle ait proposé de payer le restau pour accepter.

Quand elle raccroche, nous nous regardons.

« Tu es content de toi ? me demande-t-elle.

— Je n'en sais rien, dis-je en toute sincérité.

— Moi non plus, rétorque-t-elle.

— À quelle heure a-t-on rendez-vous ?

– Dix-huit heures.

– OK. Eh bien, d'ici là, je veux tout te raconter. Puis ce sera ton tour de tout me raconter. »

C'est tellement plus facile d'évoquer des
choses vraies, réelles. Inutile alors de s'interroger sur le sens de tout ça, les faits parlent
d'eux-mêmes.

Elle me demande quand j'ai su pour la première fois.

« Je devais avoir quatre ou cinq ans.
Évidemment, longtemps avant cela, je crois
avoir pris conscience que je changeais quoti-
diennement de corps et, avec ça, de mère, de
père, de grand-mère, de baby-sitter, etc. Il y avait
cependant toujours quelqu'un pour s'occuper
de moi, et je croyais que c'était ça, l'existence
– chaque matin, une vie différente. Si je me
trompais dans les noms, les lieux ou les règles,
les gens autour de moi me corrigeaient. Ce
n'était jamais un gros problème. Je ne me consi-
dérais pas comme un garçon ou comme une
fille – et cela est toujours valable aujourd'hui.
J'étais soit l'un, soit l'autre : peu importe, je
changeais de sexe comme de vêtements.

« Ce qui m'a posé des difficultés, en
revanche, c'est le concept du lendemain. Car,
au bout d'un moment, j'ai remarqué que les
gens parlaient souvent de ce que nous ferions
le jour d'après. Ensemble. Si je les contredisais,

ils me regardaient d'un air étrange. J'avais beau leur dire : "Mais tu ne seras pas là !", ils me répondaient systématiquement : "Évidemment que je serai là !" À mon réveil cependant, tous ces gens avaient disparu. Et mes parents du moment ne comprenaient pas la raison de ma tristesse.

« Il n'y avait que deux options : soit quelque chose clochait chez les autres, soit c'était chez moi que ça clochait. Soit ils ne voulaient pas voir la vérité en face – nous nous quittions tous à la fin de la journée –, soit j'étais le seul à m'en aller.

– Tu as essayé de t'accrocher ? me demande Rhiannon. De rester là où tu étais ?

– Je suis sûr que oui. Mais je ne m'en souviens plus. Ce dont je me rappelle, ce sont mes pleurs et mes protestations – je t'en ai déjà parlé. Mais pour le reste, c'est le black-out. Tu as beaucoup de souvenirs de l'époque où tu avais cinq ans, toi ? »

Elle secoue la tête.

« Pas vraiment. Peut-être le jour où ma mère nous a amenées, ma sœur et moi, dans un magasin pour acheter une paire de chaussures avant notre entrée en maternelle. Le jour où j'ai appris que l'on devait rouler au feu vert et s'arrêter au feu rouge.

– Les lettres, je les ai apprises très rapidement, dis-je. Je me souviens que certains instituteurs étaient surpris que je les connaisse si jeune. Ils ont d'ailleurs dû être encore plus étonnés le lendemain lorsque mes hôtes, filles ou garçons, les avaient complètement oubliées !

– Un enfant de cinq ans ne réalise sans doute pas lorsqu'il "perd une journée".

– Probablement pas, non. C'est difficile à dire.

– Je t'avoue que je continue de poser des questions à Justin à ce sujet, à propos de *notre* journée. C'est assez incroyable de constater à quel point sa mémoire s'est adaptée. Quand je lui rappelle notre virée à la plage, il sait de quoi je parle, mais n'en a pas pour autant de souvenirs précis.

– Pareil pour James, le jumeau. Rien ne lui a semblé bizarre. Mais lorsque j'ai évoqué cette fille avec qui il a pris un café, c'était comme s'il avait tout oublié. Il se rappelait avoir passé un moment chez Starbucks, mais pas ce qu'il y avait fait précisément.

– Penses-tu que c'est toi qui choisis ce qu'ils vont garder en mémoire ?

– J'ai songé à ça, oui. Mais j'ignore si c'est le cas. »

Nous continuons à avancer en silence.

« Et l'amour ? demande Rhiannon. T'est-il déjà arrivé d'être amoureux ?

– Amoureux, je ne sais pas. Mais j'ai eu des coups de cœur, ça oui. Et certains jours, j'ai vraiment regretté de devoir m'en aller. Il y a même une ou deux personnes que j'ai essayé de retrouver, mais ça n'a mené à rien. Amoureux… peut-être une fois, oui. D'un garçon qui s'appelait Brennan.

— Parle-moi de lui.

— C'était il y a environ un an. J'avais un petit boulot dans un cinéma. Il n'était pas du coin, et rendait visite à des cousins. Je vendais le pop-corn, il s'est approché, on a un peu flirté et il y a eu… cette étincelle. Je me souviens, il n'y avait qu'une seule salle et, une fois que le film commençait, je n'avais plus grand-chose à faire. Une heure avant la fin, Brennan est sorti pour venir me parler. J'ai dû lui raconter la seconde moitié du film, afin qu'il puisse prétendre l'avoir vu en entier. Avant de partir, il m'a demandé mon adresse e-mail, et j'en ai aussitôt inventé une.

— Comme tu l'as fait avec moi.

— Oui, exactement. Il m'a écrit le soir même, avant de repartir dans le Maine le lendemain. Ces circonstances étaient idéales : notre relation pouvait ainsi se poursuivre uniquement sur le net. J'ai gardé le prénom qui avait été le mien ce soir-là au cinéma, puis je me suis inventé un nom de famille et ai créé un profil de messagerie en me servant de photos récupérées sur le profil de mon hôte. Il s'appelait Ian.

— Oh… Tu étais donc un garçon ?

— Ça t'embête ?

– Non, dit-elle. Non, pas du tout. »

Mais je sens bien que si. Un peu. Cela la force à réajuster encore une fois l'image qu'elle a de moi.

« Après ça, nous nous sommes écrit presque tous les jours, tchattant même de temps à autre. Je ne pouvais lui dire la vérité sur ma situation – il ne se doutait sûrement pas que je lui écrivais depuis un tas d'endroits étranges –, et pourtant, j'avais l'impression d'avoir désormais quelque chose qui m'appartenait dans cet univers, quelque chose auquel je pouvais me raccrocher. Et ça, c'était totalement nouveau pour moi. Le seul problème, c'est que Brennan en voulait toujours davantage. D'abord, plus de photos. Ensuite, que nous communiquions *via* Skype. Puis, après un mois de conversations assez intenses, il a fini par évoquer une prochaine visite. Sa tante et son oncle l'avaient de nouveau invité, et l'été approchait.

– Aïe.

– Aïe, comme tu dis. Je ne voyais pas du tout par quelle pirouette m'en sortir. Et plus j'évitais le sujet, plus il le remarquait. Nos conversations étaient désormais exclusivement centrées sur notre relation. Chaque fois que je tentais de prendre la tangente, Brennan nous y ramenait. Pour finir, j'ai dû mettre un terme à nos échanges. Il n'y avait aucun lendemain heureux possible pour nous deux.

— Pourquoi ne lui as-tu pas dit la vérité ?

— Je ne pensais pas qu'il serait prêt à l'accepter. Je ne lui faisais peut-être pas suffisamment confiance.

— Alors, tu as rompu.

— J'ai prétendu avoir rencontré quelqu'un d'autre. Je suis allé jusqu'à emprunter des photos de la personne dont j'occupais le corps ce jour-là pour les poster sur mon profil. Ma *situation amoureuse* affichait *en couple*. Brennan n'a plus jamais voulu entendre parler de moi.

— C'est triste.

— Je sais. Après ça, je me suis juré de ne plus jamais céder à la facilité, de ne plus jamais vivre d'histoires virtuelles. Quel est l'intérêt du virtuel, s'il est condamné à ne jamais devenir réel ? Et je n'aurais jamais rien pu offrir de réel à qui que ce soit. Le mensonge était le seul présent que j'avais à donner.

— Même chose quand tu te fais passer pour le petit ami de quelqu'un, me semble-t-il, dit Rhiannon.

— Je te l'accorde. Mais il faut que tu comprennes quelque chose : tu es une exception, Rhiannon. Et je n'ai pas supporté que notre histoire puisse se construire sur une tromperie. C'est pour ça que tu es la première personne à qui j'ai tout dit.

— C'est presque drôle. Tu trouves bizarre de n'avoir dit la vérité qu'à une seule personne, mais je parie que des tas de gens passent leur vie entière à mentir. Et je te parle de gens qui se réveillent chaque matin dans le même corps, et vivent tous les jours la même vie.

– Y aurait-il quelque chose que tu ne m'as pas dit ? »

À ces mots, Rhiannon plonge ses yeux dans les miens.

« Si je ne te dis pas tout, c'est que j'ai une bonne raison. Ce n'est pas parce que tu te confies à moi que je dois pour autant me confier à toi. La confiance, ça ne fonctionne pas de cette manière.

– Très bien. C'est de bonne guerre.

– Dans ce cas, passons à autre chose… »

La conversation se poursuit. Elle apprend pourquoi je n'avale rien sans avoir au préalable sondé la mémoire de mon hôte concernant d'éventuelles allergies (j'ai failli mourir à neuf ans, assassiné par une fraise), et j'apprends l'origine de sa peur panique des lapins (une créature particulièrement vicieuse du nom de Swizzle, qui n'aimait rien tant que s'échapper de sa cage et dormir sur le visage des gens). Elle apprend qui a été la meilleure mère que j'aie jamais eue (rapport à une visite dans un parc aquatique), et j'apprends les avantages et les désavantages d'avoir la même toute sa vie durant – personne ne vous met aussi en colère, personne non plus à qui vous tenez autant. Elle apprend que je n'ai pas toujours vécu dans le Maryland, mais que je ne m'éloigne que lorsque mon hôte du moment parcourt dans la journée de longues distances. J'apprends qu'elle n'est jamais montée à bord d'un avion.

Elle maintient une distance physique entre nous – ce n'est pas le moment de me serrer contre elle ou de lui prendre la main. Mais, en dépit de l'espace entre nos corps, nos mots nous rapprochent. Et j'aime ça.

Je suis presque étonné du nombre de vies que j'arrive à me remémorer afin de lui en parler ; quant à elle, elle n'en revient pas d'avoir vécu autant de choses dans sa seule petite vie. Son existence banale est pour moi si nouvelle, si intrigante, que Rhiannon en vient à porter sur elle-même un nouveau regard.

Je pourrais continuer de discuter ainsi jusqu'à minuit. Mais, un peu après cinq heures, Rhiannon jette un coup d'œil à son téléphone.

« On ferait mieux d'y aller, dit-elle. Justin va nous attendre. »

De façon étrange, je dois dire que j'avais réussi à l'oublier, celui-là.

Il ne devrait pas y avoir beaucoup de suspense. Je suis une fille plutôt irrésistible. Justin est un garçon en rut tout ce qu'il y a de plus typique.

J'espère juste que la théorie de Rhiannon est la bonne, et que je pourrai sélectionner les souvenirs d'Ashley, ou du moins que sa mémoire s'autocensurera. Cela dit, je n'ai pas l'intention d'aller très loin : il suffira que Justin montre qu'il est prêt à passer à l'acte, pas besoin de contact.

Rhiannon a choisi pour notre rendez-vous un restaurant de fruits de mer. Conformément au protocole habituel, je m'assure qu'Ashley n'est allergique ni aux coquillages ni aux crustacés. Je découvre alors qu'elle a, en fait, *réussi à se persuader* qu'elle était allergique à de nombreux aliments, tout ça afin de s'astreindre à un régime extrêmement contraignant. Heureusement, les fruits de mer ne figurent pas sur sa liste noire.

Quand j'entre dans la salle, les têtes se tournent, littéralement. La plupart appartiennent d'ailleurs à des hommes qui ont bien trente ans de plus qu'Ashley. Je suis sûr qu'elle a l'habitude de ce genre de choses, mais je dois avouer que pour moi, c'est assez effrayant.

Rhiannon avait beau craindre que Justin ne nous attende, il arrive finalement dix minutes après nous. Lorsqu'il pose son regard sur moi pour la première fois, son expression vaut de l'or : Rhiannon a mentionné une amie de passage en ville, mais jamais il n'aurait imaginé quelqu'un comme Ashley. Il ne me quitte pas des yeux tandis qu'il dit rapidement bonjour à sa petite amie.

Nous nous installons autour de la table, et je me focalise tant sur la réaction de Justin que tout d'abord je remarque à peine celle de Rhiannon. Soudain silencieuse, soudain intimidée, elle semble rentrer en elle-même. Je ne sais pas si c'est lui qui a cet effet sur elle, ou si c'est ma présence combinée à celle de son petit ami.

Trop occupés à nous faire des confidences, elle et moi, nous ne nous sommes pas préparés à gérer cette situation. Et quand Justin se met naturellement à nous poser les questions les plus évidentes – d'où nous connaissons-nous toutes les deux, et comment se fait-il qu'il n'ait encore jamais entendu parler de moi ? –, il me faut prendre les choses en mains. Pour Rhiannon, mentir demande tout un travail de réflexion, alors que c'est un des instincts les plus indispensables à ma survie.

Me voilà donc qui lui raconte que ma mère et celle de Rhiannon sont des amies de lycée. Que je vis actuellement à Los Angeles (pourquoi pas ?), où je tente de percer dans les séries télé (je peux me le permettre). Ma mère et moi sommes en vacances sur la côte Est cette semaine, et elle voulait en profiter pour rendre visite à sa vieille copine. Je connais Rhiannon depuis de nombreuses années, mais on ne s'était pas vues depuis un bout de temps.

Justin me porte une attention extrême, mais n'écoute pas pour autant ce que je dis. Sous la table, ma jambe frotte « accidentellement » la sienne. Il a un mouvement de recul mais prétend ne rien remarquer. Rhiannon non plus.

Je me comporte dès lors avec une certaine effronterie, tout en restant prudent. Je pose ainsi ma main à plusieurs reprises sur celle de Rhiannon lorsque je cherche à insister sur un point, de sorte que cela paraît moins surprenant quand je fais de même avec Justin. J'évoque négligemment un baiser avec une star hollywoodienne lors d'une soirée, rendant la chose presque anecdotique.

J'espère ainsi que Justin va répondre à mon flirt, mais il en semble incapable, surtout une fois qu'on a posé une assiette pleine devant lui. Son attention se porte désormais, dans l'ordre, sur son repas, sur Ashley, et enfin sur Rhiannon. Je trempe mes beignets de crabe dans la sauce tartare – Ashley serait furieuse contre moi.

Une fois sa nourriture engloutie, Justin redevient plus disponible. Rhiannon reprend elle aussi un peu vie et essaie d'imiter mes gestes, prenant la main de Justin, mais celui-ci fait mine d'être embarrassé. Je crois que je suis sur la bonne voie.

Vient enfin le moment où Rhiannon annonce qu'elle doit s'absenter quelques minutes. C'est exactement l'occasion que j'attendais pour piéger Justin et le forcer à révéler son vrai visage.

Je réitère mon frottement de jambe. Cette fois-ci, en l'absence de sa petite amie, il ne fuit pas mon contact.

« Tout va bien ? je lui demande.

— Très bien, répond-il avec un grand sourire.

— Tu as prévu quelque chose après ça ?

— Après le dîner ?

— Oui, après le dîner.

— Pas vraiment, dit-il.

— Dans ce cas, on pourrait peut-être prévoir quelque chose ensemble…

— Bien sûr.

— Je voulais dire rien que nous deux. »

Clic. Il vient de comprendre.

Je me penche vers lui et chuchote :

« Ça pourrait être amusant… »

Je veux qu'il se penche vers moi. Je veux qu'il suive son désir. Je veux qu'il franchisse encore un pas. Un « oui » suffira.

Il regarde alors autour de lui, tentant de voir si Rhiannon est dans les parages, vérifiant peut-être aussi que les autres gars assistent bien à la scène.

« Ouah.

— Pas de panique, je lui dis. C'est juste que tu me plais beaucoup. »

À ces mots, il recule contre le dossier de sa chaise. Secoue la tête.

« Euh… il doit y avoir erreur. »

J'ai été trop direct. Il aurait fallu que l'idée vienne de lui.

« Ça te pose problème ? je lui demande. Et pourquoi ? »

Il me dévisage soudain comme si j'étais une parfaite idiote.

« Pourquoi ? Eh bien, à cause de Rhiannon, par exemple ! »

J'ai beau essayer de trouver une réplique avisée, il n'y en a aucune de valable. Et de toute façon, peu importe, car Rhiannon est de retour à table.

« Je ne veux pas jouer à ça, dit-elle. Arrête. »

Cet idiot de Justin croit que c'est à lui qu'elle s'est adressée.

« Je n'y suis pour rien ! proteste-t-il, maintenant que sa jambe est repliée loin de la mienne. C'est ton amie qui devrait se calmer.

— Je ne veux pas jouer à ça, répète Rhiannon.

— Comme tu voudras, lui dis-je. Excuse-moi. Je suis désolé.

— J'espère bien que tu es désolée ! s'écrie Justin. Je ne sais pas quel genre de mœurs vous avez en Californie, mais ici, on ne se conduit pas de cette manière ! »

Il se lève. Malgré ses protestations, mon petit flirt a visiblement produit un certain… effet sur lui. Mais il serait mal venu d'attirer l'attention de Rhiannon là-dessus.

« Je crois que j'en ai assez vu », ajoute-t-il. Puis, comme pour prouver quelque chose, il embrasse Rhiannon juste devant moi. « Merci, ma puce. Je te vois demain. »

Il ne prend même pas la peine de me dire au revoir.

« Je suis désolé, vraiment, dis-je de nouveau à Rhiannon.

— Non, dit-elle, c'est ma faute. J'aurais dû me douter que c'était une mauvaise idée. »

J'attends, d'un instant à l'autre, son *Je t'avais pourtant bien dit…*, et cela ne rate pas.

« Je t'avais bien dit que tu ne pouvais pas comprendre. Tu ne peux pas comprendre ce qu'il y a entre nous. »

L'addition arrive. J'essaie de régler pour tout le monde, mais elle repousse mon argent.

« Ce n'est même pas le tien », m'oppose-t-elle.

Et entendre ça me fait autant de mal que tout le reste.

Elle a hâte de voir cette soirée se finir, je le sais. Elle souhaite me ramener chez moi aussi vite que possible afin de pouvoir appeler Justin, s'excuser auprès de lui, réparer les dégâts. Elle ne veut qu'une chose : que tout aille bien entre eux.

6008e jour

Le lendemain matin, dès mon réveil, je me précipite sur l'ordinateur qui fait face à mon lit. Mais aucun e-mail de Rhiannon ne m'y attend. Je lui envoie de nouveau des excuses. Ainsi que des remerciements pour la journée d'hier. Parfois, en cliquant sur *envoyer*, on peut s'imaginer que son message parvient droit au cœur de la personne concernée. Mais à d'autres moments – des moments comme celui-ci –, on croirait plutôt jeter les mots au fond d'un puits.

Je surfe ensuite sur les réseaux sociaux, en quête d'informations. Austin et Hugo s'y affichent encore *en couple* – ce qui est encourageant. Le profil de Kelsea n'est, quant à lui, accessible qu'à ses amis. Apparemment, il y a au moins une chose que j'ai réussi à sauver, et une autre où il y a de l'espoir.

J'essaie de me dire que c'est déjà ça.

Puis vient le cas Nathan. On continue à parler de lui un peu partout. Le révérend Poole ne cesse de recevoir des nouveaux témoignages, et la presse s'en repaît. Même l'un des journaux satiriques les plus connus du pays s'y est mis, avec ce gros titre sur sa page d'accueil : **« C'EST LE DIABLE QUI M'A FORCÉ À MANGER CETTE PRUNE », AFFIRME WILLIAM CARLOS WILLIAMS AU RÉVÉREND POOLE***. Si les gens intelligents se mettent à parodier cette histoire, autant dire que les moins malins y croient forcément.

Mais que puis-je faire ? Nathan m'a demandé des preuves de mon identité, mais je ne suis pas sûr d'en avoir à lui donner. Je n'ai que ma parole – et que vaut-elle ?

Aujourd'hui, je suis un garçon prénommé AJ. AJ est diabétique, et je dois donc faire face à toute une série de difficultés supplémentaires. Ce n'est pas ma première expérience en la matière, mais la première avait été un calvaire. Le diabète est certes une maladie que l'on peut contrôler, mais il demande une vigilance constante. J'avais donc préféré à l'époque expliquer à ma mère que je ne me sentais pas bien, afin qu'elle reste à la maison et me surveille de près. Aujourd'hui, plus expérimenté, je suis capable de gérer ça tout seul, mais je demeure très à l'écoute de mon corps, beaucoup plus que je ne le suis d'habitude.

---

* Allusion au célèbre poème *This is Just to Say* de l'Américain William Carlos Williams (1883-1963), dans lequel le narrateur s'excuse d'avoir mangé une prune ne lui appartenant pas.

AJ est un adolescent aux nombreuses obsessions qu'il ne considère d'ailleurs sans doute pas comme des obsessions. Il est, entre autres, fan de sport. Il joue au foot dans l'équipe du lycée, mais sa véritable passion est le base-ball. Sa tête est remplie de statistiques diverses et variées dont il tire des milliers de combinaisons et comparaisons. Il aime aussi la musique : sa chambre est un temple dédié aux Beatles, et tout particulièrement à George Harrison, qui semble être de loin son favori. Quant à sa garde-robe, elle est exclusivement composée de jeans denim et de chemises toutes plus ou moins identiques. Le tout complété par une impressionnante collection de casquettes de base-ball, mais j'imagine qu'il n'a pas le droit d'en porter au lycée. Il n'est donc pas difficile de prévoir ce qu'il va mettre ce matin.

De bien des façons, c'est un sacré soulagement d'être un type que cela ne dérange pas de prendre le bus, qui retrouve des amis à bord, qui n'a pas franchement de soucis si ce n'est celui d'avoir encore faim alors qu'il vient de prendre son petit-déjeuner.

C'est un jour ordinaire, et j'essaie d'en profiter un tant soit peu.

Pourtant, entre la troisième et la quatrième heure de cours, mes « vacances » sont en quelque sorte brutalement interrompues. Car avec qui AJ tombe-t-il nez à nez dans le couloir de son lycée ? Avec Nathan Daldry.

Je pense d'abord me tromper. Les ados dans son genre sont pléthore. Mais je finis par remarquer l'attitude de ceux qui le croisent, qui s'esclaffent à son passage. Nathan prétend qu'il n'entend pas les rires, les ricanements, les moqueries. Son malaise est pourtant perceptible.

Je songe alors : *Il n'a que ce qu'il mérite. Il n'avait pas besoin de faire tout ce tintouin. Il aurait pu oublier, passer à autre chose.*

Puis : *C'est ma faute. C'est à cause de moi qu'il doit subir ça.*

En accédant à la mémoire d'AJ, j'apprends que Nathan et lui étaient amis à l'école primaire, et qu'ils demeurent en bons termes. Il est donc normal que, lorsque nous nous croisons dans le couloir, nous nous disions bonjour, tout simplement.

Au déjeuner, alors que je suis avec mes amis, j'aperçois du coin de l'œil Nathan qui s'installe seul à une table. Dans mon souvenir, il n'a jamais été populaire, mais de là à manger seul…

« Je vais parler à Nathan », dis-je en me levant.

L'un de mes camarades pousse un grognement :

« Vraiment ? Je ne sais pas comment tu peux encore le supporter, avec toutes ses histoires.

– Il paraît qu'il est même invité à des talk-shows maintenant, se plaint un autre.

– J'ai du mal à croire que le diable n'a rien de mieux à faire le samedi soir que de se payer une virée en Subaru.

– Tu m'étonnes ! »

Avant que la conversation ne s'emballe, j'attrape mon plateau et leur dis à plus tard.

Nathan a beau m'avoir vu approcher, il semble surpris lorsque je m'assois à sa table.

« Je te dérange ?

– Non, dit-il. Pas du tout. »

Je ne sais pas ce que je suis en train de faire. Je repense à son dernier e-mail et m'attends presque à ce que les mots *PROUVE-LE* scintillent dans ses yeux, tel un défi que je devrais relever. Je *suis* la preuve. Là, juste sous son nez. Mais il ne s'en doute pas.

« Alors, comment ça va ? » je lui demande, une frite entre les doigts, l'air de rien, comme s'il s'agissait d'une banale conversation entre deux potes à la cantine.

« Ça peut aller. »

Et moi, j'ai plutôt l'impression que, malgré toute l'attention dont il est l'objet en ce moment, peu de gens se sont souciés de savoir comment il se portait.

« Quoi de neuf, ces derniers temps ? »

Il semble fixer quelque chose par-dessus mon épaule.

« Tes amis nous observent. »

Je me retourne et, derrière moi, tout le monde regarde soudain ailleurs.

« Peu importe. Ne t'occupe pas d'eux. On s'en fiche.

— Évidemment que je m'en fiche. De toute façon, ils ne comprennent rien.

— Je comprends. Enfin, je veux dire, je sais qu'ils ne comprennent rien.

— Ça non.

— Ça doit être pesant, la curiosité de tous ces gens. De tous ces journalistes, de tous ces internautes. Et de ce révérend. »

Je me demande un instant si je ne suis pas allé trop loin. Mais Nathan a l'air content d'avoir cette conversation. AJ est un type bien.

« Oui, mais le révérend, lui, au moins, il sait de quoi je parle. Il savait aussi qu'on ne me prendrait pas au sérieux, et il m'a dit de tenir bon. De toute manière, les gens qui se moquent de vous ne sont rien comparés au fait de survivre à une possession. »

Survivre à une possession… Je n'ai jamais pensé à mon passage en ces termes. Je n'ai jamais conçu ma présence comme un malheur que la personne aurait à surmonter.

« Qu'est-ce qu'il y a ? me demande soudain Nathan, qui me voit plongé dans mes pensées.

— Tu as gardé beaucoup de souvenirs de cette fameuse journée ? »

Une expression méfiante assombrit son visage.
« Pourquoi me demandes-tu ça ?

— Par curiosité, c'est tout. Je ne remets pas en question ton histoire. Je suis convaincu que tu dis la vérité. Mais dans ce que j'ai lu et entendu, j'ai du mal à identifier *ta* version des faits. C'est toujours un ami d'un ami qui m'a dit que Nathan avait dit... Je crois que j'aimerais t'écouter *toi*, pour changer. »

J'ai conscience de m'aventurer sur un terrain glissant. Il ne faut pas que je fasse d'AJ son confident, sous peine de le voir ne rien se rappeler de cet échange demain, ce qui éveillerait des soupçons chez Nathan. En même temps, je brûle d'entendre sa version des faits.

Nathan a envie de se confier. Je le vois bien. Il sait que, depuis quelque temps, cette histoire lui échappe. Il ne compte pas faire marche arrière, mais il éprouve certains regrets, je le sens. Il n'imaginait pas que sa vie en serait bouleversée à ce point.

« C'était une journée comme les autres, commence-t-il. Au début, rien d'anormal. J'étais à la maison avec mes parents. J'aidais aux tâches ménagères, ce genre de choses. Et puis... je ne sais pas. Quelque chose a dû se passer. Car j'ai ensuite inventé un gros bobard au sujet d'une comédie musicale au lycée afin de pouvoir emprunter la voiture pour la soirée. Je n'ai aucun souvenir de tout cela à vrai dire – c'est eux qui me l'ont raconté plus tard. Toujours est-il que je me suis retrouvé au volant. J'avais… comme des pulsions. J'étais comme attiré quelque part. »

Il s'interrompt.

« Attiré où ? » je lui demande.

Il secoue la tête.

« Aucune idée. C'est là que ça devient très bizarre. Pour les heures qui suivent, c'est le black-out total. J'ai eu la sensation de ne pas être aux commandes de mon propre corps, mais ça s'arrête là. Je revois des images d'une fête, mais je ne sais absolument pas où elle avait lieu, ni qui s'y trouvait avec moi. Après ça, tout à coup, j'ai été réveillé brutalement par un agent de police. Alors que je n'avais pas bu une goutte d'alcool. Que je n'avais touché à aucune drogue. Ils m'ont fait faire des tests pour le prouver.

— Tu ne crois pas qu'il pourrait s'agir d'une sorte de crise, de malaise que tu aurais fait ?

— Dans ce cas-là, pourquoi aurais-je emprunté la voiture de mes parents ? Non, j'étais contrôlé par quelqu'un. Le révérend dit que je luttais sûrement contre le diable. Comme Jacob*. J'ai dû, à un moment donné, me rendre compte qu'on utilisait mon corps à mauvais escient, et j'ai résisté. Je me suis battu,

---

* Référence à la lutte de Jacob avec l'ange au chapitre 32 de la Genèse. Mais, dans la Bible, l'ange est divin, et non démoniaque, comme le prétend ici le révérend.

et lorsque j'ai enfin triomphé, le diable m'a abandonné au bord de la route. »

Il croit vraiment ce qu'il dit. Il en est sincèrement convaincu.

Et je ne peux pas lui affirmer qu'il se trompe. Je ne peux pas lui raconter ce qui s'est véritablement passé. Sous peine de mettre AJ en danger. Et moi avec.

« Et pourquoi serait-ce forcément le diable ? » Ma question met Nathan sur la défensive.

« Je le sais, c'est tout. Et je ne suis pas le seul dans ce cas. Beaucoup de gens ont vécu la même chose que moi. J'ai tchatté avec quelques-uns d'entre eux. C'est effrayant de voir à quel point nos expériences sont similaires.

— Tu as peur que cela se reproduise ?

— Non. Je suis prêt désormais. Si le diable s'approche encore de moi, je saurai quoi faire. »

Je suis assis juste en face de lui et je l'écoute.

Et il ne me reconnaît pas.

Je ne suis pas le diable.

Voilà ce que je me répète pendant tout le reste de la journée.

Je ne suis pas le diable – mais je pourrais l'être.

De l'extérieur, du point de vue de Nathan, je comprends ce que cette situation a de terrifiant. Après tout, qu'est-ce qui m'empêcherait de faire du mal en toute impunité ? Pourquoi ne pas brandir un crayon et crever l'œil de la fille assise à côté de moi en cours de chimie ? Ou bien pire encore. Je pourrais facilement commettre le crime parfait. Le corps qui a perpétré ce crime serait châtié, mais le vrai meurtrier s'en tirerait sans être inquiété. Pourquoi n'y ai-je donc jamais songé auparavant ?

J'ai indubitablement un potentiel diabolique.

Arrête. Stop. Je dois m'interdire ces pensées, elles sont absurdes. En quoi suis-je vraiment différent de n'importe quel autre être humain ? C'est vrai, j'éviterais le châtiment – mais la possibilité de commettre un crime, nous l'avons tous. C'est un choix auquel nous sommes tous confrontés. Chaque jour, nous choisissons de faire le bien ou le mal. Je ne suis pas différent des autres.

Je ne suis pas le diable.

***

Toujours aucune nouvelle de Rhiannon. Faut-il attribuer son silence à la confusion qui est la sienne, ou bien à un désir de ne plus avoir de contacts avec moi ? Je n'en sais rien.

Je lui écris, et lui dis simplement :

J'ai besoin de te revoir.

A

6009ᵉ jour

Le lendemain matin, je suis confronté au même silence.

Je prends la voiture et je roule.

Cette voiture appartient à Adam Cassidy. Il devrait être en cours. Mais j'appelle le secrétariat de son lycée, me présente comme son père et explique qu'il a un rendez-vous médical.

Qui pourrait durer toute la journée.

J'ai deux heures de route devant moi. Je sais que je devrais en profiter pour faire la connaissance de mon hôte, mais je l'ai relégué dans un rôle complètement accessoire. À une époque, c'est de cette façon-là que j'occupais les vies : je ne récupérais que le minimum d'informations requises pour parvenir au bout de ma journée. C'était comme un défi que je me fixais. J'étais d'ailleurs devenu tellement bon qu'il m'était arrivé de passer plusieurs jours sans accéder ne serait-ce qu'une seule fois à la mémoire des corps que j'occupais. Ceux-ci doivent se souvenir de ces journées comme ayant été sans intérêt particulier – en tout cas, c'est ainsi que je les ai moi-même vécues.

Pendant la plus grande partie du trajet, je pense à Rhiannon. Comment la reconquérir ? Comment garder ses faveurs ? Comment faire pour que cela marche entre nous ? C'est d'ailleurs sans doute ça, le plus difficile.

Une fois devant son lycée, je me gare là où s'est garée Amy Tran la dernière fois. À l'intérieur, les couloirs sont bondés, la matinée est déjà bien entamée et je tombe pile entre deux cours. J'ai deux minutes pour trouver Rhiannon.

Je ne sais pas du tout où elle peut être. Je me contente d'errer de couloir en couloir, me frayant un chemin à travers la masse des élèves. Je bouscule certains d'entre eux, qui me disent de faire attention. Peu m'importe. Il y a tous ces gens, et il y a Rhiannon. Elle est mon seul souci.

Je laisse l'univers me guider. Je ne compte que sur mon instinct, sachant qu'il me vient d'ailleurs, de quelque part loin de ce corps.

La voilà. Elle est sur le point d'entrer dans une salle de classe. Mais elle s'arrête. Elle lève les yeux. Elle me voit.

J'ignore comment l'expliquer. Dans ce couloir, je suis une île que les gens contournent. Elle aussi est une île. Elle me voit, et elle sait exactement qui je suis. Ça paraît impossible, mais c'est la vérité.

Elle marche alors vers moi. La sonnerie retentit et les autres élèves s'engouffrent dans leurs classes. Le couloir se vide, nous sommes seuls.

« Salut, dit-elle.

– Salut.

– Je me disais que tu viendrais peut-être.

– Tu m'en veux ?

– Non, je ne t'en veux pas. » Elle lance un regard en arrière, vers la porte fermée de sa salle de cours. « Dire qu'avant de te connaître, j'étais une élève particulièrement assidue.

– Oui, apparemment, je nuis à l'assiduité de pas mal de monde.

– C'est quoi ton nom aujourd'hui ?

– A, lui dis-je. Pour toi, ce sera toujours A. »

***

Dans une heure, Rhiannon a une interro qu'elle ne peut se permettre de manquer, et nous restons donc à l'intérieur de l'établissement. Au passage d'autres élèves, je remarque qu'elle se fait discrète.

« Est-ce que Justin est en cours ? lui dis-je, histoire de nommer ses craintes.

– Oui. S'il a décidé d'y aller. »

Nous trouvons bientôt une salle vide et nous y installons de manière à ne pas être visibles depuis le couloir. Au nombre d'affiches au mur portant le nom de Shakespeare, j'imagine qu'il doit s'agir d'une salle d'anglais. Ou de théâtre.

« Comment as-tu su que c'était moi ? »

Il fallait que je lui pose la question.

« À ton regard, dit-elle. Personne d'autre ne m'aurait regardée comme ça. »

L'amour vous donne envie de réécrire le monde. Il vous donne envie de choisir les personnages, de construire le décor, de mener l'intrigue. Celui ou celle que vous aimez est assis en face de vous, et vous voulez alors faire tout ce qui est en votre pouvoir pour que l'amour soit possible, indéfiniment possible. Et lorsqu'il n'y a que vous deux, seuls dans une pièce, vous pouvez vous imaginer que vous touchez enfin au but, ce jour-là, et pour toujours.

Je lui prends la main et elle ne me la reprend pas. Est-ce parce que quelque chose a changé entre nous, ou seulement parce que mon enveloppe corporelle n'est plus la même ? Est-ce plus facile pour elle de tenir la main d'Adam Cassidy ?

On ne peut pas dire qu'il y ait de l'électricité dans l'air. Nous nous apprêtons à avoir une conversation sincère, rien de plus.

Je m'excuse de nouveau pour ce qui s'est passé l'autre soir.

« C'est en partie ma faute, dit-elle. Je n'aurais jamais dû lui téléphoner.

— A-t-il dit quelque chose après coup ?

— Rien, si ce n'est qu'il n'arrêtait pas de t'appeler ma "salope de copine noire".

— C'est charmant.

— Je crois qu'il s'est rendu compte que c'était un piège. Enfin, rien de sûr. Mais il a senti qu'il y avait un truc pas net.

— Oui, c'est sans doute pour ça qu'il a réussi à passer le test. »

Rhiannon me reprend aussitôt sa main.

« Tu n'as pas le droit de dire ça.

— Désolé. »

J'ai du mal à comprendre comment elle peut être assez forte pour me dire non à moi, mais pas pour lui dire non à lui.

« Que veux-tu faire ? » je lui demande.

Là, elle n'hésite pas à me regarder droit dans les yeux.

« Que veux-tu que je fasse ?

— Ce que tu penses être le mieux pour toi.

— Ce n'est pas la bonne réponse, dit-elle.

— Pourquoi ?

— Parce que c'est un mensonge. »

Et je songe : *Tu es si proche. Tu es si proche, et pourtant tu demeures hors de portée.*

« Revenons-en à ma première question, dis-je. Que veux-tu faire ?

— Je ne veux pas tout sacrifier pour quelque chose d'incertain.

— Et que vois-tu d'incertain en moi ? »

À ces mots, Rhiannon éclate de rire.

« Tu plaisantes ? Il faut vraiment que je te l'explique ?

— En dehors de ça, bien sûr. Dans ma vie, personne n'a jamais compté autant que toi. Voilà ce qui est certain.

— Tu as fait ma connaissance il y a quinze jours à peine. Que peut-il y avoir de certain en quinze jours ?

— Personne ne me connaît aussi bien que toi.

— Mais la réciproque n'est pas vraie. Pas encore.

— Tu ne peux pas nier qu'il y a quelque chose entre nous.

— Non. Je te l'accorde. Quand je t'ai vu tout à l'heure… Je n'avais pas conscience, avant cela, de t'attendre. Mais, une fois que je t'ai reconnu… mon attente a été comblée en une seconde. C'est vrai qu'il y a quelque chose entre nous. Mais cela ne m'apporte aucune certitude. »

J'ai envie de lui dire : *Je sais ce que je te demande.* Mais je me l'interdis. Car ce ne serait qu'un mensonge de plus. Dont elle ne serait pas dupe.

Elle jette soudain un coup d'œil à l'horloge.

« Il faut que je me prépare pour mon interro. Et toi, tu as une autre vie qui t'attend.

— Ça ne te fait pas plaisir de me voir ? » lui dis-je. Ça a été plus fort que moi.

Pendant un moment, elle garde le silence. Puis :

« Si. Non. Je ne sais pas. On aurait pu croire que cela rendrait les choses plus faciles, mais cela les rend, au contraire, plus compliquées.

— Alors il vaut mieux que je ne débarque pas à l'improviste ?

— Pour l'instant, tenons-nous-en aux e-mails, tu veux bien ? »

Et comme ça, d'un seul coup, l'univers part en morceaux. L'infini se ratatine en une petite boule qui se met à flotter hors de ma portée.

Je le sens, elle non.

Elle ne le sent pas, ou bien elle ne veut pas le sentir.

6010e jour

Je suis à quatre heures de route de chez elle.

Je suis une fille dont le nom est Chevelle, et l'idée d'aller en cours aujourd'hui m'est insupportable. Je prétends donc être malade et obtiens la permission de rester à la maison. J'essaie un moment de lire, de surfer sur le Web, de jouer à quelques jeux vidéo, sans succès.

Le temps me paraît vide.

Je ne cesse de consulter mes e-mails.

Aucun message de sa part.

Rien. Rien. Et encore rien.

6011e jour

Je ne suis qu'à une demi-heure de route de Rhiannon.

Je suis réveillé à l'aube par ma sœur qui me secoue en criant mon nom, Valeria.

Je dois être en retard pour aller au lycée.

Non. Je suis en retard pour aller travailler.

Je suis une femme de ménage. Une femme de ménage mineure et sans-papiers.

Valeria ne parle pas anglais ; toutes les pensées auxquelles je peux accéder sont en espagnol. J'ai donc du mal à suivre les événements. Traduire tout ce qui se passe autour de moi me prend du temps.

Nous sommes quatre dans l'appartement. Nous enfilons nos uniformes et une fourgonnette vient nous chercher. Je suis la plus jeune, celle que l'on respecte le moins. Ma sœur me parle, et je hoche la tête. J'ai le ventre noué ; je songe d'abord que c'est à cause du stress, puis prends conscience qu'il s'agit de vraies crampes d'estomac.

Après avoir trouvé les mots, je me confie à ma sœur. Elle compatit, mais cela ne me dispensera pas d'aller travailler.

D'autres femmes nous rejoignent bientôt à l'intérieur de la fourgonnette, des jeunes et des moins jeunes. Des conversations s'engagent, auxquelles nous ne participons pas.

Le véhicule commence ses arrêts. À chacun d'entre eux, nous sommes au moins deux à descendre, parfois trois ou quatre. Je fais équipe avec ma sœur.

Je suis en charge des salles de bains. Je dois récurer les toilettes. Enlever les poils dans la douche. Frotter les miroirs jusqu'à ce qu'ils brillent.

Chacune d'entre nous travaille dans une pièce différente. Nous ne nous parlons pas. Nous ne mettons pas de musique. Nous nettoyons, c'est tout.

Je transpire dans mon uniforme. Les crampes d'estomac ne me laissent aucun répit. Les armoires à pharmacie sont pleines, mais je ne suis pas ici pour me servir. Deux comprimés ne manqueraient à personne, et pourtant, c'est trop risqué.

Quand je pénètre dans la salle de bains principale, la maîtresse de maison est encore dans sa chambre. Elle téléphone et pense sans doute que je ne comprends rien de ce qu'elle dit. Quel choc ce serait pour elle si Valeria faisait irruption dans la pièce et se mettait à discourir sur les lois de la thermodynamique ou sur la vie de Thomas Jefferson, le tout dans un anglais parfait !

Après deux heures de travail, la maison est rutilante. Je m'apprête à pousser un soupir de soulagement mais, mauvaise surprise, quatre autres maisons nous attendent encore. Une fois que nous en sommes venues à bout, je peux à peine tenir debout. Ma sœur en prend conscience et tente de me donner un coup de main. Nous formons une équipe soudée, et ce lien entre nous est le seul souvenir que j'aimerais garder de cette journée.

Lorsque nous rentrons enfin chez nous, je n'ai même plus la force de parler. Je me contrains à avaler mon dîner, le tout en silence. Puis je m'allonge dans mon lit, laissant suffisamment de place à côté de moi pour ma sœur.

Concernant l'accès Internet, il faudra repasser.

6012ᵉ jour

Je me trouve à une heure à peine de Rhiannon.

Dès que j'ouvre les yeux de Sallie Swain, je parcours la pièce à la recherche d'un ordinateur. Avant même d'être complètement réveillé, je me connecte à ma messagerie.

A,

Désolée de ne pas avoir pu t'écrire hier. J'aurais voulu pouvoir le faire, mais des tas de choses me sont tombées dessus (peu importantes, mais qui m'ont pris beaucoup de temps). Même si c'était compliqué pour moi, j'ai été contente de te voir l'autre jour au lycée. Je suis sincère. Je pense également qu'il vaut mieux que nous marquions une pause, que nous prenions le temps de réfléchir. Comment s'est passée ta journée ?

R

Veut-elle vraiment le savoir, ou s'agit-il de pure politesse ? J'ai l'impression que son e-mail pourrait être adressé à n'importe qui. Il n'y a pas si longtemps, j'aurais tout donné pour qu'elle adopte avec moi ce ton banal, ordinaire. Mais aujourd'hui, cette normalité me déçoit.

Je réponds à Rhiannon en lui faisant le récit de mes deux dernières journées. Puis il me faut filer : Sallie Swain doit participer ce matin à une course qu'elle prépare depuis un moment déjà, et ce serait injuste qu'elle en soit privée.

Je cours. Je suis fait pour courir. Car lorsque vous courez, peu importe votre identité. Vous ne faites plus qu'un avec le corps, n'êtes rien de plus, rien de moins. Vous réagissez tel un corps à ce que le corps vous demande. Pour gagner une course, vous ne devez avoir d'autres pensées que celles qui émanent de lui, d'autres buts que les siens. Vous devez vous éclipser au nom de la vitesse. Vous oublier jusqu'à la ligne d'arrivée.

6013ᵉ jour

Je suis à une heure et demie de route de Rhiannon, et je fais partie d'une famille heureuse.

Chez les Stevens, on profite toujours à fond des samedis. Mme Stevens réveille ainsi Daniel à neuf heures précises afin qu'il se prépare pour une balade. Le temps qu'il sorte de la douche, M. Stevens a chargé la voiture, et les deux sœurs de Daniel piaffent d'impatience.

Première étape : le musée d'art de Baltimore, pour découvrir une exposition consacrée à Winslow Homer*. Puis déjeuner dans le quartier de l'*Inner Harbor*, le port situé en plein cœur de la ville, suivi d'une longue visite de l'aquarium. Après ça, cap sur la dernière production Disney, avec écran géant IMAX – pour les filles –, et la journée se termine par un dîner dans un célèbre restaurant de fruits de mer.

---

* 1836-1910. L'un des peintres américains les plus éminents de son époque.

Il y a bien quelques moments de brève tension – une sœur que les dauphins ennuient profondément, le père qui s'énerve parce qu'on ne trouve pas de place libre sur un parking, mais, dans l'ensemble, tout le monde est content. Les Stevens sont tellement absorbés par leur bonheur qu'ils ne se rendent pas compte que je me tiens à la périphérie. Tels les personnages des tableaux de Winslow Homer, je me trouve dans la même pièce qu'eux sans y être vraiment. Comme un poisson dans un aquarium, je pense dans un langage qui m'est propre et m'adapte à une vie qui n'est pas mon habitat naturel. Je suis semblable à ces gens que nous croisons dans leurs voitures : j'ai une histoire, mais je file trop vite pour qu'on me comprenne ou même me remarque.

C'est en quelque sorte une bonne journée, toujours plus facile à traverser qu'une mauvaise journée. De temps à autre, je parviens à ne pas songer à elle, ni même à moi. De temps à autre, je demeure immobile dans mon cadre, je flotte dans mon aquarium, je roule dans ma voiture, sans rien dire, sans rien penser qui puisse me relier à quoi que ce soit.

6014ᵉ jour

Me voici à quarante minutes de Rhiannon.

C'est dimanche, et je décide de m'intéresser un peu au révérend Poole.

Orlando, le garçon dont j'occupe le corps, se réveille rarement avant midi le week-end. J'en déduis que ses parents ne viendront pas me déranger si je m'installe discrètement à l'ordi.

Le révérend Poole a ouvert un site Internet sur lequel les victimes de possession peuvent livrer leur témoignage. Il y a déjà plusieurs centaines de posts et de vidéos.

Celui de Nathan est sommaire, comme s'il s'agissait d'un résumé de ses déclarations antérieures. Je n'apprends rien de nouveau.

Les autres récits, en revanche, sont plus détaillés. Certains sont manifestement l'œuvre de cinglés – de gens souffrant de paranoïa aiguë qui auraient sans doute plus besoin d'un médecin que d'un forum où laisser libre cours à leurs grotesques théories du complot. D'autres sont presque poignants. Notamment celui de cette femme convaincue que Satan lui est tombé dessus dans la file d'attente du supermarché, la poussant à voler plutôt que payer ; cet homme dont le fils s'est suicidé, et qui est désormais persuadé que les démons contre lesquels luttait le jeune homme étaient réels et non métaphoriques.

Sachant que mes hôtes ont toujours le même âge que moi, je me concentre sur les posts d'adolescents. Poole doit contrôler absolument tout ce qui apparaît sur le site, car il n'y a rien de parodique ni de sarcastique. Et donc relativement peu d'ados. Je tombe néanmoins sur un témoignage qui me fait froid dans le dos. Celui d'un jeune du Montana qui dit avoir été victime de possession, le temps d'une seule et unique journée. Il ne lui est rien arrivé de spectaculaire, mais il est persuadé que son corps n'était plus sous son contrôle.

Jamais je n'ai mis les pieds dans le Montana. J'en suis sûr et certain.

Et pourtant, la ressemblance avec ce que je *fais* est troublante.

Sur le site de Poole, on trouve le lien suivant :
SI VOUS CROYEZ
QUE LE DIABLE EST EN VOUS,
CLIQUEZ ICI OU APPELEZ CE NUMÉRO.
Mais si le diable est vraiment aux manettes, pourquoi voudrait-il cliquer ou appeler ?

En consultant mon ancienne messagerie, je découvre que Nathan m'a relancé :

Je constate que tu n'as pas de preuves à me donner...
Eh bien, repens-toi.

Il inclut justement dans son e-mail un lien vers le site de Poole. Je meurs d'envie de lui répondre et de lui faire remarquer que nous nous sommes parlé, l'autre jour, lui et moi. Qu'il demande un peu à son ami AJ comment s'est passée sa journée de lundi... J'ai envie qu'il ait peur, qu'il comprenne que je pourrais être à côté de lui à n'importe quel moment, dans n'importe quel corps.

Non. Ne te laisse pas aller à ça.

Tout était tellement plus facile quand je ne voulais rien.

Ne pas obtenir ce que vous voulez peut vous rendre cruel.

Je consulte mon autre messagerie et découvre un nouveau message de Rhiannon. Elle m'y décrit brièvement son week-end, et m'interroge sur le mien en termes tout aussi vagues.

J'essaie de passer le reste de la journée à dormir.

6015ᵉ jour

Je me réveille, et je ne suis pas à quatre heures de route de Rhiannon, ni à une heure, ni même à un quart d'heure.

Non, je me réveille chez elle, dans sa maison.

Dans sa chambre.

Dans son corps.

Je songe d'abord que je suis encore en train de dormir, et qu'il s'agit d'un rêve. J'ouvre les yeux et découvre une chambre qui pourrait être celle de n'importe quelle fille – une fille qui y aurait passé toute son enfance ou presque. On y trouve des petites poupées juste à côté d'eye-liners et de magazines de mode. Ma mémoire me confirme mon identité, et pourtant, je reste persuadé que c'est un tour que me joue mon inconscient pendant mon sommeil. Cela m'est-il déjà arrivé ? Je ne crois pas. Mais, d'une certaine façon, je ne suis pas surpris. Rhiannon n'est-elle pas derrière chacune de mes pensées, chacun de mes espoirs, chacune de mes interrogations, et dans ce cas, n'est-il pas logique qu'elle s'impose à moi également lorsque je dors ?

Cependant, je ne suis pas en train de rêver. Je sens la pression de l'oreiller contre mon visage. Je sens la douceur des draps entre mes jambes. Je respire. Dans les rêves, on ne prend jamais la peine de respirer.

Instantanément, le monde devient de verre. Chaque moment est précieux, délicat... et risqué. Je sais qu'elle ne voudrait pas que je me trouve dans cette position. Je sais à quel point elle serait horrifiée si elle savait que je suis là, que j'ai pris le contrôle.

Chacun de mes gestes, chacun de mes mots, chacune de mes pensées pourrait briser quelque chose.

J'examine plus attentivement sa chambre. Lorsqu'ils grandissent, certaines filles et certains garçons aiment faire table rase du passé, comme s'ils devaient effacer toute trace de leur identité précédente pour mieux s'incarner dans la nouvelle. Mais Rhiannon, elle, ne semble pas ressentir ce besoin. J'aperçois des clichés d'elle et de sa famille datant de l'époque où elle avait trois, huit, dix, quatorze ans. Un pingouin en peluche monte encore la garde au-dessus de son lit. Dans sa bibliothèque, les ouvrages de J.D. Salinger côtoient ceux du Dr Seuss.

Je saisis l'une des photos. Je pourrais bien sûr essayer d'accéder à la mémoire du jour où elle a été prise. On dirait que Rhiannon et sa sœur sont à la foire du comté. Sa sœur est affublée d'un gros ruban autour de la poitrine, comme si elle venait de remporter un prix. Il ne serait pas difficile pour moi de retrouver ce souvenir. Mais quand bien même, ce ne serait pas Rhiannon qui me raconterait elle-même cette journée.

Je voudrais qu'elle soit là, avec moi, qu'elle m'accompagne dans une visite guidée de son univers. Pour l'instant, j'ai juste le sentiment d'être entré par effraction.

Il n'y a qu'une seule conduite à tenir : vivre les heures qui vont suivre en montrant le plus de respect possible pour Rhiannon. Si, demain, elle comprend que j'étais là – et je crois qu'elle le saura –, il faut qu'elle puisse être sûre que je n'ai aucunement profité de la situation. Il est clair pour moi que je ne veux rien apprendre sur elle de cette façon. Que je ne veux tirer aucun avantage de cette journée.

Pour cette raison, j'ai l'impression d'avoir tout à y perdre.

Voilà ce qu'elle ressent quand elle lève le bras.

Voilà ce qu'elle ressent quand elle cligne des yeux.

Voilà ce qu'elle ressent quand elle tourne la tête.

Voilà ce qu'elle ressent quand elle se passe la langue sur les lèvres, quand elle pose le pied par terre.

J'éprouve son poids. Sa taille. Je vois le monde à sa hauteur, par la fenêtre de ses yeux.

Je pourrais accéder à chaque souvenir qu'elle a de moi. À chaque souvenir qu'elle a de Justin. Je pourrais écouter ce qu'elle a dit quand je n'étais pas là.

« Salut. »
Voilà le son de sa voix quand on l'écoute de l'intérieur.
Voilà le son de sa voix quand elle est seule.

Je croise sa mère dans le couloir. Celle-ci, réveillée malgré elle, avance en traînant les pieds. Elle n'a pas passé une bonne nuit. Elle dit qu'elle va se recoucher, mais doute de parvenir à dormir.

Le père de Rhiannon est dans la cuisine, sur le point de partir travailler. Son « Bonjour » est un peu moins morose, mais il est pressé, et j'ai l'impression que sa fille devra s'en contenter. Tandis qu'il cherche ses clés, je remplis un bol de céréales, puis lance un « Au revoir » en écho à son « Au revoir ».

Je décide de ne pas me doucher, ni même de changer les sous-vêtements dans lesquels j'ai dormi. Aux toilettes, je me promets de fermer les yeux. Je me sens déjà suffisamment nu du seul fait de regarder dans le miroir et d'y voir le visage de Rhiannon. Je ne peux aller plus loin que ça. Me brosser les cheveux est un geste trop intime. Tout comme me maquiller, ou même enfiler des chaussures. Sentir l'équilibre intérieur de son corps, toucher son visage, éprouver le contact de sa peau sur sa peau – autant de choses inévitables et incroyablement intenses. J'essaie de maintenir une frontière entre elle et moi, mais il m'est difficile de ne pas avoir l'impression d'être bel et bien Rhiannon.

J'accède à sa mémoire pour trouver ses clés de voiture, puis le chemin du lycée. Peut-être devrais-je rester chez elle, mais pourrais-je supporter d'être seul dans son corps aussi longtemps sans rien pour détourner mon attention ? L'autoradio est réglé sur une station d'informations, ce qui me surprend. Le petit pompon que sa sœur a reçu avec son diplôme de fin d'études est suspendu au rétroviseur intérieur.

Je jette un coup d'œil vers le siège passager, comme si je m'attendais à y trouver Rhiannon, m'indiquant la route.

J'ai l'intention de tout faire pour éviter Justin. Je récupère mes livres dans mon casier, et me rends aussitôt à mon premier cours. La salle se remplit petit à petit, et je fais en sorte d'entretenir une conversation avec autant d'amis que possible. Personne ne remarque quoi que ce soit – non pas qu'ils s'en fichent, ils ne sont tout simplement pas encore bien réveillés. Je me suis jusqu'à présent tellement focalisé sur Justin que j'ai sous-estimé l'importance de ses amis dans la vie de Rhiannon. Je ne l'avais d'ailleurs jamais vraiment vue dans son quotidien, si ce n'est le jour où Amy Tran a visité le lycée. Eh bien, Rhiannon ne passe pas ses journées toute seule. Et, quand elle s'évade, ce n'est pas pour fuir ses amis.

« Tu t'en es sortie avec la bio ? » demande sa copine Rebecca.

Je pense d'abord qu'elle veut jeter un œil à mon devoir, puis réalise que c'est le contraire : elle me propose de m'inspirer du sien. Et, effectivement, Rhiannon n'a pas résolu tous les problèmes de bio. Je remercie Rebecca et lui emprunte sa copie.

Quand l'enseignant débute son cours, je n'ai qu'à écouter et prendre quelques notes.

Souviens-toi de ça, dis-je à Rhiannon. *Souviens-toi que c'est une journée parfaitement ordinaire.*

Mais je ne peux m'empêcher de remarquer alors certains petits détails. Les dessins d'arbres et de montagnes griffonnés dans son cahier. La légère marque que ses chaussettes laissent autour de ses chevilles. Une minuscule tache de naissance rouge à la base du pouce. Autant de choses auxquelles elle ne prête probablement jamais attention. Mais, parce que je découvre cette vie et ce corps, rien ne m'échappe.

Voilà ce qu'elle ressent quand elle tient un crayon dans sa main.

Voilà ce qu'elle ressent quand elle emplit d'air ses poumons.

Voilà ce qu'elle ressent quand elle cale son dos contre sa chaise.

Voilà ce qu'elle ressent quand elle se masse la nuque.

Voilà comment le monde sonne à ses oreilles. Voilà ce qu'elle entend chaque jour.

Je m'accorde un seul souvenir. Je ne le choisis pas. Il remonte à la surface, et je le laisse venir.

Assise à côté de moi, Rebecca est en train de mâcher un chewing-gum. Elle semble tellement s'ennuyer qu'elle le sort de sa bouche et se met à jouer avec. Je me rappelle alors l'avoir vue faire la même chose en sixième. À un moment donné, la prof l'avait interpellée et Rebecca avait sursauté, lâchant le chewing-gum qui était allé se nicher jusque dans les cheveux d'Hannah Walker. Cette dernière ne s'était rendu compte de rien et tous les élèves avaient éclaté de rire, ce qui avait rendu la prof furieuse. C'était Rhiannon qui avait fini par se pencher pour dire à Hannah qu'elle avait un chewing-gum dans les cheveux. C'était Rhiannon qui, du bout des doigts, le lui avait enlevé en veillant à ne pas faire de nœuds. C'était Rhiannon qui avait réussi à tout décoller sans trop faire de dégâts, je m'en souviens.

***

À la pause déjeuner, mes efforts pour ne pas croiser Justin se soldent par un échec.

Je traîne dans un couloir, et il se trouve qu'il est là, lui aussi. Me voir ne suscite chez lui ni plaisir ni déplaisir : ma présence est simplement un fait à peu près de même nature que la sonnerie entre les cours.

« Tu m'accompagnes dehors ? demande-t-il.

— OK », dis-je, sans trop savoir ce qu'il me propose exactement.

Dehors s'avère être une pizzeria située à deux rues du lycée. Nous nous retrouvons bientôt devant une part de pizza et un Coca chacun. Il paie son repas, sans proposer de m'offrir le mien. C'est très bien comme ça.

D'humeur bavarde, il s'épanche sur ce que j'imagine être son sujet favori : les injustices constamment perpétrées à son égard par à peu près toute la planète. À croire qu'il est victime d'un complot gigantesque, dont les manifestations diverses sont : l'allumage défectueux de sa voiture, les reproches sans cesse adressés par son père concernant son absence de projets universitaires, la façon ridicule de parler de son prof d'anglais, etc. J'ai du mal à le suivre, mais c'est précisément de ça qu'il s'agit. Je suis censé le *suivre*, de préférence loin derrière, car il ne souhaite pas franchement que je donne mon opinion. Chaque fois que j'émets une idée, il laisse flotter mes paroles dans l'air, sans se soucier de les écouter vraiment et encore moins d'y répondre.

Tandis qu'il déblatère à propos de Stephanie, qui se comporte prétendument « comme une salope » avec Steve, tout en enfournant de la pizza et en regardant davantage son assiette que Rhiannon, je dois lutter contre la tentation de commettre un acte irréparable. Il ignore le pouvoir dont je dispose. Je pourrais rompre avec lui en moins d'une minute. Quelques mots bien choisis suffiraient à mettre un point final à cette histoire. Il aurait beau pleurer, hurler de rage, me promettre la lune, tout ça ne me ferait ni chaud ni froid.

J'en ai tellement, tellement envie, mais je m'interdis d'ouvrir la bouche. Je n'utilise pas ce formidable pouvoir que je détiens. Car je sais que me débarrasser de lui de cette façon reviendrait aussi à perdre Rhiannon. Jamais elle ne me le pardonnerait. Non seulement elle pourrait corriger le tir avec Justin dès demain, mais je deviendrais un traître à ses yeux, et elle me bannirait de son existence.

Je dois respecter le cours de sa vie. Je ne peux pas donner de brusque coup de volant, même si rien ne me ferait plus plaisir qu'un accident, qu'une grosse explosion dont Justin serait la victime.

J'espère en tout cas qu'elle se rend compte d'une chose : Justin ne remarque rien. Alors qu'elle détecte ma présence quel que soit le corps dans lequel je me trouve, Justin, lui, n'a pas relevé son absence. Ce serait trop lui demander.

Et puis tout d'un coup, à la fin du repas, il l'appelle Vermeil.

« Allez, on y va, Vermeil. »

Je songe d'abord que j'ai dû mal entendre. J'accède à la mémoire de Rhiannon, et je trouve ma réponse. Cela fait référence à un moment presque joli entre eux. Allongés côte à côte sur le lit de Justin, ils sont en train de lire *Outsiders* de S.E. Hinton pour leur cours d'anglais. Chacun tient son exemplaire à la main, et Rhiannon tourne les pages un peu plus vite que lui. Ce roman a pour elle quelque chose de complètement démodé – il date d'une époque où les garçons jouaient les durs à cuire mais raffolaient d'*Autant en emporte le vent* –, et elle s'abstient d'en dire trop de mal en constatant l'effet qu'il produit sur Justin. Une fois le livre terminé, elle ne se lève pas, ne bouge pas. « Ouah, dit enfin Justin en refermant son exemplaire. *"Rien ne reste de l'or à jamais."** Qu'est-ce que c'est vrai, ça, bon sang… » Rhiannon ne souhaite pas le faire descendre de son nuage, pas plus qu'elle ne veut l'interroger sur le sens qu'il donne à cette phrase. Elle est juste récompensée de son silence lorsqu'il ajoute en souriant : « J'imagine qu'il vaut mieux pour nous être du vermeil, dans ce cas. » Et quand ils se séparent, plus tard ce soir-là, il lui lance : « Bye bye, Vermeil. » Ça restera.

Nous retournons au lycée sans nous tenir la main ni même nous parler. Nous nous séparons sans qu'il me souhaite un bon après-midi, sans qu'il me remercie de l'avoir écouté. Il ne me dit pas à bientôt. Il ne me dit rien. Comme si tout allait de soi.

Tandis que Justin s'éloigne et que je me retrouve parmi la foule des autres élèves, je deviens extrêmement conscient de la nature périlleuse de cet exercice, des risques liés à l'effet papillon que je pourrais déclencher à

* Titre d'un poème de l'Américain Robert Frost, cité dans le roman de S.E. Hinton. Publié en 1967, *Outsiders*, œuvre culte pour des générations de jeunes garçons, a été adapté au cinéma par Francis Ford Coppola en 1983.

chaque interaction. Si vous prenez le temps d'y réfléchir vraiment, si vous allez jusqu'au bout de la chaîne de cause à effet, vous aurez conscience que chaque pas peut être un pas dans la mauvaise direction, que chaque geste peut avoir des conséquences involontaires.

Y a-t-il ici quelqu'un à qui je devrais prêter davantage attention ? Y a-t-il des paroles que j'aurais dû prononcer ce matin et que je n'ai pas prononcées ? Y a-t-il quelque chose que je n'ai pas remarqué alors qu'il aurait fallu que je le remarque ? Des conversations auxquelles j'aurais dû prendre part ?

Quand vous êtes confronté à une foule, vos yeux s'arrêtent automatiquement sur certaines personnes, que vous les connaissiez ou non. Mais là, mon regard est perdu. Je sais ce que je vois, mais pas ce qu'elle verrait, elle.

Ce monde reste de verre.

Voilà ce que c'est que de lire des mots à travers les yeux de Rhiannon.

Voilà ce que c'est que de tourner la page d'un livre du bout de ses doigts.

Voilà ce que c'est que de croiser ses jambes.

Voilà ce que c'est que de baisser la tête pour cacher son visage derrière ses cheveux.

Voilà à quoi ressemble son écriture. Voilà comment sa main dessine les lettres. Voilà comment elle signe de son nom.

Interro écrite en cours d'anglais. Sur *Tess d'Urberville* de Thomas Hardy, que j'ai lu. Je crois que Rhiannon s'en sort bien.

J'accède suffisamment rapidement à sa mémoire pour savoir qu'elle n'a rien prévu de particulier après les cours. Justin vient justement la trouver pour lui demander si elle veut faire quelque chose plus tard. Je sais bien ce qu'il a en tête, et très peu pour moi, merci.

« Tu penses à quoi ? » je lui demande.

Il me dévisage alors comme si j'étais un chiot stupide.

« À ton avis ?

— Tu veux qu'on bosse ? »

Il pouffe de rire.

« Ouais, on peut appeler ça comme ça, si tu veux. »

J'ai besoin d'un mensonge à lui raconter. Si je m'écoutais, je lui dirais oui, pour ensuite le laisser en plan. Mais Rhiannon risquerait d'en payer le prix demain. Je prétends donc devoir emmener ma mère chez le médecin à cause de ses problèmes de sommeil : c'est une sacrée corvée, mais étant donné qu'ils vont lui administrer tout un tas de substances, elle aura besoin de quelqu'un pour la raccompagner.

« OK, dit-il, pas de problème. Tant qu'ils lui filent des cachets. J'adore les cachets de ta mère. »

Sur ces mots, il se penche pour m'embrasser, et je suis obligé de me laisser faire. Il s'agit des deux mêmes corps qu'il y a trois semaines, mais notre baiser n'a rien à voir. La première fois, lorsque je me trouvais de l'autre côté et que nos langues sont entrées en contact, j'ai eu l'impression de me livrer à une forme de communication intime et douce. Aujourd'hui, on dirait qu'on m'enfonce un corps étranger dégoûtant dans la bouche.

« Allez, rapporte-moi donc quelques cachets », dit-il quand nous nous écartons l'un de l'autre.

J'espère vraiment que ma mère a un surplus de pilules contraceptives que je vais pouvoir lui refiler.

Rhiannon et moi sommes déjà allés ensemble à la plage et en forêt. Aujourd'hui, je nous accorde une promenade en montagne.

Une petite recherche me permet de localiser la balade la plus proche. Je ne sais pas si c'est une première pour Rhiannon, mais peu importe.

Elle ne porte pas une tenue adaptée à la grimpette – les semelles de ses Converse sont extrêmement usées, mais je ne me décourage pas pour autant. Je laisse ses affaires dans la voiture, n'emportant qu'une bouteille d'eau et son portable.

Encore une fois, c'est lundi, et les chemins sont déserts. De temps à autre, je croise un randonneur dans le sens de la descente ; nous nous saluons d'un « Bonjour » ou d'un hochement de tête, comme le font les gens qui se savent entourés d'hectares et d'hectares de silence. Le balisage des sentiers laisse à désirer, ou peut-être est-ce moi qui ne suis pas assez attentif. Je ressens l'effort de l'ascension jusque dans les muscles des jambes de Rhiannon, dans ses poumons qui se remplissent d'un air qu'il faut mériter. Je continue d'avancer.

Cet après-midi, j'ai décidé d'offrir à mon hôte la satisfaction d'une solitude pleine et entière. Cela n'a rien à voir avec la léthargie que l'on éprouve en se prélassant sur un canapé devant la télé, la monotonie terne d'une rêverie en cours de maths. Pas plus que ça ne ressemble à ces moments d'errance dans une maison où tout le monde dort, ni à ces moments doulou-reux où l'on s'enferme dans sa chambre en claquant la porte. Cette solitude n'est en rien semblable à ces formes d'isolement. Cette soli-tude est plénitude. Il s'agit de mettre le corps à contribution, mais sans qu'il étouffe pour autant l'esprit. D'avancer avec détermination, mais sans se presser. De converser non pas avec la personne à côté de soi, mais avec les élé-ments. Suer, sentir l'effort, grimper, tâcher de ne pas glisser, de ne pas tomber, de ne pas trop se perdre, tout en se perdant quand même un peu.

Pour finir, s'arrêter, marquer une pause. Au sommet, contempler la vue, après une pente particulièrement raide, un dernier virage. Ce n'est pas que cette vue soit particulièrement spectaculaire. Ce n'est pas comme si nous avions atteint le sommet de l'Everest. Mais, tout de même, nous dominons les environs et ne levons la tête que pour admirer les nuages et le soleil qui brille paresseusement. J'ai de nouveau onze ans ; nous sommes de nouveau en haut de cet arbre dont j'ai parlé à Rhiannon. Ici, l'air paraît plus pur, car le monde est en dessous de nous, et nous respirons avec davantage d'appétit. Quand il n'y a personne d'autre alentour, nous nous ouvrons aux délices presque ordinaires que nous offre l'infini.

Tandis que je fixe la cime des arbres en laissant Rhiannon reprendre son souffle, je l'implore :

Souviens-toi de cette sensation. Souviens-toi que nous étions ici, toi et moi. N'oublie pas.

Je m'assois ensuite sur un rocher et bois quelques grandes gorgées d'eau. Je sais que j'occupe son corps, j'ai pourtant vraiment l'impression que Rhiannon est ici avec moi. Comme si nous étions deux êtres distincts, partageant ce moment côte à côte.

Je dîne avec ses parents. Ils me demandent ce que j'ai fait aujourd'hui, et je n'hésite pas à le leur raconter. Je leur donne sûrement plus de détails que Rhiannon n'a coutume de le faire, leur consacre aussi plus de temps qu'elle n'en a l'habitude.

« Ça a dû être chouette, commente sa mère.

– Tiens-nous tout de même au courant quand tu pars te promener comme ça toute seule », ajoute son père.

Puis il passe à autre chose, et ma journée redevient mon trésor personnel.

***

Je consacre tous mes efforts aux devoirs que j'ai à rendre le lendemain. Je ne consulte pas les e-mails de Rhiannon, par crainte de découvrir quelque chose qu'elle ne voudrait pas que je voie. Je ne me connecte pas non plus à ma propre messagerie, car elle est la seule personne dont j'ai envie d'avoir des nouvelles. Il y a un livre sur sa table de nuit, mais je ne le touche pas, de peur qu'elle ne se souvienne pas de ce que j'ai lu et qu'elle ait à en reprendre le fil. Je feuillette quelques revues.

Je décide soudain de lui laisser un mot, la seule façon de lui prouver que j'étais bel et bien là. La tentation est pourtant forte de prétendre que cette journée n'a pas eu lieu, de lui assurer qu'elle se trompe si jamais ses souvenirs la poussent à m'interroger. Mais je veux être sincère. C'est la seule solution pour que cela fonctionne entre nous.

Alors j'écris. Au tout début de ma lettre, je demande à Rhiannon de se remémorer autant que possible les détails de cette journée avant de continuer sa lecture – histoire que mon récit n'interfère pas avec ses propres souvenirs. Je lui explique que jamais je n'aurais délibérément choisi de me retrouver dans son corps – ce n'est pas quelque chose que je contrôle. Dans la mesure du possible, je me suis efforcé de respecter le bon déroulement de sa journée ; j'espère ne pas avoir perturbé sa vie. Je lui décris ensuite les heures que nous avons passées ensemble, et les lignes écrites de sa main s'enchaînent sur le papier. C'est la première fois que j'écris à quelqu'un dont j'ai occupé le corps, et le seul fait de savoir que Rhiannon va lire ces mots me rend mal à l'aise, tout en me procurant une grande satisfaction. Il y a tant de choses que je n'ai pas besoin d'expliquer. Cette lettre témoigne à elle seule que j'ai foi en elle, foi en la confiance, foi en la vérité.

***

Voilà ce qu'elle ressent lorsqu'elle ferme les paupières.

Voilà quel goût le sommeil a pour elle.

Voilà comment la nuit lui caresse la peau.

Voilà comment les bruits de la maison la bercent.

Voilà l'au revoir auquel elle a droit tous les soirs.

Voilà comment sa journée se termine.

Je n'ai pas quitté mes vêtements et me recroqueville maintenant sous les couvertures. Nous arrivons au terme de ce jour, et j'ai moins peur du contact de ce monde de verre, des conséquences de l'effet papillon. Je nous imagine tous les deux ici, dans ce lit, mon corps invisible lové contre le sien. Nous respirons au même rythme, nos poitrines se soulèvent et s'abaissent à l'unisson. Inutile de murmurer : à cette distance, nos pensées se suffisent. Nos yeux se ferment au même moment. Sous le même drap, enveloppés par la même nuit, nous respirons de plus en plus lentement. Le sommeil nous emporte ensemble, et chacun se met à rêver sa propre version du même rêve.

6016e jour

A,
Je crois que je me souviens de tout. Où es-tu,
aujourd'hui ? Plutôt que de t'écrire un long mes-
sage, j'aimerais te parler.

R

Quand je lis ce message, je me trouve à environ deux heures de chez elle, dans le corps
d'un garçon nommé Dylan Cooper. C'est un
mordu de graphisme, et sa chambre est une
véritable boutique Apple. Sans chercher bien
loin, j'apprends que, lorsqu'il en pince vraiment fort pour une fille, il crée une police de
caractères qu'il baptise du nom de l'heureuse
élue.

J'écris à Rhiannon et lui indique où je suis.
Elle me demande presque instantanément
si l'on peut se voir après les cours – à croire
qu'elle attendait près de son ordinateur. Nous
nous donnons rendez-vous à la librairie Clover.

273

Dylan est un grand charmeur. Et, d'après les informations que je récupère, il a en ce moment le béguin pour trois filles différentes. Toute la journée, je m'efforce de n'avancer trop de pions avec aucune d'entre elles. À lui de décider quelle police de caractères il préfère.

J'arrive à la librairie une demi-heure plus tôt que prévu, mais je suis trop tendu pour lire quoi que ce soit, si ce n'est les visages des gens qui m'entourent.

Rhiannon finit par entrer – en avance, elle aussi. Je n'ai pas besoin de me lever ni de lui faire signe. Elle balaie la salle du regard et me voit. À la façon dont je la fixe, elle sait que c'est moi.

« Salut, dit-elle.

– Salut. »

« Aujourd'hui est un jour particulier, dit-elle.

– Je sais. »

Nous sommes assis à une table. Elle est allée nous chercher du café, et chacun serre son gobelet brûlant entre ses mains.

Je repère certains détails que j'ai remarqués hier – la tache de naissance, les quelques petits boutons çà et là sur son front –, qui ne changent cependant pas mon impression d'ensemble.

Elle n'a pas l'air effrayée. Elle n'a pas l'air en colère. Elle semble avoir accepté ce qui s'est produit. Passé le choc, c'est la compréhension qui l'a emporté. Désormais, Rhiannon ne doute plus de moi.

« À mon réveil, dit-elle, j'ai immédiatement compris que quelque chose était différent. Avant même de trouver ta lettre. Cela n'avait rien à voir avec le fait de se sentir désorienté après une nuit de sommeil. Je n'avais pas non plus l'impression d'avoir manqué un jour. C'est comme si, au contraire… quelque chose avait été ajouté. Puis j'ai vu ta lettre, j'ai commencé à la lire, et j'ai tout de suite su que tout était vrai. Que ça s'était passé ainsi. Je me suis interrompue quand tu me l'as demandé, et j'ai essayé de me souvenir dans les détails de la journée d'hier. Tout était là, dans ma mémoire. Pas les choses futiles que l'on oublie – le réveil, le brossage de dents, etc. –, mais celles qui comptent. La balade en montagne. Le déjeuner avec Justin. Le dîner avec mes parents. Et même la lettre – je me suis rappelée l'avoir écrite. Cela aurait dû me sembler absurde – pourquoi me serais-je écrit une lettre à moi-même ? – mais, en mon for intérieur, cela m'a paru tout à fait logique.

– Tu veux dire que tu as senti ma présence ? Dans tes souvenirs ? »

Elle secoue la tête.

« Pas comme on pourrait s'y attendre. Je n'ai pas le sentiment que tu contrôlais quoi que ce soit. Mon corps ou autre. C'était plutôt comme si tu m'accompagnais. Comme si tu avais été à mes côtés pendant tout ce temps. »

Elle s'interrompt. Puis reprend :

« C'est complètement fou, qu'on puisse avoir cette conversation. »

J'aimerais en savoir davantage.

« Je voulais que tu te rappelles de tout. Et, apparemment, ton esprit a accepté cette idée. Ou bien peut-être est-ce lui qui ne voulait rien oublier.

— Je l'ignore. En tout cas, c'est mieux comme ça. »

Nous parlons encore un moment de cette expérience des plus étranges.

« Merci de ne pas avoir fait dérailler ma vie, finit-elle par me dire. Et de ne pas m'avoir déshabillée. À moins que…

— Non, ta mémoire ne te joue pas de tour, je t'assure.

— Je te crois. Aussi étonnant que cela puisse paraître, je crois tout ce que tu m'as dit. »

Je sens alors qu'il y a un sujet qu'elle aimerait aborder, mais qu'elle n'ose pas.

« Tu veux savoir autre chose ?

— C'est juste que… as-tu l'impression de mieux me connaître, maintenant ? Bizarrement, j'ai le sentiment que c'est mon cas. À cause de ce que tu as fait, et de ce que tu n'as pas fait. Incroyable, non ? Je pensais que tu en aurais profité pour apprendre plus de choses sur moi… Or il semble que tu as été peu intrusif.

— J'ai quand même pu faire la connaissance de tes parents.

— Et qu'est-ce que tu en as pensé ?

— Je crois qu'ils t'aiment beaucoup, chacun à sa façon. »

À ces mots, Rhiannon éclate de rire.

« Chacun à sa façon, je ne te le fais pas dire !

— Quoi qu'il en soit, j'ai été content de les rencontrer.

— J'y penserai quand je te les présenterai pour de bon : "Maman, papa, voici A. Vous ne vous en doutez pas, mais vous avez déjà fait sa connaissance, le jour où il était de passage dans mon corps."

— Je suis sûr qu'ils apprécieront. »

Bien évidemment, nous savons tous les deux que cela n'arrivera pas. Jamais elle ne pourra me présenter à ses parents. Pas comme la personne que je suis vraiment.

Je ne prends pas la peine de le préciser, et elle non plus d'ailleurs. J'ignore même si elle y pense au cours des secondes qui suivent. Mais moi, oui.

« Si j'ai bien compris, cela ne se reproduira jamais, n'est-ce pas ? finit-elle par demander. Tu n'as jamais été deux fois la même personne.

— Exact. Ça n'arrivera plus.

— Ne te vexe pas, mais j'avoue que je suis soulagée de pouvoir aller me coucher sans avoir à me demander si tu seras de nouveau aux commandes de mon corps demain matin. Une fois, je suis prête à l'assumer, c'est une expérience intéressante. Mais n'en fais pas une habitude.

– Promis. Je veux que nous passions du temps ensemble tous les deux, mais pas de cette façon-là. »

Je n'ai pas pu m'en empêcher, il a fallu que je soulève le problème : que fait-on maintenant ? Nous nous sommes raconté le passé, nous profitons du présent, mais cela ne me suffit pas. Je nous pousse maladroitement vers l'avenir.

« Tu sais à quoi ressemble ma vie à présent, me dit-elle. Si tu parviens à imaginer un moyen pour que cela marche entre nous, je t'écoute.

– Nous trouverons une solution.

– Ce n'est pas une réponse. Juste un espoir.

– C'est l'espoir qui nous a menés aussi loin, Rhiannon. Pas les réponses. »

Elle esquisse un sourire.

« Ce n'est pas faux », dit-elle avant d'avaler une gorgée de café. Je m'attends à ce que suive une autre question. « Je sais que c'est idiot, mais... je n'arrête pas d'y penser : tu n'es vraiment ni d'un sexe ni de l'autre ? Quand tu habitais mon corps, par exemple, tu n'avais pas l'impression d'être... plus à l'aise que dans celui d'un garçon ? »

Je trouve intéressant que ce soit ce point-là qui lui pose problème.

« Je suis moi, c'est tout. Je me sens à l'aise dans tous les corps, sans jamais complètement me sentir à l'aise. C'est ma façon d'être.

— Et quand tu embrasses quelqu'un ?

— Pareil.

— Et pendant l'amour ?

— Est-ce que Dylan rougit ? Est-ce qu'il est en train de rougir là, maintenant ?

— Oui, répond Rhiannon.

— Bien. Parce que moi, je me sens rougir.

— Tu veux dire que tu n'as... jamais... ?

— Ça ne serait pas correct de ma part de profiter de...

— Jamais !

— Je suis très content que cela t'amuse.

— Excuse-moi, dit-elle.

— Enfin, il y a tout de même eu cette fille...

— Ah oui ?

— Oui. Hier. Quand j'étais dans *ton* corps. Tu ne te souviens pas ? Ça ne m'étonnerait pas qu'elle soit tombée enceinte à cause de toi.

— Ce n'est pas drôle ! s'exclame-t-elle en riant malgré tout.

— Tu sais bien que je n'ai d'yeux que pour toi. »

Cette phrase très courte suffit à redonner tout son sérieux à notre conversation. Le changement est palpable dans l'air, comme lorsqu'un nuage vient masquer le soleil. Les rires cessent, et le silence s'installe.

« A… », commence-t-elle.

Mais je ne veux pas l'entendre. Je ne veux pas entendre parler de Justin, ni de ce qui est impossible, ni des raisons qui nous empêchent d'être ensemble.

« Pas maintenant, s'il te plaît. Continuons avec les choses agréables.

– D'accord, dit-elle. Comme tu voudras. »

Elle m'interroge alors sur ce qui m'est resté de mon passage dans son corps. J'évoque sa tache de naissance, certains de ses camarades de classe, les inquiétudes de ses parents. Je mentionne le souvenir lié à Rebecca, tout en lui jurant que c'est le seul auquel j'ai accédé. J'évite en revanche de parler de Justin, car elle sait déjà ce que je vais lui dire, même si elle refuse de l'admettre. *Idem* pour les fines rides autour de ses yeux, et les quelques petits boutons qui parsèment sa peau, car je sais qu'elle les considère comme des défauts, tandis que, pour moi, ils ne sont que des détails qui rendent sa beauté plus réelle.

L'heure du dîner approche. Elle doit rentrer chez elle et moi aussi. Pas question cependant que je la laisse partir avant d'obtenir la promesse que nous nous reverrons bientôt. Demain. Et si ce n'est pas possible, après-demain.

« Comment veux-tu que je te dise non ? J'avoue que je meurs d'envie de voir qui tu vas être dans les prochains jours. »

Elle a adopté le ton de la plaisanterie, mais je ne peux m'empêcher de lui rappeler cette vérité :

« Je serai toujours A, tu sais. »

Sur ces mots, elle se lève et dépose un baiser sur mon front.

« Je sais, dit-elle. C'est d'ailleurs pour ça que je veux te revoir. »

Et nous nous quittons donc sur une note agréable.

6017e jour

Au cours des deux jours précédents, je suis parvenu à ne plus penser à Nathan. La réciproque n'est pas vraie.

Lundi, 19 h 30 :

J'attends toujours tes preuves.

Lundi, 20 h 14 :

Pourquoi ne me réponds-tu pas ?

Lundi, 23 h 43 :

J'ai droit à des explications vu ce que tu m'as fait.

Mardi, 6 h 13 :

Je n'arrive plus à dormir. J'ai peur que tu reviennes. Que vas-tu encore me faire subir ? Es-tu en colère après moi ?

Mardi, 14 h 30 :

Tu ne peux être que le diable. Seul le diable me laisserait vivre ça.

Mercredi, 2 h 12 :

As-tu seulement idée de la situation dans laquelle tu m'as mis ?

Le poids de la responsabilité pèse sur mes épaules, et c'est un sacré handicap. Cela me rend plus lourd, plus lent. Cela me maintient aussi les pieds sur terre, cela m'ancre dans la réalité.

Il est six heures du matin. Vanessa Martinez s'est levée tôt. Après avoir lu les messages de Nathan, je songe à ce que Rhiannon m'a dit, aux peurs qu'elle m'a confiées. Nathan mérite que je lui réponde, lui aussi.

Cela ne se reproduira plus jamais. Tu peux en être sûr. Je ne peux pas t'en dire plus, mais cela n'arrive qu'une seule fois. Après ça, tu dois passer à autre chose.

À peine deux minutes plus tard, il se manifeste à nouveau :

Qui es-tu ? Pourquoi devrais-je te croire ?

Je sais pertinemment que notre correspondance risque de se retrouver sur le site du révérend Poole. Je ne compte pas dire à Nathan comment je m'appelle. Néanmoins, si je lui donne un nom, cela l'aidera peut-être à ne pas me prendre pour le diable, mais plutôt pour ce que je suis en réalité : un être humain, tout comme lui.

Mon nom est Andrew. Il faut que tu me fasses confiance, car je suis la seule personne qui comprenne vraiment ce qui t'est arrivé.

Sans surprise, j'ai droit à :

Prouve-le.

Alors je me lance :

Tu t'es rendu à une soirée. Tu n'as pas bu d'alcool. Tu as discuté avec une fille, et tu l'as suivie au sous-sol, où vous avez dansé pendant plus d'une heure. Tu n'as pas vu le temps passer. Tu t'es senti libre, et ç'a été l'un des moments les plus merveilleux de ta vie. Je ne sais pas si tu t'en souviens, mais un jour viendra probablement où tu auras de nouveau l'occasion de danser de cette façon, et tu auras alors comme une sensation de déjà-vu. Ce ne sera que l'écho de cette nuit-là.

Bien sûr, ça ne lui suffit pas.

Mais qu'est-ce que je faisais là-bas ?

J'essaie de faire simple :

Tu avais besoin de parler à cette fille. Ce soir-là, et seulement ce soir-là, tu devais parler à cette fille.

Il demande :

Comment s'appelle-t-elle ?

Je ne veux pas la mêler à ça. Je ne peux pas tout expliquer à Nathan. Je n'ai pas le choix, il faut que j'élude la question :

Peu importe. La seule chose qui compte, c'est que pendant un court moment, tu aies vécu quelque chose qui valait le coup. Ça a été tellement intense que tu en as perdu le fil du temps. Voilà pourquoi tu t'es retrouvé sur le bas-côté de la route. Tu n'as pas bu. Tu n'as pas eu d'accident. Tu as simplement manqué de temps.
Je comprends que tu aies eu peur, et que cela t'ait paru incompréhensible. Mais jamais plus ça ne se reproduira.
Les questions sans réponse sont potentiellement destructrices. Alors tourne la page.

Tout ça est la vérité, mais ne lui convient toujours pas.

Cela t'arrangerait bien, n'est-ce pas ? Que je tourne la page...

Chaque fois que je lui tends la main, chaque fois que je lui en révèle un peu plus, je sens s'alléger le poids de ma responsabilité. Je compatis à son trouble, sans être pour autant heurté par son hostilité.

Nathan, libre à toi de faire ce que tu veux, désormais. J'essaie seulement de t'aider. Tu es un type bien, et je ne suis pas ton ennemi. Je ne l'ai jamais été. Il se trouve que nos chemins se sont croisés, voilà tout. Et qu'ils s'éloignent à présent.

Je ferme la fenêtre et en ouvre une nouvelle : j'espère voir apparaître les mots de Rhiannon. Je ne me suis pas encore préoccupé de savoir à quelle distance nous nous trouvons l'un de l'autre... Quatre heures de route. Voilà qui est déprimant. Je lui annonce la nouvelle dans un e-mail et, une heure plus tard, elle me répond que, de toute façon, nous aurions eu du mal à nous voir aujourd'hui. Soit, reportons donc à demain.

Ce n'est pas tout, mais il faut que je m'occupe de Vanessa Martinez. Chaque matin, elle a pour habitude de courir au minimum trois kilomètres, il est donc temps que j'enfile mes chaussures de jogging. Je crois qu'elle va devoir se contenter d'un kilomètre et demi, et je peux presque entendre ses réprimandes. Au petit-déjeuner, en revanche, personne ne me dit rien ; les parents et la sœur de Vanessa semblent presque avoir peur d'elle.

C'est là le premier indice d'une chose qui me sera confirmée à maintes reprises au cours de cette journée : Vanessa Martinez n'est pas quelqu'un de sympathique.

Je le sens de nouveau quand elle retrouve ses amis juste avant les cours. Eux aussi ont l'air de la craindre. Leurs tenues ne sont peut-être pas parfaitement identiques mais, de toute évidence, ils se sont tous habillés en suivant une même ligne vestimentaire, dictée par devinez qui.

Je constate assez vite que Vanessa a une personnalité toxique, qui m'affecte moi aussi. Chaque fois qu'un commentaire désagréable s'impose, c'est vers elle qu'on se tourne. Y compris les enseignants. Je garde le silence, mais je sens des paroles vénéneuses me piquer le bout de la langue. J'observe toutes ces filles qui ne respectent pas les codes, et je peux sentir combien il serait facile de les réduire en charpie d'un seul bon mot.

Je rêve ou Lauren porte un sac à dos ? Remarque, si j'avais aussi peu de poitrine qu'elle, il est clair que je ferais semblant d'être en primaire... Mon Dieu, vous avez vu les chaussettes de Felicity ? Est-ce que ce sont des chatons que j'aperçois dessus ? Je croyais que ce genre de modèle était strictement réservé aux petites filles… Et le petit haut de Kendall, regardez-moi ça ! Qu'y a-t-il de plus triste qu'une fille pas sexy essayant de s'habiller sexy ? On devrait organiser une collecte de fonds pour lui venir en aide. Je suis persuadée que même les victimes de catastrophes naturelles seraient prêtes à lui reverser leurs dons : « Non, non, nous n'avons pas vraiment besoin de cet argent – aidez plutôt cette pauvre fille. »

Je n'ai pas envie d'être contaminé par ce genre de pensées. Cependant, étrangement, lorsque je les réprime, lorsque j'empêche Vanessa de dire ces horreurs à haute voix, je ne perçois pas pour autant de soulagement de la part de son entourage. Au contraire, je sens plutôt de la déception. Les gens s'ennuient. Et leur ennui est précisément ce qui stimule la méchanceté de Vanessa.

Son petit ami, Jeff, le parfait sportif, a l'air de croire que Vanessa est sujette à ses sautes d'humeur mensuelles. Quant à Cynthia, sa meilleure amie et son principal acolyte, elle lui demande si quelqu'un de sa famille est décédé. Tous deux sentent que quelque chose cloche, mais jamais ils ne devineront de quoi il s'agit. En tout cas, il ne leur viendrait sûrement pas à l'esprit de s'imaginer que Vanessa est possédée par le diable. À la rigueur, ils pourraient plutôt songer que le diable a pris une journée de repos.

Je sais que ce serait idiot de ma part de vouloir la changer. Je pourrais pourtant aller l'inscrire comme bénévole à la soupe populaire. Mais je suis certain que, si elle y retournait demain, ce serait uniquement pour railler la tenue des sans-abri et la qualité de la soupe. Non, la meilleure solution consisterait probablement à plonger Vanessa dans une situation compromettante, afin qu'on puisse la faire chanter par la suite. (*Vous avez vu la vidéo de Vanessa Martinez se promenant en string dans le couloir du lycée en beuglant ? Après ça, on la voit courir jusqu'aux toilettes des filles, enfoncer la tête dans la cuvette et tirer la chasse !*) Mais cela reviendrait à utiliser ses propres méthodes.

Je ne tente donc rien pour modifier quoi que ce soit chez elle. Je me contente de mettre sa colère en veilleuse une journée durant.

C'est épuisant de lutter contre la nature profonde de quelqu'un de mauvais. Il est tellement plus naturel et plus facile de se laisser aller à ses mauvais penchants.

***

J'ai envie de raconter tout ça à Rhiannon. C'est à elle que je veux en parler. Rien de plus normal après tout, puisque je l'aime.

Mais un e-mail ne me suffit plus. J'en ai assez de ne pouvoir compter que sur les mots. Ils sont

certainement emplis de sens, mais vides de sensations. Lui écrire, ce n'est pas comme regarder
son visage tandis qu'elle m'écoute parler. Lire sa
réponse, ce n'est pas comme entendre sa voix.
La technologie m'a jusqu'alors toujours facilité
la vie, mais elle m'éloigne aujourd'hui autant
qu'elle me rapproche de celle avec qui je désire
me trouver. Mon confort virtuel ne me satisfait
plus maintenant que j'ai goûté au bonheur de la
présence de l'autre, et cela me fait peur.

Sans surprise, j'ai droit à un nouvel e-mail
de Nathan.

Tu ne peux pas m'abandonner maintenant. J'ai
encore des questions.

Je n'ai pas le courage de lui dire que cela
ne le mènera à rien. Il y aura toujours d'autres
questions. Chaque réponse entraîne une nouvelle question.

Afin de survivre dans ce monde, il faut accepter de lâcher prise.

6018e jour

Le lendemain, je suis un garçon prénommé George, et je ne suis qu'à quarante-cinq minutes de route de Rhiannon. Elle m'écrit pour me dire qu'elle pourra quitter le lycée pendant sa pause déjeuner.

Pour moi, en revanche, cela s'annonce beaucoup plus difficile. George ne va pas au lycée. Ce sont ses parents qui se chargent de son éducation.

La mère et le père de George travaillent à domicile. Tous les jours, sans exception, ils les passent à la maison avec George et ses deux frères. La pièce qui, chez la plupart des gens, ferait office de salon est appelée dans leur famille « l'école ». Les parents y ont installé trois bureaux semblables à ceux que l'on trouvait dans les établissements scolaires de campagne à la fin du XIXe siècle.

Dans cette maison, pas question de traîner au lit. Nous nous réveillons chaque jour à sept heures précises, et nous passons à la douche selon un ordre préétabli. Je parviens tout de même à utiliser l'ordinateur quelques minutes, le temps de lire le message de Rhiannon et de lui répondre qu'il va falloir improviser – impossible pour moi de lui fixer un rendez-vous dans l'immédiat. À huit heures tapantes, chacun est installé à son bureau, et notre mère commence les cours, tandis que notre père travaille de son côté.

En accédant à la mémoire de George, j'apprends qu'il n'a jamais connu d'autre salle de classe que celle-ci. Tout ça à cause d'une dispute que ses parents ont eue par le passé avec une institutrice et qui concernait ses méthodes d'enseignement. J'aimerais vraiment savoir ce que celle-ci pouvait prôner de suffisamment choquant pour pousser une famille à retirer définitivement ses enfants du système scolaire, mais cette information n'est pas disponible – on n'a sans doute jamais expliqué à George les raisons exactes de cette décision. Il a uniquement dû en subir les conséquences.

J'ai déjà fait l'expérience auparavant de cours à domicile, dispensés par des parents enthousiastes et enthousiasmants, qui laissaient à leurs enfants suffisamment de liberté pour explorer et grandir. Ce n'est pas franchement le cas ici. La mère de George est une femme austère et inflexible, et je n'ai jamais vu quelqu'un s'exprimer aussi lentement.

« Bien… les garçons… nous allons… maintenant parler… des événements… qui… ont mené… à la guerre… de Sécession. »

Les enfants semblent résignés, feignant une extrême concentration.

« Le… président… des États du… Sud… était… un homme… qui… s'appelait… Jefferson… Davis. »

Je refuse d'être retenu en otage de la sorte, alors que Rhiannon espère me voir bientôt. Après une heure de calvaire, je décide d'adopter la même tactique que Nathan. Je commence à poser des questions.

Quel était le nom de la femme de Jefferson Davis ?

Quels États faisaient partie de l'Union ?

Combien de soldats sont morts à Gettysburg* ?

Et une quarantaine d'autres du même style.

Mes frères me dévisagent comme si j'étais sous l'emprise de la drogue, et ma mère, qui doit sans cesse aller chercher dans ses livres les réponses à mes questions, est de plus en plus désarçonnée.

« Jefferson Davis… a été… marié… deux fois. Sarah… sa première… femme… était la fille… du Président… Zachary Taylor. Elle… a

* Tournant de la guerre de Sécession, la bataille de Gettysburg a fait des milliers de morts et des dizaines de milliers de blessés entre le 1er et le 3 juillet 1863.

succombé… à la malaria… trois mois… après… leur mariage. Davis… s'est ensuite remarié… »

Je subis cette épreuve pendant une bonne heure encore, jusqu'à ce que je lui demande si je peux aller à la bibliothèque emprunter des ouvrages sur le sujet.

Ma mère accepte bien volontiers, et propose même de m'y déposer en voiture.

Je suis le seul ado à fréquenter les lieux – normal : à cette heure-ci, tout le monde est en classe. La bibliothécaire ne paraît cependant pas surprise de me voir. Apparemment, elle me connaît et sait d'où je viens. Elle est plutôt aimable avec moi, mais assez brusque avec ma mère, ce qui me porte à croire que notre ancienne institutrice n'est pas la seule personne dans cette ville à laquelle elle a reproché de ne pas bien faire son travail.

Je m'installe devant un ordinateur et contacte Rhiannon pour lui faire savoir où je me trouve. Puis je prends un bouquin sur une des étagères, commencé il y a « plusieurs corps » de cela, afin de passer le temps. Assis près d'une fenêtre, je surveille régulièrement les allées et venues des uns et des autres, tout en sachant que Rhiannon n'arrivera pas avant au moins deux heures.

Elle me découvre dans cet état de déper-sonnalisation que vous accorde la lecture. Je mets d'ailleurs un moment avant de me rendre compte qu'elle est enfin là, debout à côté de moi.

« Toc toc ! fait-elle. Étant donné que tu es ici l'unique personne de moins de vingt ans, j'imagine que c'est toi. »

Sans le savoir, elle me tend une perche. Impossible de ne pas la saisir :

« Pardon ? dis-je, comme si elle me dérangeait.

— C'est bien toi, n'est-ce pas ? »

Je fais alors en sorte que George ait l'air totalement déconcerté.

« On se connaît ? »

Cela fonctionne – je vois bien qu'elle doute.

« Oh, excusez-moi. Je... euh, je devais retrouver quelqu'un ici.

— Quelqu'un qui me ressemble ?

— Euh... je ne sais pas vraiment. C'est une histoire compliquée... un truc par Internet. »

Je pousse un grognement désapprobateur.

« Tu ne devrais pas plutôt être au lycée à cette heure ?

— Et toi, alors ? Qu'est-ce que tu fais ici ?

— Moi ? J'ai une très bonne raison d'être ici. Figure-toi que j'ai rendez-vous avec une fille absolument fantastique... »

Elle me foudroie immédiatement du regard, furieuse.

« Quel enfoiré !

— Désolé, c'était juste une...

— Quelle espèce d'enfoiré ! »

Je vois qu'elle ne plaisante pas. Ma petite blague ne lui a pas plu du tout.

« Excuse-moi, Rhiannon.

— Tu ne peux pas faire ce genre de chose. C'est vraiment dégueulasse d'en profiter comme ça. »

Sur ces mots, elle recule, s'éloigne.

« Je ne recommencerai pas. C'est promis.

— Je n'arrive toujours pas à croire que tu aies fait ça. Regarde-moi dans les yeux et jure-moi une fois encore que c'est la dernière fois. »

Je m'exécute :

« Je te le jure. »

Cela fait à peine l'affaire.

« Je te crois, dit-elle. Mais tu resteras un enfoiré jusqu'à ce que tu me prouves le contraire. »

***

Dès que la bibliothécaire a le dos tourné, nous nous éclipsons discrètement. J'espère qu'il n'y a pas de loi l'obligeant à dénoncer les gamins scolarisés à domicile qui font l'école buissonnière. La mère de George est censée venir le chercher dans deux heures, il nous faut donc faire vite.

Nous trouvons refuge dans un restaurant chinois du centre-ville. S'ils se demandent pourquoi nous ne sommes pas au lycée, ils n'en montrent rien. Rhiannon me raconte sa matinée sans histoires – à huit heures, Steve et Stephanie se sont encore disputés, mais à neuf heures, ils s'étaient rabibochés –, tandis que je lui parle de mon expérience traumatisante dans le corps de Vanessa.

« Je connais des tas de filles comme elle, dit Rhiannon. Certaines sont dangereuses, particulièrement douées pour la cruauté.

– Je crois qu'on peut effectivement la classer dans cette catégorie-là.

– Je suis bien contente de ne pas l'avoir rencontrée, alors. »

Sous la table, nos genoux se touchent. Mes mains trouvent les siennes, ne les lâchent pas. Nous bavardons comme si de rien n'était, comme si cet extraordinaire échange de vie et d'énergie entre nos deux corps n'existait pas.

« Je suis désolée de m'être emportée, dit-elle. C'est juste que… c'est suffisamment difficile comme ça. J'étais tellement sûre de ne pas me tromper.

– Ce n'était pas très fin de ma part, je le reconnais. Je ne me suis pas mis à ta place. J'ai oublié à quel point cette situation pouvait être perturbante pour toi.

– Justin se comporte aussi comme ça, parfois. Je lui dis quelque chose, et il prétend ne pas avoir entendu, dans le seul but de me rendre folle. Il invente aussi des histoires de toutes pièces afin de rire à mes dépens. Je déteste ça.

— Encore une fois, je suis désolé.

— Non, de toute façon, j'ai toujours eu droit à ce genre de comportements. Ce doit être un truc chez moi, les gens adorent me jouer des tours. Et je pourrais sans doute leur rendre la pareille, mais cela ne me vient jamais à l'esprit. »

Je renverse soudain un pot contenant des baguettes sur la table.

« Qu'est-ce que tu fais ? » me demande Rhiannon.

Je dispose les baguettes de façon à ce qu'elles forment un cœur aussi grand que possible. Puis je remplis le tout de sachets roses d'aspartame.

« Tu vois ça ? dis-je quand j'ai terminé. Eh bien, ça ne représente que le quatre-vingt-dix-millionième de ce que j'éprouve pour toi. »

Rhiannon éclate de rire.

« Très bien, dit-elle, je vais essayer de ne pas mal le prendre.

— Quoi encore ? Qu'est-ce que tu pourrais mal prendre ?

— Le fait que tu aies utilisé un édulcorant plutôt que du vrai sucre ?

— Il ne faut pas voir des symboles partout ! » dis-je en lui balançant des sachets à la figure.

Nous passons ainsi le déjeuner à bavarder et à rire et, à la fin du repas, le serveur nous offre des biscuits censés nous délivrer notre horoscope. Rhiannon casse soigneusement le sien en deux, et en extrait un petit bout de papier.

« Ce n'est pas un horoscope », se plaint-elle en me le faisant lire.

VOUS AVEZ UN JOLI SOURIRE.

« Non, effectivement. "Vous *aurez* un joli sourire", ça, ce serait un horoscope.

— Ce biscuit est défectueux, dit-elle. Je vais demander qu'on me l'échange. »

Je fronce un sourcil… ou du moins j'essaie. J'ai sûrement l'air d'un type en proie à une attaque cardiaque.

« Ça t'arrive souvent de faire des réclamations à propos de ton horoscope ?

— Non. C'est une première. Mais, dans un restaurant chinois, l'horoscope c'est…

— Sacré.

— Exactement. »

Rhiannon fait signe au serveur, lui explique la situation. Celui-ci hoche la tête, s'éloigne puis revient avec une demi-douzaine de biscuits.

« Un seul suffira, dit-elle. Attendez une seconde. »

Elle réitère l'opération d'ouverture, tandis que le serveur et moi retenons notre souffle. Mais cette fois-ci, elle affiche un large sourire.

L'AVENTURE VOUS ATTEND
AU COIN DE LA RUE.

« Bravo, monsieur », dis-je au serveur.

Rhiannon insiste ensuite pour que j'ouvre à mon tour mon biscuit. Il contient un message identique au sien, mot pour mot.

Je ne demande pas qu'on me l'échange.

Nous retournons à la bibliothèque avec une demi-heure à perdre. La responsable nous voit entrer, mais ne fait aucun commentaire.

« Bon, alors, qu'est-ce que tu me conseilles ? » demande Rhiannon en désignant les étagères.

Je lui parle d'*Interface* de M. T. Anderson. De *La Voleuse de livres* de Markus Zusak. Et de bien d'autres. Je lui explique que, tout au long de ces années, ces romans ont été mes compagnons de route : des histoires vers lesquelles j'ai toujours pu revenir alors que la mienne changeait chaque jour.

« Et toi ? lui dis-je ? Quelque chose à me conseiller ? »

Elle me prend aussitôt par la main et me guide jusqu'à la section des albums pour enfants. Après avoir balayé les différents rayonnages du regard, elle se dirige tout droit vers un présentoir en début de rangée. Lorsque j'aperçois un certain ouvrage à couverture verte, je prends peur.

« Pitié, pas celui-là, s'il te plaît ! »

Mais ce n'est pas du livre vert dont elle s'empare, mais de *Harold et le crayon violet* de Crockett Johnson.

« Ne me dis pas que tu as quelque chose contre *Harold et le crayon violet* ! s'écrie-t-elle.

— Désolé, j'ai eu une frayeur. J'ai cru que tu allais me montrer *L'Arbre généreux* de Shel Silverstein. »

Rhiannon me dévisage comme si j'avais perdu la tête.

« Je DÉTESTE *L'Arbre généreux*.

— Dieu merci ! Si tu avais été fan, cela aurait pu être un motif de rupture sérieux entre nous.

— "Tiens, prends mes bras ! Prends mes jambes !"

— "Prends ma tête ! Prends mes épaules !"

— "Parce que c'est ça, l'amour !"

— Ce gosse est vraiment le roi des imbéciles, dis-je, trop heureux que Rhiannon soit sur la même longueur d'ondes que moi.

— Exactement », murmure-t-elle avant de poser ses lèvres contre les miennes.

C'est un baiser tout ce qu'il y a de plus inno-cent – pas comme si nous étions en train de nous peloter sur les poufs en forme de poire du coin réservé aux enfants. Il n'empêche que, lorsque j'entends la voix de la mère de George, choquée et en colère, je me transforme en statue de sel.

« Mais je rêve ? Ça va pas, la tête ! » crie-t-elle.

Je m'attends à ce qu'elle fonde sur moi, mais c'est sur Rhiannon qu'elle se jette.

« Je ne sais pas qui sont tes parents, mais sache que je n'ai pas élevé mon fils pour qu'il traîne avec des petites garces.

— Maman ! Laisse-la tranquille.

— Va dans la voiture, George. Fais ce que je te dis, dépêche-toi. »

Je sais que je vais mettre George dans une situation encore plus difficile, mais je m'en fiche. Pas question que j'abandonne Rhiannon entre ses griffes.

« Calme-toi », dis-je à ma mère d'une voix que la peur rend soudain plus aiguë. Puis je me tourne vers Rhiannon et lui dis qu'on se reverra bientôt.

« Ah ça, n'y compte pas ! » s'exclame la mère de George.

J'avoue que je suis content à l'idée que, dans huit heures environ, je serai à jamais débarrassé de sa tutelle.

En guise d'au revoir, Rhiannon m'embrasse et me chuchote qu'elle devrait se débrouiller pour avoir tout son week-end de libre. La mère de George m'attrape aussitôt par l'oreille et me tire vers la sortie.

Je ne peux m'empêcher de rire, ce qui ne va pas arranger mes affaires.

C'est en quelque sorte Cendrillon à l'envers. Maintenant que j'ai dansé avec le prince, on me ramène à la maison où je dois récurer les toilettes. Telle est ma punition : nettoyage des sanitaires et de toutes les poubelles. Ce n'est déjà pas bien drôle, mais ce serait trop facile que je m'en sorte comme ça : la mère de George vient donc me voir tous les quarts d'heure afin de me faire un sermon sur « les péchés de chair ». J'espère que le pauvre garçon sait prendre de la distance vis-à-vis du terrorisme psychologique perpétré par sa mère. J'ai envie de rétorquer à celle-ci que, derrière ses menaces, elle cherche simplement à asseoir son contrôle sur moi ; diaboliser le plaisir de son fils, c'est pour elle le moyen de le tenir en laisse. J'ai déjà été confronté à ce genre de techniques à de nombreuses reprises. Je continue pourtant de penser que deux personnes qui s'embrassent ne commettent pas de péché. Contrairement à ceux qui les condamnent.

Évidemment, je ne dis rien de tout ça à la mère de George. Si elle était ma mère à temps complet, si c'était moi qui devais en assumer les conséquences, là, en revanche, elle m'entendrait. Mais je ne peux pas faire ça à mon hôte du jour. J'ai déjà suffisamment semé la zizanie dans sa vie – pour le meilleur ou pour le pire.

Inutile de songer à contacter Rhiannon par e-mail en tout cas. Cela devra attendre demain.

Une fois que j'en ai fini avec mes corvées, une fois que j'ai subi le petit discours du père de George – qu'a dû lui souffler sa femme –, je monte directement me coucher. Je suis ravi de me retrouver enfin seul et de profiter du silence de la chambre. Si mon expérience dans le corps de Rhiannon fait foi, je dois pouvoir modeler les souvenirs que je vais laisser à l'adolescent. Allongé dans son lit, j'échafaude une vérité alternative. Rhiannon y tient le rôle d'une fille qui n'habite pas dans le coin, que sa mère a déposée à la bibliothèque le temps de rendre visite à une ancienne collègue. Une conversation a démarré naturellement avec George à propos de leurs lectures, et ils sont ensuite allés déjeuner dans un resto chinois, où ils ont passé un bon moment. Elle lui a beaucoup plu. Il lui a beaucoup plu. De retour à la bibliothèque, ils ont poursuivi leur discussion et ont soudain eu envie de s'embrasser : la mère de George est alors arrivée.

Un moment complètement inattendu et parfaitement merveilleux.

Après ça, la fille a disparu. Il ignore son nom, ne sait pas où elle habite. Le moment s'est évanoui et n'aura pas de suite.

Ce que je laisse à George, c'est du désir et de la frustration. C'est sans doute un peu cruel de ma part, mais j'espère que cela le poussera à s'échapper de cette petite maison bien trop étriquée.

6019e jour

Le lendemain matin, me voici beaucoup plus chanceux : je me réveille dans le corps de Surita, dont la garde a été confiée à sa grand-mère de quatre-vingt-dix ans, qui lui laisse une entière liberté tant que sa petite-fille n'interrompt pas ses jeux télévisés préférés. Je ne suis par ailleurs qu'à une heure de route de Rhiannon et, afin d'éviter qu'elle ne soit convoquée chez le proviseur pour absentéisme aggravé, je la retrouve à la librairie Clover après la fin des cours.

Elle m'annonce avoir concocté un plan :

« J'ai dit à tout le monde que je passais le week-end chez ma grand-mère ; sauf à mes parents, à qui j'ai raconté que j'étais invitée chez Rebecca. Je devrais ainsi avoir le champ libre. En réalité, je dors bien chez Rebecca ce soir, mais pour ce qui est de demain soir, on pourrait peut-être… aller quelque part… »

Ce plan me plaît énormément.

Nous nous promenons ensuite longuement dans un parc. Je remarque que Rhiannon a

305

moins de gestes affectueux à mon égard lorsque j'habite le corps d'une fille, mais j'évite de soulever le sujet. Elle est avec moi et semble heureuse, c'est déjà ça.

Nous ne parlons pas non plus de Justin. Nous ne parlons pas du fait qu'il est impossible de savoir où je me trouverai demain. Nous ne parlons pas de notre relation et de ses possibilités d'évolution.

Nous mettons tout cela de côté et prenons simplement plaisir à être ensemble, là, maintenant.

6020ᵉ jour

Jamais Xavier Adams n'aurait imaginé la tournure que prendrait sa journée de samedi. À midi, il est censé aller répéter une pièce de théâtre mais, à peine sorti de chez lui, il appelle le metteur en scène pour lui annoncer qu'il est victime d'une méchante grippe – avec un peu de chance, elle sera aussi brève qu'intense, et tout ira mieux dès le lendemain. Ce dernier fait preuve de compréhension : il s'agit de *Hamlet*, et Xavier y tenant le rôle de Laërte, beaucoup de scènes peuvent être travaillées sans lui. Voilà, le jeune homme est donc libre… libre d'aller retrouver Rhiannon.

Celle-ci m'a fait parvenir un itinéraire, sans me préciser notre destination finale. Pendant près de deux heures, je roule ainsi vers l'ouest, m'enfonçant dans l'État du Maryland. Ses indications me conduisent jusqu'à un petit chalet niché au fond des bois. Si la voiture de Rhiannon n'était pas garée juste devant, je pourrais croire m'être perdu.

Elle m'attend sur le pas de la porte, l'air à la fois heureuse et anxieuse. Je n'ai toujours aucune idée d'où nous nous trouvons.

« Tu es plutôt mignon aujourd'hui, observe-t-elle tandis que nous nous approchons l'un de l'autre.

— Un père canadien français, une mère créole. Mais je ne parle pas pour autant un mot de français !

— Ta mère n'est pas du genre à débarquer à l'improviste, cette fois ?

— Non, je ne crois pas.

— Bien. Dans ce cas, je ne risque pas de me faire tuer pour ça… »

Sur quoi elle m'embrasse, se laissant complètement aller. En un instant, ce sont nos deux corps qui parlent, et nous nous retrouvons à l'intérieur du chalet. Je ne prête cependant pas attention aux lieux – trop occupé que je suis à sentir Rhiannon, à la goûter, à me coller contre elle aussi fort qu'elle se colle contre moi. Elle m'enlève ma veste, nous nous débarrassons de nos chaussures, et elle me guide jusqu'au fond de la pièce à reculons. Mes jambes heurtent le rebord du lit, et nous nous écroulons en arrière, riant de notre enthousiasme et de notre maladresse. Je suis désormais allongé sur le dos, les épaules plaquées contre le matelas, et nous nous embrassons à n'en plus finir. Tout n'est que chaleur, souffles humides, sa peau contre ma peau, sourires, murmures, et l'infini se révèle à travers les plus petits gestes, les sensations les plus infimes.

Je m'écarte alors une seconde afin de pouvoir la contempler. Elle me dévisage en retour.

« Hey, dis-je.

— Hey », répond-elle.

Du bout du doigt, je suis le contour de sa joue, de sa clavicule. Ses mains glissent le long de mes épaules puis de mon dos. Elle m'embrasse le cou, l'oreille.

Je regarde enfin autour de moi. Ce chalet ne dispose que d'une pièce unique. La salle de bains doit être à l'extérieur. Les murs sont couverts de trophées de chasse, qui nous observent de leurs yeux de verre.

« Où sommes-nous ?

— Dans un chalet qu'utilise parfois mon oncle quand il part chasser. Il est en Californie en ce moment, et je me suis dit que nous ne courions pas trop de risques en entrant par effraction. »

Je cherche des traces de vitres brisées ou de serrures forcées.

« Tu es vraiment entrée par effraction ?

— Oui, enfin, à l'aide d'une clé. »

Sa main caresse mon torse, s'arrête contre mon cœur. Je pose la mienne en dessous de ses côtes, là où la peau est particulièrement douce.

« On peut dire que c'est un accueil chaleureux.

— Et tu n'as encore rien vu », dit-elle avant de se serrer tout contre moi.

Je lui laisse l'initiative. Elle déboutonne mon jean, en baisse la fermeture éclair. Enlève son soutien-gorge. Je la suis, mais à chaque étape franchie, la pression monte. Jusqu'où allons-nous aller ? Jusqu'où *devons*-nous aller ?

Je sais que notre nudité a un sens. Je sais que notre nudité est tout autant une forme de confiance que de désir. Voilà ce à quoi nous ressemblons une fois que nous nous sommes entièrement ouverts l'un à l'autre. Voilà où nous allons maintenant que nous ne voulons plus nous cacher. J'ai envie d'elle. J'ai envie de ça. Mais cela ne m'empêche pas d'avoir peur.

Nos gestes sont enfiévrés, puis ralentissent et nous bougeons comme dans un rêve. Les vêtements ont laissé place aux seuls draps. Ce corps n'est pas le mien, mais c'est celui qu'elle désire.

J'ai l'impression d'être un imposteur.

Voilà la source de ma gêne. Voilà la cause de mon hésitation. En ce moment précis, je suis entièrement avec elle. Mais qu'en sera-t-il demain ? Je peux profiter de cet instant. Nos gestes me paraissent justes. Mais demain, je serai peut-être loin.

J'ai envie de faire l'amour avec elle. J'ai terriblement envie de faire l'amour avec elle.

Mais je voudrais tant pouvoir me réveiller à ses côtés demain matin.

Ce corps est prêt. Tous ses sens sont enflammés. Lorsque Rhiannon me demande si j'en ai envie, je sais ce que ce corps répondrait.

Mais je lui dis : Non. Je lui dis que nous ne devrions pas. Pas encore. Pas maintenant.

Sa question avait beau appeler une réponse, celle que je viens de lui donner la surprend. Elle plante son regard dans le mien.

« Tu es sûr de ça ? J'en ai envie, tu sais. Si c'est à cause de moi que tu t'inquiètes, c'est inutile. J'en ai envie et je... je me suis préparée.

– Je ne crois pas que ce soit une très bonne idée.

– OK, dit-elle en s'éloignant, presque vexée.

– Ce n'est pas à cause de toi, Rhiannon. Et ce n'est pas parce que je n'en ai pas envie.

– Alors qu'est-ce que c'est ? demande-t-elle.

– J'ai des scrupules. »

Un instant, elle semble blessée par ce que je viens de dire.

« Laisse-moi me préoccuper de Justin, répond-elle. Tu n'as pas besoin de t'en soucier. Cela n'a rien à voir avec nous deux.

– Mais il n'y a pas que nous deux. Il y a aussi Xavier.

– Xavier ? »

Je pointe alors mon doigt sur mon torse.

« Xavier.

– Oh.

311

– Il ne l'a jamais fait. Et ce serait injuste, je crois, qu'il ne soit pas là pour vivre cette première fois. Ce serait comme lui voler un moment précieux. »

Je ne sais pas du tout si ce que je viens de dire est vrai, et je ne compte pas accéder à la mémoire de Xavier pour obtenir une réponse à cette question. J'ai avancé cet argument afin que nous en restions là, parce qu'il me paraît acceptable : il ne devrait pas blesser l'amour-propre de Rhiannon.

« Oh, répète Rhiannon avant de se rapprocher de nouveau et de se blottir contre moi. Et ça, tu crois que ça lui poserait un problème ? »

Le corps se détend. Voilà d'autres sensations, qu'il apprécie tout autant.

« J'ai mis un réveil pour qu'on puisse dormir », ajoute Rhiannon.

Nus sous les draps, nous nous laissons emporter. Mon cœur bat encore la chamade, mais il ralentit bientôt en suivant le rythme du sien. Allongés dans le cocon protecteur de notre affection, nous nous repaissons de la douceur extrême de ce moment, qui nous conduit lentement l'un et l'autre vers le sommeil.

Ce n'est pas une alarme qui nous réveille. C'est le bruit d'un vol d'oiseaux derrière la fenêtre. Le bruit du vent qui secoue la gouttière le long du toit.

Mes sentiments du moment sont ceux de tout un chacun : le désir de voir durer toujours cet instant. Celui de transformer l'éphémère en éternel.

« Je sais que nous ne sommes pas censés en parler mais… pourquoi sors-tu avec lui ?

– Je l'ignore, dit-elle. J'ai cru le savoir. Maintenant, je ne sais plus rien. »

« Qui a été ton préféré ? me demande-t-elle.

– Mon préféré ?

– Ton corps préféré. Ta vie préférée.

– Un jour, j'ai emprunté le corps d'une jeune aveugle. J'avais onze ans à l'époque. Ou peut-être douze. Je ne sais pas si elle a été ma préférée, mais en tout cas, j'ai appris plus de choses avec cette fille en une journée que je n'en aurais apprises avec la plupart des gens en un an. Entre autres, combien notre expérience du monde est arbitraire et individuelle. Que la façon dont nous nous frayons un chemin dans ce même monde dépend aussi de la façon dont on le perçoit – et pas seulement parce que les autres sens de cette fille étaient plus aiguisés que la normale. Pour moi, cette journée a été un énorme défi. Pour elle, c'était son quotidien, sa vie.

– Ferme les yeux », murmure Rhiannon.

Je ferme les yeux, et elle aussi.

C'est une autre façon d'éprouver la présence de nos corps respectifs.

Le réveil sonne. Je ne veux pas que l'on me rappelle que le temps passe.

Nous n'avons pas allumé les lumières et, lorsque la nuit tombe, le crépuscule envahit le chalet. Une obscurité brumeuse emplit la pièce, mêlée à une vague clarté.

« Je vais dormir ici, dit-elle.

— Je reviendrai demain, je te le promets. »

« Si je pouvais, je mettrais fin à tout ça. Je mettrais fin à ces changements perpétuels. De manière à pouvoir rester auprès de toi.

— Mais tu ne le peux pas, dit-elle. Et personne n'y peut rien. »

Plus besoin de sonnerie, plus besoin de réveil, le temps qui s'écoule est en soi une alarme continue. Chaque fois que mon regard se pose sur l'horloge, j'ai conscience qu'il est l'heure que je parte. La répétition a dû toucher à sa fin. En admettant que, d'habitude, Xavier sorte ensuite en compagnie de ses amis, il ne va pas tarder à devoir rentrer chez lui. Et ce avant minuit.

***

« Je t'attendrai », dit-elle.

Je l'abandonne dans le lit. J'enfile mes vêtements, attrape mes clés de voiture et ferme la porte derrière moi. Je me retourne. Je me retourne encore et encore afin de la voir. Malgré les murs qui nous séparent. Malgré les kilomètres. Je continue de tourner la tête, je continue de regarder dans sa direction.

6021ᵉ jour

Je me réveille et, pendant une bonne minute, je ne parviens pas à savoir qui je suis. Je possède bien un corps, mais celui-ci ne me communique qu'une seule information : il souffre. Un étau me serre la tête, mes pensées se perdent dans le brouillard. J'ouvre les yeux, et peu s'en faut que la lumière ne me tue.

« Dana, dit une voix qui m'est extérieure, il est midi. »

Peu importe qu'il soit midi. Une seule chose me préoccupe : ces coups de marteau dans ma tête doivent cesser.

Ou pas. Car dès qu'ils s'interrompent ne serait-ce qu'un instant, je suis submergé par une vague de nausée.

« Il est hors de question que tu dormes toute la journée, Dana. Le fait que tu sois consignée à la maison ne signifie pas que tu peux passer ta journée au lit. »

Après trois nouvelles tentatives, je parviens enfin à garder les yeux ouverts, même si l'éclairage de la pièce me paraît aussi éblouissant que le soleil.

Au-dessus de moi, la mère de Dana me contemple avec autant de tristesse que de colère.

« Le docteur P va passer dans une demi-heure, me dit-elle. Je crois qu'il faut qu'elle te voie. »

Je tente désespérément d'accéder à la mémoire de Dana, mais on dirait que mes synapses sont comme engluées dans du goudron.

« Après tout ce que nous avons dû traverser, j'ai du mal à croire que tu puisses nous faire un coup comme celui d'hier soir… Les mots me manquent. Nous avons toujours été là pour toi, et c'est ainsi que tu nous remercies ? Ton père et moi, nous en avons plus qu'assez. C'est fini. »

Qu'ai-je pu faire hier soir ? Je me souviens de Rhiannon et du chalet. Je me souviens être rentré chez moi – chez Xavier. Avoir parlé à ses amis au téléphone, à propos de la répétition. Mais les souvenirs de Dana demeurent hors de portée. Inaccessibles pour cause de gueule de bois.

Est-ce que Xavier éprouve la même chose ce matin ? Est-il lui aussi frappé d'amnésie ?

J'espère que non, car c'est atroce.

« Tu as une demi-heure pour te doucher et t'habiller. Et ne compte pas sur moi pour t'aider. »

La mère de Dana sort en claquant la porte, et l'écho du choc se propage à travers tout mon corps. Je me mets en mouvement et c'est comme si j'étais sous l'eau, à trente kilomètres de profondeur. Une fois sur pied, j'ai l'impression d'être atteint par la maladie des caissons. Je tends la main et essaie d'agripper la tête de lit pour ne pas tomber.

Je me fiche du docteur P et je me fiche des parents de Dana. D'après ce que je sais, l'adolescente s'est infligée ça toute seule, et elle mérite d'en subir les conséquences. Pour se retrouver dans un état pareil, il a vraiment fallu qu'elle boive énormément. Ce n'est donc pas pour elle que je me lève. Quelque part près d'ici, seule dans un chalet en forêt, Rhiannon m'attend. Je ne sais pas du tout comment je vais pouvoir la rejoindre, mais il le faut.

Je longe péniblement le couloir qui mène à la salle de bains. J'ouvre le robinet de la douche et demeure ainsi à regarder le jet, oubliant ce que je fais là. Le bruit de l'eau qui coule est une musique qui adoucit un peu les hurlements intérieurs de mon corps. Je me rappelle enfin le but de ma présence ici. L'eau me réveille plus ou moins. Je pourrais tout aussi bien m'écrouler dans la baignoire et piquer un somme. Pour peu que mon pied bloque la bonde, cela se terminerait mal.

De retour dans ma chambre, j'abandonne ma serviette et enfile les premiers vêtements qui me tombent sous la main. Il n'y a ni ordinateur ni téléphone dans cette pièce. Pas moyen de contacter Rhiannon. Je sais que je devrais chercher ailleurs dans la maison, mais cette idée suffit à me vider de toute énergie. Il faut que je m'assoie. Que je m'allonge. Que je ferme les yeux.

« Réveille-toi ! »

L'ordre est aussi brutal que la porte claquée de tout à l'heure, et il retentit beaucoup plus près de mes oreilles. Quand j'émerge, se dresse devant moi le père de Dana, qui semble très en colère. Sa mère se tient derrière lui.

« Le docteur P est là, Dana », annonce-t-elle d'un ton légèrement plus conciliant.

Peut-être a-t-elle un peu pitié de moi. À moins qu'elle ne veuille tout simplement éviter que son mari ne me tue devant témoin.

Puisqu'un médecin se déplace jusqu'ici, je me demande si je souffre uniquement d'une gueule de bois. Pourtant, quand le fameux docteur P s'installe à côté de moi, je remarque qu'elle n'a pas apporté de trousse médicale. Juste un carnet.

« Dana », dit-elle d'une voix douce.

Je la regarde, puis me redresse dans le lit malgré les élancements qui me perforent le crâne.

Elle se tourne vers mes parents.

« Ça va aller. Et si vous nous laissiez ? »

Ils ne se le font pas répéter deux fois.

* * *

La mémoire de Dana est toujours difficile-
ment accessible. Je sais que les informations
dont j'ai besoin sont là, mais un mur infran-
chissable nous sépare.

« Tu veux bien me raconter ce qui s'est
passé ? demande le docteur P.

— Je ne sais pas. Je ne me souviens pas.

— C'est aussi terrible que ça ?

— On dirait, oui. »

Elle me demande alors si mes parents m'ont
donné de l'aspirine, et je lui dis que non. Elle
sort de la chambre un instant et revient avec
deux cachets et un verre d'eau.

Je ne parviens pas à avaler les comprimés du
premier coup, et suis même pris d'un haut-le-
cœur embarrassant. La seconde tentative est
la bonne. Le docteur P va me remplir un autre
verre d'eau, ce qui me laisse un peu de temps
pour réfléchir. Mais mes pensées demeurent
toujours aussi confuses.

« Tu comprends la colère de tes parents,
n'est-ce pas ? » me demande-t-elle à son retour.

Je me sens complètement idiot, mais que
puis-je lui dire si ce n'est la vérité ?

« Je n'ai aucun souvenir de ce qui s'est passé. Vraiment. Je ne mens pas. J'aimerais pouvoir me rappeler.

— Tu es allée à une soirée chez Cameron », dit-elle afin de voir si cela provoque un déclic chez moi. Devant mon manque de réaction, elle poursuit : « Tu t'y es rendue en douce, et une fois là-bas, tu as commencé à boire. Beaucoup. Tes amis se sont inquiétés, pour des raisons évidentes, mais ils n'ont pas tenté de t'arrêter. En revanche, ils sont intervenus lorsque tu as voulu rentrer chez toi seule en voiture.

— J'ai pris la voiture ?

— Oui. Bien qu'on te l'ait interdit. Tu as volé les clés de ton père.

— J'ai volé les clés de mon père… »

En prononçant ces mots à haute voix, j'espérais faire naître une image.

« Bref, ils ont voulu t'empêcher de prendre le volant, et tu ne t'es pas laissé faire. Tu es passée aux insultes, aux mains. Puis Cameron a essayé de te confisquer tes clés…

— Et ?

— Tu l'as mordu au poignet. Avant de t'enfuir. »

Nathan a dû lui aussi ressentir quelque chose de similaire. Le matin d'après.

Le docteur P poursuit :

« Ta copine Lisa a donc téléphoné à tes parents, qui sont arrivés aussi vite que possible.

Tu t'étais enfermée dans la voiture, et lorsque ton père a voulu te sortir de là, tu as bien failli l'écraser. »

J'ai failli l'écraser ?

« Tu n'es pas allée loin. Tu étais bien trop soûle pour parvenir à sortir de l'allée en marche arrière. Tu t'es contentée de traverser le jardin des voisins, avant de percuter un poteau télé-phonique. Heureusement, il n'y a pas eu de blessés. »

Je pousse un long soupir. J'essaie de forcer les barricades de la mémoire de Dana afin d'en extraire ces événements.

« Qu'est-ce qui a pu te pousser à te conduire de la sorte, Dana ? Nous aimerions tous le savoir. Après ce qui est arrivé à Anthony, pour-quoi faire une chose pareille ? »

Anthony. Ce nom perce enfin le brouillard. Mon corps se tord de douleur. Une douleur qui sature tous mes sens.

Anthony. Mon frère.

Mon frère décédé.

Mon frère mort à côté de moi.

Mon frère mort à côté de moi, sur le siège passager.

Parce que j'ai eu un accident.

Parce que j'ai trop bu.

Mon frère mort par ma faute.

Je me mets à hurler : « Oh, mon Dieu. Oh, mon Dieu ! »

Ça y est, je le vois. Son corps ensanglanté.

« Calme-toi, dit le docteur P. Calme-toi, ça va, maintenant, ça va. »

Non.

Ça ne va pas.

Le médecin m'administre quelque chose de plus fort que l'aspirine. Quelque chose pour me faire dormir. Je tente de résister, mais c'est inutile.

Des mots m'échappent : « Il faut que je prévienne Rhiannon.

– Qui est Rhiannon ? » demande le docteur P.

Mes paupières se ferment. Je plonge avant de pouvoir lui répondre.

Pendant mon sommeil, les souvenirs commencent à refaire surface et, à mon réveil, ils affluent. La fin est encore très floue – monter dans la voiture, foncer sur mon père, percuter un poteau téléphonique, tout ça je ne m'en rappelle pas. À ce stade, je devais déjà avoir à moitié perdu connaissance. Mais je me souviens désormais de la soirée qui a précédé. Passée à boire tout ce qu'on m'a tendu. Chaque verre m'aidait à me sentir mieux. Boire encore, flirter avec Cameron, ne plus penser. Ne plus ruminer le passé, lui fermer la porte.

Comme ses parents, comme le docteur P, j'ai envie de demander à Dana : pourquoi ? Même en me trouvant à l'intérieur, je ne comprends pas. C'est là une question à laquelle le corps ne peut répondre.

Mes membres sont lourds, engourdis. Mais je me force à glisser les pieds hors du lit. Il faut que je trouve un ordinateur ou un téléphone.

Je me traîne jusqu'à la porte. Celle-ci est fermée à double tour.

Je suis emprisonné dans la chambre de Dana.

Maintenant qu'ils savent que j'ai au moins quelques souvenirs des événements, ils ont décidé de me laisser mariner dans ma culpabilité.

Et le pire, c'est que ça marche.

Je n'ai plus d'eau. J'appelle pour qu'on m'en apporte. Moins d'une minute plus tard, ma mère ouvre la porte, un verre à la main. Elle semble avoir pleuré. Elle a l'air dévastée. Et c'est ma faute.

« Tiens, dit-elle.

— Est-ce que je peux sortir d'ici, s'il te plaît ? J'ai des recherches à faire pour mes cours. »

Elle secoue la tête.

« Peut-être plus tard. Après le dîner. Pour le moment, le docteur P voudrait que tu couches par écrit ce que tu ressens. »

Là-dessus, elle sort et referme la porte à clé. J'attrape une feuille de papier et j'écris :

Je me sens impuissante.

Mais je m'arrête là. Car ce n'est pas Dana qui a pris la plume. C'est moi.

Le mal de crâne et la nausée diminuent. Pourtant, dès que je pense à Rhiannon toute seule dans le chalet, je me sens de nouveau malade.

Je lui ai fait une promesse. Tout en sachant le risque que je prenais.

Voilà qui devrait lui prouver qu'elle ne peut pas compter sur moi.

La mère de Dana m'apporte mon déjeuner sur un plateau, comme si j'étais infirme ou hospitalisé. Je la remercie, puis tente de trouver les mots qu'il m'aurait fallu dire beaucoup plus tôt :

« Je suis désolée, maman. Terriblement désolée. »

Elle hoche la tête, mais je vois bien que cela ne suffit pas.

J'ai déjà dû lui présenter trop souvent des excuses. À tel point qu'à un moment donné – hier soir, peut-être –, elle a cessé d'y croire.

Quand je lui demande où est mon père, elle me dit qu'il est allé porter la voiture au garage.

Ils décident de me renvoyer au lycée dès le lendemain, entre autres pour que je m'excuse auprès de mes amis. Ils m'autorisent à me servir de l'ordinateur pour mes cours, mais demeurent en permanence assis derrière moi tandis que je fais semblant de m'atteler à des recherches.

Impossible dans ces conditions d'écrire à Rhiannon.

Ils n'ont pas l'intention non plus de me rendre mon téléphone.

La fin de la nuit dernière ne me revient toujours pas en mémoire. Je passe le reste de la soirée à contempler cet espace vide dans ma tête. Et j'ai comme l'étrange impression que ce vide me contemple à son tour.

6022e jour

Je me suis endormi avec l'intention de me lever tôt – vers six heures – afin d'envoyer un message à Rhiannon pour tout lui expliquer. J'imagine qu'elle a dû finir par comprendre d'elle-même que je ne viendrais pas.

Mais mon réveil ne se passe pas comme prévu : un peu avant cinq heures, une main me secoue l'épaule.

« Debout, Michael, c'est l'heure ! »

C'est ma mère – ou plutôt celle de Michael – et, contrairement à la mère de Dana, il n'y a aucun reproche dans sa voix.

Je me dis tout d'abord qu'il doit s'agir d'un quelconque entraînement sportif ou d'une activité que j'ai l'habitude de pratiquer avant les cours. Mais alors que je sors du lit, mon pied heurte une valise.

Dans la pièce d'à côté, ma mère est en train de réveiller mes sœurs :

« C'est l'heure d'aller à Hawaï ! » annonce-t-elle, d'excellente humeur.

Hawaï.

La mémoire de Michael me le confirme : ce matin, nous partons en voyage. Sa sœur aînée se marie là-bas. Toute la famille en profite pour prendre une semaine de vacances.

Si ce n'est que, pour moi, cette petite virée ne se limiterait pas à une seule semaine. Afin de pouvoir rentrer, il me faudrait me réveiller dans le corps d'un adolescent qui, ce jour-là, prendrait un vol direction le Maryland. Et cela pourrait ne pas arriver avant des semaines. Des mois.

Cela pourrait ne jamais se produire.

« Le taxi sera là dans quarante-cinq minutes ! » nous prévient le père de Michael.

Je dois tout faire pour rester ici.

La garde-robe de mon hôte est principalement constituée de T-shirts heavy metal. J'en enfile un avec une paire de jeans.

« Dans cette tenue-là, tu vas avoir droit à une fouille corporelle intégrale, c'est certain », commente une de mes sœurs quand je la croise dans le couloir.

Je n'ai toujours aucune idée de mon plan d'action à venir.

Michael n'a pas le permis, et je me vois donc mal filer avec la voiture de ses parents. Le mariage ne doit avoir lieu que vendredi : je n'y compromettrai pas définitivement la présence de mon hôte, c'est déjà ça. Mais soyons honnête : même si la cérémonie avait lieu ce soir, je ne monterais pas dans cet avion.

Je sais pertinemment que je vais causer de gros ennuis à Michael. J'espère qu'il me pardonnera, tout comme ses parents, à qui je laisse un mot sur la table de la cuisine :

Je ne peux pas vous suivre aujourd'hui, désolé. Je serai de retour sans faute ce soir. Partez sans moi. Je trouverai un moyen de vous rejoindre d'ici jeudi.

Profitant d'un moment où tout le monde se trouve à l'étage, je sors par la porte de derrière.

Je pourrais moi aussi appeler un taxi, mais j'ai peur que mes parents ne téléphonent aux compagnies locales afin de savoir si un de leurs chauffeurs a récemment pris en charge un ado au look de métalleux. Je suis à deux heures de route au moins de Rhiannon. Montant à bord du premier bus qui passe, je demande au chauffeur de m'indiquer le meilleur moyen de me rendre jusque chez elle. Cela le fait rire.

« En prenant une voiture », me dit-il.

Lorsque je lui explique que ce n'est pas une option, il m'annonce que dans ce cas, je n'ai pas d'autre choix que de passer par Baltimore.

Tout compte fait, le trajet dure presque sept heures.

Quand j'arrive au lycée – après avoir marché un kilomètre et demi depuis le centre-ville –, les cours ne sont pas encore terminés. Une fois de plus, personne ne me pose de questions, bien que je sois cette fois un grand gaillard poilu au T-shirt Metallica trempé de sueur.

Je tente de me souvenir de l'emploi du temps de Rhiannon. Il me semble vaguement que c'est l'heure de son cours d'éducation physique. Je me rends au gymnase, désert, puis me dirige vers les terrains de sport derrière le lycée. Rhiannon est en troisième base d'un match de softball.

Du coin de l'œil, elle m'aperçoit. Je lui fais signe de la main, n'étant pas sûr qu'elle me reconnaisse. Je me sens beaucoup trop exposé ici, en plein air, et je n'ai aucune envie de me faire remarquer. Je retourne donc du côté du gymnase, avec l'air d'un type qui s'accorde une pause cigarette sans cigarette.

Rhiannon ne tarde pas à s'approcher de l'une des enseignantes et se voit bientôt remplacée par un autre élève en troisième base. Je rentre aussitôt dans le gymnase désert pour l'y attendre.

« Hey, lui dis-je quand elle m'y rejoint.

– Bon sang, mais où étais-tu ? »

Je ne l'ai jamais vue aussi fâchée. Le genre de colère qui vous prend quand vous vous sentez trahi non pas par une personne en particulier, mais par la terre entière.

« On m'a enfermé dans ma chambre. Sans même un ordinateur.

— Je t'ai attendu, dit-elle. Je me suis levée, j'ai fait le lit, j'ai pris le petit-déjeuner. Et puis j'ai attendu. Par moments, mon téléphone n'avait plus de réseau, et je me suis dit que le problème devait venir de là. J'ai lu d'anciens numéros de *Chasse & Pêche*, c'était tout ce que j'avais sous la main. Puis j'ai entendu des pas. J'étais tellement heureuse. J'ai couru à la porte.

« Mais ce n'était pas toi. C'était un type de quatre-vingts balais qui transportait un cadavre de chevreuil. Je ne sais pas lequel de nous deux a été le plus surpris. J'ai poussé un cri, et lui a frôlé la crise cardiaque. Je n'étais pas complètement nue, mais pas loin. J'ai eu tellement honte. Autant te dire qu'il ne l'a pas bien pris. Il m'a répété que c'était une propriété privée et que je n'avais rien à faire là. J'ai eu beau lui expliquer que j'étais la nièce d'Artie, il ne voulait rien entendre. J'ai dû finir par lui montrer mes papiers d'identité afin qu'il voie mon nom de famille, tout ça en sous-vêtements. Ses mains étaient ensanglantées, et il m'a annoncé que d'autres gars devaient arriver. Il avait d'abord cru que ma voiture appartenait à l'un d'entre eux.

« Le problème, c'est que je pensais encore à ce moment-là que tu allais venir. Il m'était impossible de partir. J'ai donc enfilé mes vêtements, et suis restée assise là tandis que ces types étripaient ce pauvre chevreuil. Après leur départ, je n'ai pas bougé, et ce jusqu'à la tombée de la nuit. Le chalet empestait le sang, mais je n'ai pas bougé. Et tu n'es pas venu. »

Je tente de lui expliquer ce qui s'est passé avec Dana. Puis avec Michael – de quelle manière je me suis enfui de chez lui.

Elle semble m'écouter. Mais cela ne suffit pas.

« Comment veux-tu que nous surmontions ça, A ? Comment est-ce que ça peut fonctionner dans ces conditions ? »

J'aimerais tant qu'il y ait une réponse. J'aimerais être en mesure de la lui donner.

« Viens, dis-je. Viens près de moi. »

Et je la serre dans mes bras, car c'est la seule réponse que je suis à même de lui apporter.

Pendant une minute, nous demeurons l'un contre l'autre, ignorant ce qui va suivre. C'est le bruit de la porte qui s'ouvre qui nous fait nous éloigner l'un de l'autre. Trop tard, hélas. Alors que je m'attends à voir l'un des profs de gym ou une fille de la classe de Rhiannon, c'est Justin qui se tient devant nous.

« Bordel de merde, lance-t-il. Bordel… de… merde ! »

Rhiannon tente d'intervenir :

« Justin… »

Mais il l'interrompt aussitôt :

« Lindsay m'a envoyé un texto pour me dire que tu ne te sentais pas bien. Je venais voir comment ça allait. Mais il faut croire que tout va pour le mieux. Allez-y, continuez, faites comme si je n'étais pas là.

— Arrête ça, dit Rhiannon.

— Que j'arrête quoi, espèce de sale garce ? »

Il s'approche d'elle, et j'interviens :

« Justin… »

Il se tourne alors brusquement vers moi :

« Toi, mon gars, tu n'es même pas autorisé à l'ouvrir. »

Et avant que je ne puisse ajouter quelque chose, il me frappe. Son poing s'écrase contre l'arête de mon nez. Je tombe à terre.

Rhiannon pousse un hurlement et se précipite pour me venir en aide. Justin lui agrippe le bras.

« J'ai toujours su que tu étais une salope.

— Arrête ! » crie Rhiannon.

Mais Justin la lâche pour se jeter sur moi et me rouer de coups de pied.

« C'est ça, ton nouveau petit ami ? Tu es amoureuse de lui ?

— Bien sûr que non ! Mais je ne suis pas amoureuse de toi non plus. »

Alors qu'il continue de me frapper, je bloque la jambe de Justin et la tire. Il perd l'équilibre et s'écroule sur le sol. J'espérais que ça le calmerait, mais il me donne un autre coup de botte dans le menton, et mes dents vibrent.

Dehors, le match a dû se terminer, et voilà qu'une horde de joueuses de softball pénètre dans le gymnase. En découvrant ce carnage, certaines s'affolent, d'autres pouffent de rire. L'une des filles se précipite vers Rhiannon pour s'assurer qu'elle va bien.

Justin se relève et me frappe de nouveau, afin que tout le monde puisse voir qui est le chef. Roulant sur moi-même, je parviens à éviter sa botte de justesse, et profite de mon élan pour me remettre debout. J'ai envie de le cogner, de lui faire mal, mais je ne saurais même pas comment m'y prendre.

Par ailleurs, je ferais mieux de ne pas traîner dans les parages. On risque de vite se rendre compte que je ne suis pas un élève du lycée. J'ai beau m'être pris une rouste, je n'ai rien à faire dans cet établissement et les profs pourraient être tentés d'appeler la police.

D'un pas chancelant, je m'approche de Rhiannon. Son amie tente de me barrer la route, mais cette dernière lui fait signe de s'écarter.

« Il faut que je file, lui dis-je. Retrouvemoi au Starbucks où nous nous sommes donné rendez-vous la première fois. Quand tu pourras. »

Je sens alors une main sur mon épaule. Justin. Il veut que je me retourne. Il ne me frappera pas en traître.

Je sais que je devrais l'affronter. Lui rendre la monnaie de sa pièce si j'y parviens. Mais, au lieu de ça, je me dégage et m'enfuis en courant. Il ne m'emboîte pas le pas. Le fait que tout le monde me voie m'enfuir est pour lui une victoire amplement suffisante.

J'aurais voulu éviter d'avoir à laisser Rhiannon en pleurs, mais, hélas, c'est exactement ce qui se passe.

***

Je retourne vers l'arrêt de bus en centre-ville. Apercevant une cabine téléphonique, je décide finalement d'appeler un taxi. Un peu plus tard, le portefeuille allégé de quelque cinquante dollars, me voilà chez Starbucks. Désormais, je ne suis plus seulement un grand type poilu couvert de sueur et portant un T-shirt Metallica : je suis un grand type poilu portant un T-shirt Metallica, couvert de sueur, de sang et de bleus. Je commande un café noir et glisse vingt dollars dans le pot destiné aux pourboires – on devrait ainsi me laisser en paix, malgré mon apparence effrayante.

Je tente tout de même de faire un brin de toilette. Puis je m'assois et j'attends.

J'attends.

J'attends.

Il est dix-huit heures passées quand elle arrive enfin.

Elle ne s'excuse pas. Ne cherche pas à m'expliquer pourquoi elle a pris autant de temps. Elle ne vient d'ailleurs même pas directement à ma table, s'arrêtant d'abord au comptoir pour y commander un café.

« Ça va me faire du bien », dit-elle au moment de s'asseoir.

Je sais qu'elle parle du café, pas du fait de me voir.

De mon côté, j'en suis à mon quatrième gobelet et à mon deuxième scone.

« Merci d'être venue, dis-je d'un ton un peu trop solennel.

— Je t'avoue que j'ai hésité. Enfin, pas bien longtemps. » Elle regarde mon visage, mes bleus. « Ça va ?

— Ça peut aller.

— Tu t'appelles comment, déjà, aujourd'hui ?

— Michael. »

Elle ne me quitte pas des yeux.

« Pauvre Michael.

— Il n'avait sans doute pas prévu de passer une journée pareille.

336

— Moi non plus, à vrai dire. »

Elle comme moi nous tenons à bonne distance du sujet qui nous préoccupe. Je dois faire en sorte de nous en rapprocher.

« C'est donc fini, entre toi et Justin ?

— Oui. J'imagine que tu dois te réjouir, tu as eu ce que tu voulais.

— Ne dis pas ça, c'est moche. Ce n'est pas ce que tu souhaitais, toi aussi ?

— Oui. Mais je n'ai jamais voulu que ça se passe de cette façon-là. Devant tous ces gens. »

Je tends le bras pour lui toucher le visage, mais elle a un mouvement de recul.

« Tu es libérée de lui désormais. »

Rhiannon secoue la tête. Une fois de plus, j'ai mal choisi mes mots.

« J'ai fait l'erreur d'oublier à quel point tu ne connais rien à tout ça, dit-elle. Celle d'oublier à quel point tu manques d'expérience. Non, je ne suis pas libérée de lui, A. Il ne suffit pas de rompre avec quelqu'un pour s'en libérer. Je suis encore attachée à Justin de mille et une façons. Nous ne sortirons plus ensemble, c'est vrai, mais il va me falloir des années pour m'en détacher. »

Mais c'est déjà un début, ai-je envie de lui dire. *Au moins tu as rompu ce lien-là.* Cependant, je me tais. C'est une chose qu'elle sait probablement déjà, et qu'elle n'a surtout pas envie d'entendre de ma bouche.

« Tu penses que j'aurais dû aller à Hawaï ? »

À ces mots, je la sens s'adoucir. C'est une question parfaitement absurde, mais elle a compris où je voulais en venir.

« Non, sûrement pas. Je veux que tu restes ici.

— Avec toi ?

— Avec moi. Quand cela t'est possible. »

J'aimerais lui promettre davantage, mais je sais que ce serait vain.

Et nous continuons donc à nous balancer sur ce fil qui nous relie. Nous ne regardons pas en bas, mais nous n'avançons pas non plus.

À l'aide du téléphone de Rhiannon, nous consultons les horaires des vols à destination de Hawaï. Lorsqu'il est clair qu'il est désormais trop tard pour que la famille de Michael puisse le faire monter à bord d'un avion, Rhiannon me reconduit chez lui.

« Dis-m'en plus sur la fille que tu étais hier », me demande-t-elle en conduisant.

Je lui raconte alors l'histoire de Dana et, une fois que j'ai terminé, la tristesse est palpable dans la voiture. Je décide de lui parler d'autres jours, d'autres vies plus heureuses. J'évoque certains jolis moments : une berceuse qu'on me chante pour m'endormir, des éléphants qui m'émerveillent lors d'un numéro de cirque, un premier baiser hésitant qui a lieu au fond d'une penderie, une soirée entre scouts à enchaîner les films d'horreur. Ma façon de lui expliquer que, malgré une expérience limitée, j'ai eu également, en quelque sorte, une vie.

Alors que nous sommes sur le point d'arriver chez Michael, je lui dis :

« Je veux te voir demain.

— Moi aussi, je veux te voir. Mais nous savons tous les deux qu'il ne suffit pas de le vouloir.

— Alors disons que j'*espère* te voir demain. Je l'espère très fort.

— Moi aussi, je l'espère très fort », dit-elle.

Elle fait halte près de la maison. Je voudrais l'embrasser pour lui souhaiter une bonne nuit — pas pour lui dire au revoir. Mais elle garde ses distances. Je n'ai pas envie de lui forcer la main. Je n'ai pas envie non plus de lui demander la permission de lui donner ce baiser, de peur qu'elle ne me la refuse.

Je la quitte donc en la remerciant de m'avoir raccompagné et en taisant tout ce qui me bouleverse.

Je ne rentre pas directement, faisant le tour du pâté de maisons afin de gagner encore quelques minutes. Il est vingt-deux heures lorsque je monte les marches du perron. J'accède à la mémoire de Michael pour savoir où est caché le double des clés, mais la porte s'ouvre d'elle-même. Son père s'avance dans la pénombre.

Il ne prononce pas un mot, se contentant de me toiser dans la faible lumière.

« J'ai envie de te flanquer une belle correction, finit-il par lâcher, mais apparemment, quelqu'un s'en est déjà chargé. »

Ma mère et mes sœurs ont pris l'avion, tandis que mon père est resté à attendre mon retour.

Il me faut lui fournir une explication. J'en invente une pitoyable – je devais à tout prix assister à un concert, et je n'ai pas pu les prévenir –, dont je rougis immédiatement. Je m'en veux terriblement de causer de pareils dégâts dans la vie de Michael, et cette culpabilité doit être visible, car son père est finalement beaucoup moins dur avec moi que je ne le mérite. Malgré tout, il y aura des conséquences : les frais de modification des billets seront déduits de mon argent de poche pour les mois à venir et, à Hawaï, je risque de n'être autorisé à sortir de l'hôtel qu'au moment du mariage. De toute évidence, je vais avoir à payer pour mes actes pendant un sacré bout de temps. Dans mon malheur, j'ai eu de la chance qu'il reste deux places disponibles sur un des vols du lendemain !

Avant de m'endormir, je fabrique de toutes pièces le souvenir du meilleur concert auquel Michael assistera jamais. C'est le minimum que je puisse faire afin de le remercier de ce qu'il va encore devoir endurer.

6023ᵉ jour

Avant même d'ouvrir les yeux, j'aime Vic. Biologiquement fille, il se sent garçon. Il s'est défini tout seul, comme moi. Il sait qui il veut être. La plupart des jeunes de notre âge ne sont pas confrontés à ce genre de problèmes. Mais quand on tient à vivre en accord avec sa propre vérité, il est nécessaire de partir à sa recherche, processus qui s'avère souvent douloureux au début, puis gratifiant.

La journée de Vic s'annonce chargée. Interro d'histoire et interro de maths. Ensuite, répétition avec son groupe – ce qui est sans doute le moment qu'il attend avec le plus d'impatience. Après ça, il est censé retrouver une fille prénommée Dawn.

Je me lève, m'habille, prends mes clés et monte dans ma voiture.

Mais alors que j'atteins le carrefour où je suis supposé tourner à gauche en direction de mon lycée, je continue tout droit.

Rhiannon n'est qu'à trois heures de route. Je lui ai envoyé un e-mail afin de lui annoncer que nous venions lui rendre visite, Vic et moi. Je ne lui ai pas laissé le temps de répondre, ni de dire éventuellement non.

En chemin, j'accède à différents épisodes de la vie de Vic. Être né dans le mauvais corps est l'une des pires choses qui puisse vous arriver. C'est un défi que j'ai souvent eu à relever lorsque j'étais plus jeune, mais uniquement le temps d'une journée. À l'époque, avant d'apprendre à m'adapter – et avant d'accepter les termes de ma vie –, j'avoue avoir souffert de certaines transitions. J'adorais porter les cheveux longs, et je supportais mal de me réveiller le lendemain avec le crâne rasé de près. Certains jours, je me sentais plutôt fille, et d'autres plutôt garçon, mais cette alternance n'était pas toujours synchronisée avec les corps que j'occupais. Et puis je croyais encore les gens affirmant qu'il fallait être soit l'un, soit l'autre. Personne ne me proposait une vision différente, et j'étais trop jeune alors pour me forger ma propre opinion. Ce n'est que plus tard que j'ai compris que je n'étais ni fille ni garçon, tout en étant les deux à la fois.

Il est terrible d'être trahi par son propre corps. C'est un sujet extrêmement difficile à aborder avec autrui, qui vous contraint à la solitude. Il s'agit en quelque sorte d'une guerre que vous ne gagnerez jamais… et pourtant, vous vous battez chaque jour, jusqu'à l'épuisement. Quant à tenter de ne pas y penser, l'énergie que cela sollicite vous use jusqu'à la corde.

La chance de Vic, ce sont ses parents. Ils ne se sont jamais formalisés de le voir porter un jean plutôt qu'une jupe, jouer avec des camions plutôt qu'avec des poupées. Ce n'est que plus tard qu'ils ont pris conscience que leur fille aimait les filles. Mais il a encore fallu un certain temps à Vic avant de pouvoir leur expliquer – et comprendre lui-même – qu'il les aimait comme un garçon aime les filles. Qu'il était destiné à être un garçon, ou du moins à vivre comme un garçon, quelque part à la frontière entre un garçon efféminé et une fille masculine.

Son père, un homme discret, l'a compris tout de suite et l'a soutenu à sa façon. Sa mère a eu plus de difficultés avec ça. Elle respectait le désir de Vic d'être ce qu'il ressentait, tout en souffrant de perdre une fille pour trouver un fils. Parmi ses amis, les avis étaient partagés, certains étant même choqués – les filles plus que les garçons. Pour la gent masculine, Vic était toujours demeuré en marge, cantonné au rôle du pote asexué. Tout ça ne changeait donc pas beaucoup la donne.

Dawn a toujours été présente dans la vie de Vic, mais jamais au premier plan. Tous les deux ont fréquenté les mêmes établissements scolaires, entretenant des relations amicales sans toutefois être très proches. Au lycée, Vic s'est mis à traîner avec les gosses qui remplissaient des cahiers entiers de poèmes qu'ils ne relisaient jamais, tandis que Dawn côtoyait ceux qui retravaillaient minutieusement les leurs pour les soumettre à des revues littéraires. Elle, la fille sociable qui s'était présentée au poste de déléguée de classe et qui était de tous les débats, lui, le garçon réservé, toujours prêt à accompagner les copains ici ou là tout en étant à peine visible. Vic n'aurait jamais prêté grande attention à Dawn, n'aurait jamais considéré cette possibilité, si elle ne l'avait pas remarqué en premier.

Mais voilà, c'est exactement ce qui s'est passé. Bien qu'il se tienne systématiquement à la périphérie, Vic a attiré le regard de Dawn. C'est à lui qu'elle s'est mise à penser avant de rêver. Elle aurait été incapable de dire ce qui l'attirait chez Vic – le garçon efféminé ou la fille masculine – et, quoi qu'il en soit, cela n'avait pas franchement d'importance. Vic lui plaisait. Mais il ne s'intéressait pas du tout à elle. Pas comme elle l'aurait voulu.

Très vite, comme elle le lui a avoué plus tard, la situation est devenue insupportable pour Dawn. Vic et elle avaient de nombreux amis communs qui auraient pu tâter le terrain, mais elle a préféré se lancer. Un jour, voyant Vic et des copains s'entasser dans une voiture, elle n'a pas hésité à les suivre dans sa petite Toyota. Profitant de ce qu'ils s'étaient arrêtés dans une supérette – et Vic ayant choisi d'attendre à l'extérieur, comme elle l'avait espéré –, elle s'est approchée pour lui dire bonjour. D'abord surpris par sa nervosité et par le fait qu'elle soit venue lui parler, Vic a fini par comprendre ce qui se passait, et cela lui a plu. Au retour de ses amis, il leur a fait signe de partir sans lui, choisissant de rester avec Dawn, qui aurait pu continuer de discuter sur le trottoir pendant des heures ; c'est Vic qui lui a proposé d'aller prendre un café, et voilà comment tout a commencé.

Depuis, il y a eu des hauts et des bas, mais l'essentiel est toujours là : lorsque Dawn regarde Vic, elle le voit exactement tel qu'il a envie d'être vu. Alors que les parents de Vic ne peuvent s'empêcher de le voir tel qu'il était avant, alors que beaucoup de gens dans son entourage le voient encore tel qu'il ne veut pas être, Dawn le voit *lui*, tout simplement. Et il ne s'agit pas pour autant de quelque chose de flou ou de confus. Ce qu'elle voit est quelqu'un de distinct et d'unique.

En parcourant ces souvenirs, en mettant bout à bout cette histoire, j'éprouve une gratitude et une envie extraordinaires – qui sont miennes, et n'ont rien à voir avec Vic. Voilà ce que je veux que Rhiannon me donne. Voilà ce que je veux lui donner.

Mais comment puis-je faire en sorte qu'elle me voie comme une personne distincte, si je n'ai pas un corps unique à lui montrer, ni une vie qui m'est propre à partager avec elle ?

J'arrive à destination pendant l'heure de cours qui précède le déjeuner et me gare à ma place habituelle.

Je connais désormais presque par cœur l'emploi du temps de Rhiannon, et je vais l'attendre dans le couloir devant sa salle de classe. Bientôt, la sonnerie retentit, et un groupe d'élèves se précipite à l'extérieur, parmi lesquels Rhiannon, en pleine discussion avec son amie Rebecca. Elle ne me voit pas ; ne lève même pas les yeux. Je suis contraint de la suivre pendant un petit moment, me demandant si je suis un fantôme de son passé, de son présent ou de son futur. Puis Rebecca et elle se séparent et je peux enfin m'approcher.

« Hey », lui dis-je.

C'est à peine perceptible, mais cette fois-ci, je sens chez elle comme un moment d'hésitation. Puis elle fait volte-face, et je perçois dans ses yeux qu'elle me reconnaît.

« Hey, dit-elle. Tu es là. Pourquoi ne suis-je pas vraiment surprise ? »

Ce n'est pas exactement l'accueil que j'espérais, mais c'est un accueil que je peux comprendre. Quand nous sommes seuls tous les deux, je suis en quelque sorte une destination. En revanche, si je débarque au milieu de sa vie de lycéenne, je deviens une perturbation.

« On déjeune ensemble ? je lui demande.

— OK. Mais après ça, il faut impérativement que je retourne en cours.

— Pas de problème. »

Nous marchons en silence. Lorsque je détourne mon attention de Rhiannon, je sens qu'autour de nous, la façon dont les gens la regardent a changé. De la bienveillance toujours, mais pas chez tout le monde.

Elle peut voir que je l'ai remarqué.

« Apparemment, j'ai désormais la réputation d'une groupie qui couche avec n'importe quel métalleux. Il paraît même que j'aurais offert mon corps à plusieurs membres de Metallica. C'est assez drôle, et en même temps, pas vraiment. » Elle me toise de la tête aux pieds. « Toi, en revanche, je crois que j'aurais du mal à te cataloguer. À qui ai-je l'honneur ?

— Mon nom est Vic. Biologiquement, je suis une fille, mais je me définis comme un garçon. »

Rhiannon laisse échapper un soupir.

« Je n'ai aucune idée de ce que ça peut vouloir dire », avoue-t-elle.

Je tente de le lui expliquer, mais elle m'interrompt.

« Attendons d'être sortis du lycée, tu veux bien ? Et puis, si tu pouvais marcher un peu à distance, je crois que ce serait plus simple comme ça. »

Ai-je vraiment le choix ?

Nous pénétrons dans un petit restau où l'âge moyen des clients se situe autour de quatre-vingt-quatorze ans, et où la compote de pommes est le plat le plus populaire du menu. Autant dire que ce n'est pas le genre d'endroit branché dont raffolent les lycéens.

Une fois notre commande passée, je lui demande davantage de détails sur les conséquences des événements d'hier.

« On ne peut pas dire que Justin soit particulièrement bouleversé, dit-elle. De toute manière, les filles font presque la queue pour le consoler, c'est pathétique. Heureusement, Rebecca a été super. Je t'assure, elle devrait en faire son métier, elle est très douée pour ça. C'est grâce à elle que j'ai pu faire entendre un tant soit peu ma version des faits.

— Et quelle est-elle ?

— Que Justin est un crétin. Et que le métalleux et moi, nous discutions, c'est tout. »

Je ne vois pas qui pourrait la contredire sur la première partie, mais la seconde me paraît un peu faible.

« Je suis désolé que les choses se soient passées ainsi.

— Ça aurait pu être pire, dit-elle. Et puis, il faut que nous arrêtions de nous excuser à tout va l'un envers l'autre. De commencer chacune de nos phrases par *désolé, excuse-moi...* »

Je perçois une grande résignation dans sa voix, mais je ne sais pas à quoi elle s'est résignée.

« Alors comme ça, tu es une fille qui est un garçon ? poursuit-elle.

— Quelque chose dans le genre, oui. »

Je sens de toute façon qu'elle n'a pas envie de rentrer dans les détails.

« Et tu as beaucoup roulé pour venir ici ?

— Trois heures.

— Qu'est-ce que tu manques ?

— Deux interros. Et un rencard avec ma petite amie.

— Et tu ne trouves pas ça injuste ? »

L'espace d'un instant, je ne sais que lui répondre.

« Je ne suis pas sûr de te suivre ?

— Eh bien, je suis contente que tu sois venu. Vraiment, c'est sincère. Mais je n'ai pas beaucoup dormi la nuit dernière, et je suis de très mauvais poil. Ce matin, quand j'ai lu ton message, je me suis demandé si tout ça était vraiment juste – pas envers moi, ni envers toi, mais envers tous ces gens que tu… que tu prends en otage ?

– Rhiannon, je fais toujours en sorte…

– Je sais. Et je sais que cela ne dure que le temps d'une journée. Mais… et si quelque chose de complètement inattendu devait justement se produire aujourd'hui ? Et si sa petite amie lui avait organisé une fête surprise ? Et si son binôme de TD ratait un examen important à cause de son absence ? Et si… Et s'il y avait un terrible accident, et que Vic était censé être dans les parages pour sauver un bébé des flammes ?

– Je comprends ce que tu me dis. Mais l'inverse pourrait être tout aussi vrai. Et si c'est à *moi* qu'il doit arriver quelque chose ? Si c'est moi qui suis censé me trouver ici parce que, si jamais je n'y suis pas, l'univers risque de dévier de sa trajectoire, de façon infinitésimale mais essentielle ?

– La vie de cette fille ne devrait-elle pas compter plus que la tienne ?

– Pourquoi ça ?

– Parce que tu n'es qu'un invité, A. Tu n'es que de passage. »

Je sais qu'elle a raison, mais entendre ces mots de la bouche de Rhiannon m'est extrêmement pénible. D'ailleurs, elle s'empresse de tempérer ce qui sonne comme une accusation.

« Je ne dis pas que tu es moins important que ces gens. Tu sais bien que ce n'est pas ce que je pense. À l'heure actuelle, tu es la personne que j'aime le plus au monde.

– Vraiment ?

– Comment ça, *vraiment* ?

– Hier, tu as affirmé à Justin que tu n'étais pas amoureuse de moi.

– Je parlais du métalleux, idiot, pas de toi. »

À ce moment-là, nos plats arrivent, mais elle se contente de tremper ses frites dans le ketchup.

« Moi aussi, je t'aime, tu sais.

– Je sais, dit-elle, mais cela n'a pas l'air de la rendre très heureuse.

– Nous allons y arriver, dis-je. Toutes les relations ont leur phase difficile. Nous sommes en plein dedans. Notre histoire n'est pas un puzzle dont les pièces s'emboîtent du premier coup. Chacun doit faire en sorte d'ajuster ses propres pièces avant qu'elles puissent s'accorder parfaitement.

– Mais tes pièces changent de forme tous les jours, fait-elle observer.

– Oui, mais leur nature reste la même.

– Je sais. » Elle se décide à manger une de ses frites. « Oui, je sais. Je devrais continuer d'ajuster mes pièces, et essayer de leur donner une forme adaptée à la situation. Il s'est passé tellement de choses en si peu de temps. Et toi qui es là... Cela fait beaucoup au bout du compte.

— Je vais y aller. Après le repas.

— Ce n'est pas ce que je veux, A. Mais je crois que c'est mieux.

— Je comprends. »

C'est vrai, je comprends.

« Merci, dit-elle avant de me sourire. Et maintenant, parle-moi de ton rendez-vous de ce soir. J'accepte que tu voies une autre fille que moi, mais j'exige des détails ! »

***

J'ai envoyé un texto à Dawn pour la prévenir que je n'étais pas venu en cours, mais que notre rendez-vous tenait toujours. Nous devons dîner ensemble après son entraînement de sport.

Je rentre chez Vic à l'heure où il a l'habitude de revenir du lycée, et commence à ressentir le trac qui précède tout rendez-vous galant. Mon hôte possède une large sélection de cravates dans sa penderie, ce qui me pousse à croire qu'il doit aimer en porter. J'assemble donc une tenue élégante – un peu trop peut-être, mais si ce que j'ai entrevu de Dawn à travers les souvenirs de Vic est vrai, je pense qu'elle appréciera.

Rhiannon ne m'a pas écrit depuis notre déjeuner, mais Nathan en revanche m'a envoyé huit nouveaux messages, que je ne prends pas la peine d'ouvrir. Je préfère consulter les play-lists de Vic, histoire d'y faire quelques découvertes musicales.

Je me mets en route peu avant dix-huit heures, et me surprends moi-même de mon impatience à l'idée de retrouver Dawn. Je crois que, à ma manière, je veux participer à une relation qui marche, quel que soit le défi qu'elle représente.

Dawn ne me déçoit pas. Elle raffole de la tenue de Vic, et de son élégance agréablement nonchalante. Elle a mille choses à me raconter sur sa journée, et une foule de questions à me poser sur la mienne. C'est un terrain glissant – je ne veux surtout pas que Vic soit accusé plus tard d'avoir menti –, et je prétends donc avoir eu besoin de m'aérer un peu, loin des couloirs du lycée. J'ai juste pris le volant et me suis rendu quelque part où je n'étais encore jamais allé…, faisant en sorte d'être de retour à temps pour notre rendez-vous, évidemment. Dawn ne voit rien à y redire et ne cherche pas à savoir pourquoi je ne lui ai pas proposé de venir. J'espère juste que c'est la façon dont Vic se souviendra de cette journée.

Suivre notre conversation implique des allers-retours incessants dans la mémoire de Vic, mais au final, je passe un très bon moment. Ses souvenirs étaient fidèles à la réalité : Dawn lui renvoie une image de lui juste, simple et sans détours. Elle comprend son petit ami, sans jamais avoir à le souligner. Cela va de soi.

Je sais que leur situation est différente de la nôtre. Je sais que je ne suis pas Vic, tout comme Rhiannon n'est pas Dawn. Mais je ne peux m'empêcher d'y voir une analogie. J'aimerais que nous puissions transcender l'ordinaire de la même façon. J'aimerais que notre amour soit aussi fort, aussi puissant.

Vic et Dawn ont chacun une voiture mais, à la demande de Dawn, Vic la suit jusque chez elle – histoire de pouvoir lui souhaiter bonne nuit et l'embrasser comme il se doit. Je me prête au jeu, grimpant les marches du perron en la tenant par la main. J'ignore si ses parents sont à la maison, mais cela n'a pas l'air de l'inquiéter, et je ne m'en soucie pas non plus. Arrivés devant la porte, nous marquons une pause timide, tel un couple des années cinquante se faisant la cour. Puis Dawn se penche et m'embrasse passionnément, ce que je lui rends bien, et nous basculons dans un bosquet d'arbres non loin de là. Désormais dans la pénombre, je la serre tout contre moi, et l'instant est tellement intense que mes pensées se brouillent, je perds contact avec celles de mon hôte, et ce n'est soudain plus que moi qui suis là en train de l'embrasser, en train de me laisser aller, en train de murmurer : « Rhiannon. »

Je crois d'abord que Dawn n'a rien entendu mais, deux secondes plus tard, elle s'écarte et me demande de répéter ce que je viens de dire. Je tente alors de la convaincre que je pensais à la chanson – ne la connaît-elle pas, cette chanson de Fleetwood Mac ? –, dont le titre m'a toujours interpellé et qui m'a trotté toute la journée dans la tête. Dawn me répond qu'elle ne voit pas de quelle chanson je parle – mais cela n'a pas d'importance, elle a l'habitude de mes bizarreries, et je suis sorti d'affaire. Je lui promets de la lui faire écouter un jour, mais pour l'heure, nous avons quelque chose à finir. Nous sommes couverts de feuilles, ma cravate est accrochée à une branche, mais peu importe. Rien d'autre n'importe.

À mon retour, ce soir-là, je trouve un e-mail de Rhiannon :

A,

Tu as dû voir que je n'étais pas très à l'aise aujourd'hui, mais mettons ça sur le compte de notre « phase difficile ». Cela n'a rien à voir avec toi ni avec ce que j'éprouve pour toi. C'est juste que tout me tombe dessus au même moment. Je pense que tu sais de quoi je parle.

Essayons de nouveau de nous voir, mais pas au lycée de préférence. C'est un peu trop dur à gérer. Donnons-nous rendez-vous en fin de journée

dans un endroit étranger à ma vie quotidienne.
Un endroit juste pour nous.
J'ai du mal à imaginer comment les pièces de
notre puzzle vont s'assembler, mais c'est tout ce
que je souhaite.
Je t'embrasse,

R

6024ᵉ jour

Le lendemain, aucune alarme ne me réveille. Au lieu de ça, c'est une mère – ma mère d'un jour –, assise sur le bord de mon lit et qui me regarde. Elle a l'air désolée d'interrompre mon sommeil, mais je vois aussi que sa tristesse va bien au-delà. Elle pose délicatement sa main sur ma jambe.

« Il est l'heure, chuchote-t-elle, se faisant aussi douce que possible. J'ai suspendu tes vêtements à la porte du placard. Nous partons dans quarante-cinq minutes environ. Ton père est… bouleversé. Comme nous tous. Mais, pour lui, c'est particuliè-rement difficile, alors… sois gentil, d'accord ? »

Tandis qu'elle me parle, je ne parviens pas à me concentrer suffisamment pour accéder aux informations concernant mon identité ou la situation. Ce n'est qu'une fois qu'elle est sortie que j'aperçois le complet foncé accroché à la penderie, et tout me revient.

Mon grand-père est mort. Je suis sur le point d'assister à mes premières funérailles.

***

Je prétends avoir oublié de demander à mes camarades de prendre des notes pour moi et je m'installe à l'ordinateur. J'y préviens Rhiannon que nous risquons de ne pas nous voir aujourd'hui. D'après ce que je sais, le service doit avoir lieu à deux heures d'ici. Au moins ne sommes-nous pas censés passer la nuit là-bas.

Mon père est resté la majeure partie de la matinée dans sa chambre, et émerge à ce moment-là. Il n'a pas seulement l'air boule-versé : on pourrait presque croire qu'il a perdu la vue. Ses yeux sont noyés de douleur, et son corps semble aussi très affecté. Une cravate pend mollement à son cou, le nœud à peine serré.

« Marc, me dit-il. *Marc.* »

C'est effectivement mon prénom et, dans sa bouche, il sonne à la fois comme une incanta-tion et l'expression de son incrédulité. Je ne sais pas comment réagir.

Heureusement, la mère de Marc n'est pas bien loin.

« Oh, mon chéri… »

Elle étreint son mari, puis s'écarte afin d'ajus-ter sa cravate. Me demande si je suis prêt.

Je supprime l'historique, éteins l'ordinateur et lui annonce qu'il ne me reste plus qu'à enfi-ler mes chaussures.

Pendant le trajet en voiture, personne ne dit rien ou presque. La radio égrène les nouvelles en boucle, mais nous cessons tous rapidement d'y prêter attention. J'imagine que la mère et le père de Marc sont en train de faire la même chose que moi : accéder aux souvenirs qu'ils ont du défunt.

La plupart des miens sont silencieux. Des heures passées sur des bateaux de pêche, à attendre sans dire un mot qu'un poisson veuille bien mordre. Lui au repas de Thanksgiving, découpant la dinde comme si c'était un droit que personne ne pouvait lui contester. Je le revois m'emmener au zoo quand j'étais petit, et me rappelle surtout l'autorité dans sa voix lorsqu'il me parlait des lions et des ours, comme s'il les avait créés lui-même.

Il y a aussi le décès de ma grand-mère, survenu à une époque où je ne savais pas encore vraiment ce que signifiait la mort. Ma grand-mère est le fantôme dont la présence est palpable à l'arrière-plan de tous ces souvenirs, mais je suis sûr qu'elle occupe une place bien plus importante dans les pensées de mes parents. Ce qui est très net, en tout cas en ce qui me concerne, ce sont les derniers mois : mon grand-père qui s'affaiblit, la gêne qui s'installe entre nous à mesure que je deviens plus grand que lui tandis que, de son côté, il rapetisse, se repliant sur lui-même. Et pourtant, sa mort nous a pris par surprise – nous nous y préparions, mais ne l'attendions pas ce jour-là. C'est ma mère qui a décroché le téléphone. J'avais beau être trop loin pour entendre ce qu'elle disait, j'ai tout de suite compris qu'il s'agissait de quelque chose de grave. Elle est aussitôt montée en voiture et s'est rendue au bureau de mon père pour lui annoncer la nouvelle. Je n'y étais pas. Je n'ai pas vu ce moment-là.

Aujourd'hui, c'est mon père qui a l'air affaibli. Comme si, au décès d'un proche, nous prenions momentanément la place qu'il occupait juste avant sa mort. Puis, au fur et à mesure que nous surmontons la chose, nous rebroussons le chemin qu'il a parcouru, de la mort à la vie, de la maladie à la guérison.

Les poissons des lacs et cours d'eau du Maryland ont gagné une journée de répit : apparemment, tous les pêcheurs de l'État se sont donné rendez-vous aux funérailles de mon grand-père. Peu de costumes ici, encore moins de cravates. Toute ma famille est là : cousins en pleurs, tantes en larmes, oncles stoïques. C'est mon père qui paraît le plus affecté, lui aussi qui recueille le plus de condoléances. Ma mère et moi nous tenons à ses côtés, et avons droit à des hochements de tête compatissants et à des mains bienveillantes sur l'épaule.

J'ai de nouveau l'impression d'être le roi des imposteurs. Malgré tout, j'observe attentivement la scène : je sais que Marc aurait voulu être là, et je tiens à enregistrer le plus possible de détails à son intention.

Lorsque nous entrons dans la chapelle, je ne suis pas préparé à voir le cercueil ouvert, à voir mon grand-père allongé juste devant moi. Nous nous installons au premier rang, et je n'arrive pas à détourner les yeux de ce corps. Voilà à quoi ressemble un corps sans vie à l'intérieur. Voilà sans doute à quoi ressemblerait Marc si je pouvais m'extraire ne serait-ce qu'un instant de son enveloppe charnelle – sans qu'entre-temps il la réinvestisse. Les employés des pompes funèbres ont fait de leur mieux pour que le défunt ait l'air de dormir, mais cela n'a vraiment rien à voir.

Le grand-père de Marc a grandi dans cette ville et, toute sa vie durant, il a appartenu à cette paroisse. Alors il y a beaucoup à dire, beaucoup d'émotion à partager. Même le pasteur semble remué, lui qui a pourtant l'habitude de prononcer ces paroles, mais rarement avec autant de sincérité. Quand vient le tour du père de Marc de s'exprimer, celui-ci doit lutter contre son propre corps. Sa respiration se bloque, ses épaules sont saisies de tremblements. Ma mère accourt pour le soutenir.

Il semble sur le point de lui demander de lire son hommage à sa place, puis il se ravise. Il glisse ses notes dans sa poche et se met à parler, tout simplement. Il livre des souvenirs souvent confus, mais qui sonnent justes, car ce sont là les choses auxquelles il associe son père. Autour de lui, l'assistance réagit en riant, en pleurant, en approuvant d'un hochement de tête.

Je sens les larmes me monter aux yeux, puis couler le long de mes joues. Je ne connais pourtant pas l'homme dont ils parlent – je ne connais personne ici. Je ne fais pas partie de leur univers… et je comprends enfin que c'est pour cette raison que je pleure. Parce que je ne fais pas et ne ferai jamais partie d'une famille ni d'une communauté. Je le sais depuis longtemps, depuis des années, mais c'est seulement aujourd'hui que cela me frappe de plein fouet. Jamais personne ne pleurera ma disparition. Jamais personne ne me regrettera comme on regrette le grand-père de Marc. Je ne laisserai à personne des souvenirs tels que ceux auxquels je viens d'être confronté. Qui me connaît, qui sait ce que j'ai fait ? Si je disparais, il n'y aura pas même un corps sur lequel se recueillir ; pas de funérailles, pas d'enterrement. Si je disparais, nul ne se souviendra de mon passage sur cette terre, si ce n'est Rhiannon.

Je pleure parce que j'envie le grand-père de Marc, j'envie quiconque est capable de compter pour autant de gens.

Même une fois que mon père a fini de parler, je continue de sangloter. Mes parents reviennent s'asseoir à côté de moi, et font de leur mieux pour me réconforter.

Mais je pleure encore et encore, sachant pertinemment que Marc se rappellera avoir versé des larmes pour son grand-père, mais qu'il ne gardera en revanche pas le moindre souvenir de ma présence.

Quel rituel étrange que celui d'enfouir un corps dans le sol… J'assiste à la descente du cercueil, à la prière qui s'ensuit. Comme les autres, je jette une poignée de terre dans la fosse.

C'est la dernière fois qu'un si grand nombre de gens penseront à cet homme en un même moment. Bien que je ne l'aie jamais connu, j'aimerais qu'il puisse voir ça.

***

Nous nous rendons chez lui après la cérémonie. Il sera bientôt l'heure de trier et de disperser ses affaires ici ou là mais, pour l'instant, sa maison est un musée où chacun vient exposer sa tristesse. Des histoires sont racontées, parfois la même histoire au même moment dans plusieurs pièces différentes. Parmi les personnes présentes, nombreuses sont celles que je ne parviens pas à identifier, et ce n'est pourtant pas faute d'accéder à la mémoire de Marc. Tout au long de sa vie, son grand-père a simplement côtoyé bien plus de monde que son petit-fils n'aurait pu l'imaginer.

Après le buffet, les histoires, le réconfort, certains se mettent à boire, puis chacun rentre chez soi. C'est la mère de Marc, restée sobre, qui prend le volant. Dans l'obscurité, je ne saurais dire si le père de Marc dort ou s'il est perdu dans ses pensées.

« Ç'a été une longue journée », murmure sa mère.

Après ça, je me contente de la litanie des informations qui passent en boucle à la radio toutes les demi-heures.

Je tente un instant de prétendre qu'il s'agit de ma vie. De mes parents. Mais je sais parfaitement que c'est un mensonge, et je me sens vide.

6025ᵉ jour

Le lendemain matin, j'ai du mal à soulever la tête de mon oreiller, du mal à écarter les bras pour me redresser dans mon lit.

Sans doute parce que j'habite un corps qui pèse près de cent trente kilos.

Cela m'est déjà arrivé d'être lourd, mais jamais à ce point. C'est comme si des sacs de viande avaient été attachés à mes membres et à mon torse. Le moindre mouvement nécessite un effort spectaculaire. Car ce poids, bien sûr, n'est pas celui de mes muscles. Je ne suis pas bâti comme un joueur de football américain. Non, on peut le dire, je suis obèse. Bourré de graisse molle et encombrante.

Quand je parviens enfin à regarder autour de moi et à l'intérieur de moi, ce que je découvre n'est pas des plus enthousiasmants. Pour l'essentiel, Finn Taylor s'est isolé du reste du monde ; sa corpulence est le fruit de sa négligence et de sa paresse, un laisser-aller qui serait pathologique s'il s'y livrait consciemment. En accédant au tréfonds de son être, je trouverais peut-être des trésors d'humanité mais, en surface, je ne vois que le néant.

Je me traîne péniblement jusqu'à la salle de bains. Qui aurait imaginé que faire sa toilette puisse devenir une gymnastique aussi éprouvante ? En me grattant le nombril, j'en extirpe une peluche de la taille d'une patte de chat. Tout ça me laisse à penser que, à un moment donné, Finn a dû abandonner, trouver ça trop dur, ne plus vouloir faire d'efforts.

Cinq minutes après être sorti de la douche, je transpire déjà.

Je ne veux pas que Rhiannon me voie comme ça, mais je ne peux pas non plus remettre une fois encore notre rendez-vous, alors qu'entre nous les choses sont dans une phase pour le moins délicate.

Je la préviens, lui expliquant à quoi s'attendre. N'habitant pas trop loin, je lui propose que nous nous retrouvions à la librairie Clover.

Je prie pour qu'elle vienne.

Rien dans la mémoire de Finn ne m'indique que manquer les cours pourrait lui poser problème, mais je vais tout de même au lycée. Autant qu'il puisse profiter de ses absences lorsqu'il sera lui-même.

La masse de ce corps m'oblige à être plus attentif que d'habitude. Même les choses les plus simples – enfoncer la pédale d'accélérateur, évoluer dans les couloirs sans bousculer qui que ce soit – nécessitent que je procède à des ajustements majeurs.

Et il y a les regards. Pas seulement de la part de mes camarades. Mais aussi de la part des professeurs. De la part d'inconnus. Un dégoût non dissimulé, une condamnation affichée. Possible qu'ils réagissent à ce que Finn s'est laissé devenir. Mais il y a également quelque chose de plus viscéral, de plus défensif dans leur rejet. Je suis ce qu'ils craignent d'être un jour.

Je porte du noir, supposé vous faire paraître plus mince. Mais j'ai surtout l'air d'un amas ténébreux avançant lentement dans les couloirs, telle l'étoile de la mort dans *La Guerre des étoiles*.

Mon seul moment de répit est celui de la pause déjeuner, au cours de laquelle Finn retrouve ses deux meilleurs amis, Ralph et Dylan. Ils sont proches depuis l'enfance, et se moquent parfois du poids de Finn, mais ils n'y attachent en réalité pas vraiment d'importance. Ils se comporteraient à l'identique avec lui quelle que soit sa corpulence.

Avec eux, je peux enfin me détendre.

Après les cours, retour à la maison pour me doucher de nouveau et me changer. Tandis que je me sèche, je me demande un instant s'il n'y a pas moyen pour moi d'implanter un souvenir traumatisant dans le cerveau de Finn, histoire de le convaincre de manger moins. J'ai cependant presque aussitôt honte d'avoir eu des pensées pareilles. Ce n'est bien sûr pas à moi de dicter à mon hôte sa conduite.

En vue de mon rendez-vous avec Rhiannon, j'ai enfilé ce que j'ai trouvé de mieux dans mes placards : une chemise XXXL et une paire de jeans taille 56. J'essaie même une cravate, mais l'effet est ridicule, et j'abandonne cette option.

Une fois au café, je réalise que les chaises risquent de ne pas survivre à ma visite et décide d'errer dans les allées de la librairie en attendant Rhiannon. Malheureusement, celles-ci sont trop étroites, et je ne cesse de faire dégringoler des choses sur mon passage. Je finis par aller patienter dehors.

Elle m'identifie tout de suite — en même temps, difficile de me louper —, mais ne bondit pas pour autant de joie.

« Hey, lui dis-je.

– Oh… hey. »

Nous demeurons un instant sans bouger.

« Tu vas bien ? je lui demande.

— Oui. Je prends juste la mesure de ton nouveau corps.

— Ne te fie pas à l'emballage. Concentre-toi plutôt sur ce qu'il y a à l'intérieur.

— Facile à dire pour toi. Moi, au moins, je ne change pas. »

Oui et non. Son corps reste le même, c'est sûr. Mais j'ai souvent l'impression d'être confronté à une Rhiannon légèrement différente. Comme s'il existait différentes versions d'elle selon son humeur.

« On y va ? dis-je.

— Où ça ?

— Eh bien, puisque nous avons déjà été à la plage, à la montagne et en forêt, nous pourrions peut-être faire simple… restau puis ciné ? »

Je parviens à la faire sourire.

« Cela m'a tout l'air d'un rendez-vous sérieux.

— Je t'offrirai même des fleurs, si ça te fait plaisir.

— N'hésite pas, offre-moi des fleurs. »

Dans la salle de cinéma, Rhiannon est sans doute la seule personne à avoir une douzaine de roses sur le fauteuil à côté d'elle. Elle est aussi la seule dont le compagnon déborde à ce point sur son propre fauteuil. Je passe maladroitement un bras autour de ses épaules. Je ne peux alors m'empêcher de songer à l'odeur de ma sueur, et à la sensation que les bourrelets de mon bras doivent produire contre sa nuque. Je m'inquiète aussi de ma respiration, qui a tendance à siffler à chaque fois que j'expire trop fort. Je finis par me décaler d'un siège, me contentant de prendre la main de Rhiannon. Après une dizaine de minutes, prétextant une démangeaison, elle me la reprend... pour ne pas me la rendre.

***

J'ai choisi un bon restaurant, mais cela ne garantit en rien que nous y passerons un bon moment.

Rhiannon ne cesse de me dévisager – ou plutôt de dévisager Finn.

« Dis-moi ce qui te tracasse ? finis-je par lui dire.

– Je n'arrive pas à te voir à l'intérieur. D'habitude, il y a toujours quelque chose dans tes yeux... Mais ce soir, je ne vois rien. »

D'une certaine façon, cela pourrait être flatteur. Mais le ton de sa voix me déprime plus qu'autre chose.

« Pourtant, c'est bien moi, je t'assure.

– Je sais, mais il n'y a rien à faire, je ne sens rien. Je crois que ça me bloque, de te voir ainsi. C'est comme un mur.

– Je comprends. C'est à cause de ce corps, il est tellement différent de ce que je suis. C'est ce qui te perturbe et c'est assez logique, après tout.

— Tu dois avoir raison », dit-elle.

Elle ne paraît pas pour autant convaincue. Et il semblerait que j'ai déjà perdu tout espoir de la convaincre.

Cela ne ressemble pas à une soirée entre amoureux. Ni même à une soirée entre amis. Cela ressemble à un numéro d'équilibriste qui se termine en chute libre.

Nous avons laissé nos voitures sur le parking de la librairie, et retournons les chercher après dîner. Les roses se balancent au bout de son bras, tout comme une batte de base-ball dont elle pourrait avoir besoin d'un moment à l'autre.

« Qu'est-ce qui ne va pas, Rhiannon ? je lui demande.

— Rien, je suis juste d'une drôle d'humeur ce soir. » Elle approche alors les roses de son nez et en hume le parfum. « Tu ne m'en veux pas, n'est-ce pas ? Surtout vu que…

— Oui. Surtout vu que. »

C'est le moment précis où, si j'étais dans un corps différent, je me pencherais pour l'embrasser. Si j'étais dans un corps différent, ce baiser suffirait à changer l'humeur de Rhiannon. Si j'étais dans un corps différent, elle me verrait à l'intérieur. Elle verrait ce qu'elle a envie de voir.

Au lieu de ça, nous sommes condamnés à rester mal à l'aise.

Elle me met les roses sous le nez. Je les respire à mon tour.

« Merci pour les fleurs », me dit-elle en guise d'au revoir.

6026e jour

Le lendemain matin, je me sens coupable d'être aussi soulagé de me retrouver dans un corps aux proportions « normales ». La journée d'hier m'a en effet changé. Je me fichais jusqu'à présent de ce que pouvaient penser les gens, du regard qu'ils portaient sur moi ; j'ai conscience aujourd'hui de me juger comme ils me jugent – de percevoir désormais ma propre personne à travers les yeux de Rhiannon. J'imagine que cela fait de moi quelqu'un qui ressemble un peu plus aux autres – et peut-être devrais-je m'en réjouir –, mais j'ai aussi le sentiment d'avoir perdu quelque chose.

Lisa Marshall me fait penser à Rebecca, l'amie de Rhiannon : cheveux bruns et raides, taches de rousseur sur le nez et les joues, yeux bleus. Il ne s'agit pas de quelqu'un qui attirerait votre attention dans la rue mais, à y regarder de plus près, elle ne vous laisserait pas indifférent.

Au moins Rhiannon ne sera-t-elle pas gênée par mon apparence, me dis-je. Et je m'en veux d'envisager les choses ainsi.

Dans ma boîte de réception, un message d'elle :

J'ai besoin de te voir.

Ça commence plutôt bien. Jusqu'à ce que je lise la suite :

Il faut qu'on se parle.

Je ne sais plus que penser.

Ma journée n'est qu'une longue attente, un compte à rebours… mais vers quoi ? Les minutes s'égrènent, me rapprochent du moment où je vais la retrouver, et mon appréhension grandit.

Aujourd'hui, les amis de Lisa doivent lui trouver un air étrangement absent.

Rhiannon m'a donné rendez-vous dans un parc non loin de son lycée. En tant que fille, je ne lui ferai pas courir de risques. Nul n'ira s'imaginer quoi que ce soit en nous apercevant toutes les deux. De toute façon, elle est déjà cataloguée comme groupie de métalleux…

Je suis en avance et m'installe sur un banc avec un livre d'Alice Hoffman. Très vite, je suis happé par ma lecture et ne prends pas conscience de la présence de Rhiannon avant qu'elle ne s'assoie à mes côtés.

Je ne peux m'empêcher de sourire en la voyant.

« Hey.

— Hey », répond-elle.

Avant qu'elle ne puisse me dire ce qu'elle a à me dire, je l'assaille de questions à propos de tout et de rien... Tout est bon pour retarder le moment où nous devrons rentrer dans le vif du sujet. Cependant, je ne peux y échapper plus longtemps :

« Je dois vraiment te parler, A. »

Je sens que ce dont elle veut me parler ne va pas être agréable à entendre. Mais je garde encore espoir.

Tout se résume en une simple phrase :

« Je ne peux pas continuer comme ça. »

Je n'hésite qu'un court instant avant de lui répondre :

« Tu ne peux pas ou tu ne *veux* pas ?

— Je le voudrais. Je t'assure. Mais comment ? Je ne vois pas comment nous pourrions nous sortir de cette situation. Ça ne peut pas marcher.

— Pourquoi ?

— Pourquoi ? Parce que chaque jour, tu es quelqu'un d'autre. Et que je ne peux pas aimer de la même façon chacune de ces personnes. Je sais qu'à l'intérieur de chacune d'entre elles, il s'agit de toi. Je sais que tout ça n'est qu'une question d'emballage. Mais je n'y arrive pas, A. J'ai essayé. Et je n'y arrive pas. Je voudrais… je voudrais être la personne qui en sera capable. Mais je ne peux pas. Et puis, ce n'est pas tout. Je viens de rompre avec Justin – il va me falloir du temps pour digérer ça, avant de tourner la page. Il y a tant de choses que toi et moi nous ne pouvons pas faire ensemble, que nous ne pouvons pas partager. Jamais nous ne pourrons sortir avec mes amis. Je ne peux même pas leur parler de toi, et tu n'imagines pas combien c'est frustrant. Jamais je ne pourrai te présenter à mes parents. Jamais je ne pourrai m'endormir contre toi et me réveiller avec toi le lendemain matin. Jamais. J'ai vraiment tenté de me persuader que ces choses-là n'avaient pas d'importance, tu sais. Mais je n'y suis pas parvenue. Et je ne peux pas continuer de me poser inlassablement ces questions, tout en sachant pertinemment que j'en connais déjà la réponse. »

J'aimerais pouvoir lui dire : *Ne t'inquiète pas, je vais changer*. J'aimerais pouvoir lui promettre que les choses seront différentes à partir de maintenant, et lui prouver que notre histoire est possible. Mais la seule chose que j'ai à ma disposition, c'est ce vieux fantasme, celui dont je n'ai pas osé lui parler jusqu'à présent :

« Nous allons surmonter ça. Tu crois que je ne me suis pas posé moi-même toutes ces questions ? Tu crois que je n'ai pas douté ? Je n'ai pas cessé de tenter d'imaginer quelle vie nous pourrions construire ensemble. Alors écoute ça : dans un premier temps, je crois que le moyen d'éviter que je me retrouve dans des corps aussi éloignés les uns des autres en termes de distance serait que nous vivions dans une grande ville. Il y aurait ainsi davantage d'individus et de corps de mon âge à proximité. J'ignore ce qui détermine le fait que je me réveille dans un corps plutôt qu'un autre, c'est vrai, mais je suis certain que la distance que je parcours est liée au nombre de possibilités dans les environs. Si nous habitions à New York, je ne quitterais probablement jamais la ville. Et de cette façon, nous pourrions nous voir tous les jours. Être ensemble. Je sais que c'est une idée un peu folle. Je sais que tu ne peux pas abandonner tes parents et ta maison du jour au lendemain. Mais, à terme, je suis certain que cela marcherait. Nous pourrions vivre de cette manière. Je ne me réveillerais pas à tes côtés, mais cela ne m'empêcherait pas de passer le plus clair de mon temps auprès de toi. Cela ne ressemblerait pas à une vie normale, soit, mais ce serait une vie que nous partagerions. »

Je nous ai plus d'une fois imaginés elle et moi dans une grande ville, dans notre propre appartement. Moi me glissant tous les matins contre elle dans un lit ; préparant les repas en sa compagnie ; quittant l'appartement à pas de loup, un peu avant minuit. Nous deviendrions des adultes ensemble. Je découvrirais le monde en découvrant Rhiannon.

Mais elle secoue la tête. Ses yeux se sont embués. Et cela suffit à faire s'évanouir mon rêve éveillé. Cela suffit à me faire prendre conscience de ma bêtise, et à me ramener à la réalité.

« Cela n'arrivera jamais, dit-elle doucement. J'aimerais y croire, mais tu le sais aussi bien que moi.

— Rhiannon…

— Je veux que tu saches que si tu étais un garçon comme les autres – si tu étais la même personne chaque jour, si l'extérieur correspondait à l'intérieur –, je pense que j'aurais pu t'aimer pour toujours. Le problème, ce n'est pas toi, A. J'espère que tu le comprends. Le problème, c'est tout le reste, la situation. C'est bien trop difficile pour moi. J'espère que tu croiseras d'autres filles capables de surmonter ça. Je l'espère vraiment. Mais ce n'est pas mon cas, pardonne-moi. »

C'est désormais mon tour d'être au bord des larmes.

« Tu veux dire… qu'on en reste là ? C'est fini, c'est ça ?

– Non, je veux que tu gardes une place dans ma vie. Mais nous devons mettre plus de distance. Je dois retrouver des habitudes normales – passer du temps avec mes amis, suivre mes cours, aller au bal de fin d'année, toutes les choses que l'on est censé faire à mon âge. Je suis heureuse – vraiment heureuse – de ne plus être avec Justin. Mais je ne peux pas abandonner tout le reste pour autant. »

L'amertume qui m'envahit me surprend.

« J'aurais pu tout abandonner pour toi. Et toi, tu n'en es pas capable…

– C'est trop me demander, je suis désolée. »

Nous sommes dehors, mais les murs se rapprochent dangereusement de moi. Nous sommes sur la terre ferme, mais le sol se dérobe sous mes pieds.

« Rhiannon… »

C'est tout ce dont je suis capable. Je suis à court de mots. À court d'arguments à lui opposer.

Là-dessus, elle se penche vers moi et m'embrasse sur la joue.

« Il faut que je te laisse, dit-elle. Pour l'instant seulement. Reparlons-nous dans quelques jours. Réfléchis-y d'ici là, et je suis sûre que tu parviendras à la même conclusion que moi. Après ça, ce sera plus facile. Nous pourrons envisager la suite ensemble, car je tiens à ce qu'il y ait une suite. Même si, entre nous, ça ne pourra pas être…

— L'amour ?

— Une relation amoureuse. Ce que tu souhaiterais. »

Elle se lève. Je me sens perdu sur ce banc.

« On se reparle bientôt de tout ça, m'assure-t-elle.

— À bientôt, alors » lui dis-je, comme en écho.

Mes mots sonnent creux.

Elle ne veut cependant pas que nous nous quittions ainsi. Elle compte rester jusqu'à ce que je lui indique, d'une manière ou d'une autre, que tout ira bien, que je vais survivre.

« Je t'aime, Rhiannon

— Moi aussi, je t'aime. »

Là n'est pas la question, semble-t-elle me dire.

Mais là n'est pas non plus la réponse.

Je voulais que l'amour puisse vaincre toutes les difficultés. Mais, seul, l'amour ne peut rien.

C'est à nous qu'il incombe de surmonter les obstacles.

De retour chez Lisa, je trouve sa mère en train de préparer le dîner. Cela sent merveilleusement bon, mais l'idée de me retrouver à table et de devoir mener une conversation m'est insupportable. L'idée de devoir communiquer avec qui que ce soit m'est insupportable.

L'idée de devoir me retenir de hurler m'est insupportable.

Je prétends ne pas être dans mon assiette et monte à l'étage.

Cloîtré dans ma chambre, j'ai le sentiment que plus jamais je n'en ressortirai. Me voilà condamné à demeurer enfermé dans un tout petit espace. Enfermé seul avec moi-même.

6027e jour

Je me réveille le lendemain matin avec une cheville cassée. Heureusement pour moi, la fracture n'est pas récente et il y a des béquilles à côté de mon lit. Voilà au moins quelque chose chez moi qui semble en voie de guérison…

Je ne peux m'en empêcher – je consulte ma messagerie. Mais pas de nouvelles de Rhiannon. Je me sens seul. Terriblement seul. C'est alors que je me rappelle que, dans ce monde, il existe une autre personne sachant vaguement qui je suis. Je consulte mon ancien compte afin de voir si cette personne m'a récemment écrit.

C'est le moins que l'on puisse dire : j'ai vingt e-mails non lus de Nathan, plus désespérés les uns que les autres. Le dernier en date dit en substance :

Tout ce que je demande, ce sont des explications. Après ça, je te laisserai tranquille. Mais il faut que je sache.

Je lui réponds.

Très bien. Où veux-tu que nous nous donnions rendez-vous ?

* * *

Avec sa cheville cassée, Kasey n'est pas près de prendre le volant. Quant à Nathan, il est toujours sous le coup de son interdiction d'emprunter la voiture, suite à sa fameuse virée nocturne. Nous nous voyons tous les deux contraints de demander à nos parents de nous déposer. Bien qu'ils ne m'en disent rien, les miens supposent qu'il s'agit d'un rendez-vous galant.

Nathan s'attend bien sûr à voir un type prénommé Andrew, puisque c'est là l'identité que je lui ai donnée la dernière fois. Mais puisque j'ai *a priori* l'intention de lui révéler à lui aussi la vérité, me présenter dans le corps de Kasey m'aidera à illustrer mon propos.

Nous sommes censés nous retrouver dans un restaurant mexicain non loin de chez lui. J'ai choisi un lieu exposé, public, mais aussi un endroit qui n'inquiétera pas nos parents respectifs. Je suis le premier sur place. En voyant entrer Nathan, je le soupçonne d'avoir fait des efforts vestimentaires. Sans être particulièrement chic, il est évident qu'il s'est mis sur son trente et un. Je lève une de mes béquilles afin de lui faire signe ; il est prévenu que je suis éclopé, mais ignorait jusqu'à présent que je serais une fille.

Il s'approche, l'air complètement désorienté.

« Bonjour, Nathan. Assieds-toi.

— Tu es… Andrew ?

— Je vais t'expliquer. Assieds-toi. »

La tension à notre table est palpable, et le serveur se précipite pour nous réciter la liste des plats du jour. Notre commande prise, il repart et nous n'avons pas d'autre choix que d'entamer la conversation.

« Tu es une fille ! » me dit-il.

Je suis sur le point d'éclater de rire. L'idée d'avoir été possédé par l'esprit d'une fille plutôt que par celui d'un garçon semble le terrifier encore davantage. Comme si cela faisait une quelconque différence.

« Parfois », je lui réponds.

Ce qui, bien évidemment, ajoute à sa confusion.

« Je ne comprends pas. *Qui es-tu* ? demande-t-il.

— Un peu de patience, je vais tout te dire, c'est promis. Mais d'abord, mangeons. »

***

Afin de gagner sa confiance, je lui affirme qu'il a la mienne, même si c'est loin d'être la vérité. Je sais que je prends de toute façon un risque, mais je ne vois aucun autre moyen d'apaiser ses inquiétudes.

« À part toi, une seule autre personne est au courant de ce que je vais te révéler », dis-je avant de lui expliquer ce que je suis.

Puis de lui expliquer comment ma vie fonctionne. Ce qui s'est passé le jour où j'ai emprunté son corps. Pourquoi cela ne se reproduira pas.

Je suis absolument certain que, contrairement à Rhiannon, Nathan ne doutera pas de mes affirmations. Elles sont en effet compatibles avec l'expérience qu'il a vécue. Elles confirment ses soupçons. D'une certaine manière, j'ai fait en sorte depuis le début qu'il se souvienne de mon passage. Ni moi, ni lui d'ailleurs, n'avons concocté de scénario de remplacement pour la soirée qu'il a passée en compagnie de Rhiannon. Un vide subsistait que je suis en train de combler.

Lorsque mon récit s'achève, Nathan ne sait d'abord pas quoi dire.

« Je... ouah... je voudrais être sûr de comprendre... Demain, tu ne seras plus cette fille ?

— Non.

— Et elle... ?

— Elle se sera fabriqué le souvenir d'une version alternative de cette journée. Probablement quelque chose du genre : j'avais un rencard avec un garçon, et cela n'a rien donné. Elle ne se rappellera pas de toi en particulier, mais conservera une vague image dans sa tête, de sorte que si demain ses parents lui demandent comment cela s'est passé, elle ne sera pas surprise par leur question. Elle ne saura jamais que ce n'est pas vraiment elle qui est venue ici.

— Dans ce cas, comment ai-je pu le savoir, moi ?

— Peut-être t'ai-je quitté trop rapidement. Peut-être n'ai-je pas eu le temps, justement, de jeter les fondations d'une version alternative. Ou peut-être que, pour je ne sais quelle raison, je voulais que tu me retrouves. Je l'ignore. »

Nos plats sont arrivés tandis que je parlais, mais ni lui ni moi n'y avons touché.

« C'est complètement dingue, dit Nathan.

— Tu ne dois en parler à personne. N'oublie pas, je te fais confiance.

— Je sais, je sais. » Il hoche distraitement la tête et se met à manger. « Cela restera entre nous. »

À la fin de notre repas, Nathan ajoute que cela l'a beaucoup aidé d'avoir pu parler avec moi et d'avoir appris la vérité. Il demande à me revoir le lendemain, de façon à se rendre compte par lui-même de ma transformation. Je lui dis ne pouvoir rien promettre, mais que je ferai mon possible.

Un peu plus tard, nos parents viennent nous récupérer. Sur le chemin du retour, la mère de Kasey me demande comment ça s'est passé.

« Bien… Du moins il me semble. »

De tout le trajet, c'est la seule fois où je lui dirai la vérité.

6028ᵉ *jour*

Le lendemain, un dimanche, je me réveille à l'intérieur du corps d'Ainsley Mills. Elle est allergique au gluten, terrifiée par les araignées, propriétaire comblée de trois scottish-terriers, dont deux dorment dans son lit.

Dans des circonstances ordinaires, je pourrais m'attendre à passer une journée ordinaire.

Nathan m'a envoyé un message précisant que, si j'ai une voiture aujourd'hui, il aimerait que nous nous voyions chez lui. Ses parents sont absents pour la journée et il ne dispose de son côté d'aucun moyen de se déplacer.

Sans nouvelles de Rhiannon, je ne vois aucune raison de ne pas accéder à sa requête.

Ainsley annonce à ses parents qu'elle part faire les boutiques avec des amies. Ceux-ci ne lui posent aucune question, lui demandant juste de ne pas rentrer trop tard. À partir de dix-sept heures, elle devra garder sa petite sœur.

Il est à peine onze heures. Ainsley leur dit qu'elle sera de retour bien à temps.

***

Le domicile de Nathan se trouve à un quart d'heure de route à peine. Je ne compte pas m'éterniser. Il me suffit de lui prouver par ma présence que je ne suis pas la même personne qu'hier. Après quoi nous en resterons là – je ne peux rien faire d'autre pour lui –, et il sera alors de son ressort de tourner la page.

Lorsqu'il ouvre la porte, il a l'air réellement étonné de découvrir ma nouvelle apparence. Peut-être n'y croyait-il pas vraiment, après tout. Il semble assez nerveux. Je mets ça sur le compte de ma venue ici, dans sa propre maison. Je reconnais les lieux, même si je n'en ai gardé qu'un très vague souvenir. Si l'on me mettait au milieu du couloir, toutes portes fermées, je serais incapable de retrouver la chambre de Nathan.

Ce dernier me conduit au salon – l'endroit où il est d'usage de recevoir les invités –, et j'ai beau avoir passé une journée dans sa peau, je n'en demeure pas moins un.

« Alors c'est vraiment toi, dit-il. Dans un corps différent. »

Je hoche la tête et m'assois sur le canapé.

« Tu veux boire quelque chose ?

— Un verre d'eau, s'il te plaît. »

Je ne précise pas que je compte repartir très vite.

Tandis qu'il s'affaire à la cuisine, j'examine les portraits de famille exposés ici ou là dans des cadres. Nathan tient de son père, c'est l'évidence même : sur les photos, ni l'un ni l'autre n'ont l'air à l'aise. Seule sa mère arbore toujours un grand sourire.

J'entends alors des bruits de pas derrière moi et sursaute quand une voix qui n'est pas celle de Nathan dit :

« Je suis ravi d'avoir enfin l'occasion de te rencontrer. »

C'est un homme aux cheveux argentés, portant un costume gris. Le nœud de sa cravate est lâche, et j'en déduis qu'il s'agit pour lui d'un moment de détente. Je me lève aussitôt et, dans le corps fluet d'Ainsley, réalise à quel point il en impose.

« Je t'en prie, dit le révérend Poole, ne bouge pas, je vais me joindre à toi. »

Il ferme la porte derrière lui, puis s'installe dans un fauteuil qui m'en barre l'accès. Il doit probablement peser le double du poids d'Ainsley, et n'aurait donc aucun mal à me retenir. Mais la question est de savoir s'il est prêt à aller jusque-là. Si d'instinct je me pose ces questions, c'est qu'il y a sans doute de bonnes raisons de s'inquiéter.

Autant avoir l'air coriace :

« Vous ne devriez pas être à l'église, un dimanche ? »

L'homme sourit.

« Certaines choses importantes requièrent ma présence ici. »

J'imagine que la rencontre du petit chaperon rouge et du grand méchant loup a dû ressembler à ça. Un mélange de curiosité et de terreur.

« Qu'est-ce que vous me voulez ? »

Il croise les jambes, l'air totalement décontracté.

« Oh, eh bien, Nathan m'a raconté une histoire tout à fait passionnante, et je me demandais tout simplement si elle était vraie. »

Inutile pour moi de nier, ce serait peine perdue.

« Nathan était censé garder ça pour lui ! dis-je d'une voix suffisamment forte pour que, avec un peu de chance, l'intéressé m'entende.

— Je te rappelle que pendant près d'un mois, tu as laissé Nathan en proie au doute. J'ai été seul à tenter de lui apporter des réponses. Il est bien naturel qu'il se soit confié à moi après tes révélations. »

Poole a une idée derrière la tête, cela ne fait aucun doute, même si j'ignore encore laquelle.

« Je ne suis pas le diable, dis-je. Je ne suis pas un démon. Je ne suis aucune de ces choses que vous voudriez que je sois. Je suis une personne. Une personne qui emprunte la vie d'autres personnes le temps d'une journée.

— Mais ne vois-tu pas que c'est le diable qui opère à travers toi ? »

Je secoue la tête.

« Non. Nathan n'a pas été possédé par le diable. La jeune fille que vous avez devant vous n'est pas davantage possédée par le diable. À l'intérieur, il n'y a que moi.

— C'est là que tu te trompes, dit Poole. Certes, tu es à l'intérieur de ces corps. Mais qui est à l'intérieur de toi, mon ami ? Pourquoi crois-tu que tu es condamné à cette existence ? Ne sens-tu pas qu'il pourrait s'agir là de l'œuvre du diable ? »

Je lui réponds calmement, fermement :

« Ce qui est à l'œuvre ici n'est pas l'œuvre du diable. »

Poole se met alors à rire.

« Voyons, Andrew, tranquillise-toi. Je suis de ton côté.

— Très bien. Dans ce cas, laissez-moi partir », dis-je en me relevant.

Je me dirige aussitôt vers la porte mais, comme je m'y attendais, Poole me barre la route.

« Pas si vite, dit-il. Je n'ai pas terminé.

— Je constate que vous êtes effectivement de mon côté. »

Son sourire disparaît et, l'espace d'un instant, j'entrevois quelque chose dans ses yeux. Je ne sais pas exactement ce dont il s'agit, mais cela me paralyse.

« Je te connais tellement mieux que tu ne l'imagines, enchaîne Poole. Tu crois que notre rencontre n'est due qu'au hasard ? Tu crois que je ne suis qu'un fanatique religieux venu exorciser tes démons ? Tu ne t'es jamais demandé pourquoi je recensais ce genre de manifestations, d'expériences, ce que je recherchais ? La réponse, c'est toi, Andrew. Et les autres tels que toi. »

Il bluffe. Du moins, je l'espère.

« Il n'y a personne d'autre tel que moi », lui dis-je.

À ces mots, un éclair illumine de nouveau son regard.

« Bien sûr que si, Andrew. Tu es peut-être différent, mais tu n'es pas unique. »

Je ne sais pas de quoi il parle, et cela ne m'intéresse pas.

« Regarde-moi », m'ordonne-t-il.

Je le regarde. Je le regarde droit dans les yeux, et je comprends. Je comprends désormais de quoi il parle.

« Ce qui est stupéfiant, dit-il, c'est que tu n'aies pas encore appris à rester dans un corps plus d'une journée. Tu n'as aucune idée du pouvoir que tu possèdes. »

Je fais un pas en arrière.

« Vous n'êtes pas le révérend Poole, dis-je, sans réussir à empêcher la voix d'Ainsley de trembler.

— Je le suis aujourd'hui. Et je l'étais hier aussi. Demain, qui sait ? Libre à moi de décider ce qui me conviendra le mieux. Quoi qu'il en soit, je ne voulais pas rater *ça*. »

Il vient de me faire passer de l'autre côté du miroir. Mais je n'aime pas ce qui se trouve derrière.

« Tu pourrais mener une bien meilleure vie, poursuit-il. Je pourrais te montrer comment t'y prendre. »

Il me comprend, il me reconnaît — mais, en même temps, je perçois une terrible menace dans ses yeux. Et autre chose, aussi : une forme de supplique. Comme si le révérend Poole était encore quelque part à l'intérieur, et qu'il essayait de m'avertir du danger.

« Lâchez-moi.

— Je ne te touche pas, dit-il d'un ton amusé. Je suis seulement en train de converser tranquillement avec toi…

— Lâchez-moi ! je répète, montant nettement le ton, me mettant à tirer violemment sur mon chemisier afin de le déchirer.

— Qu'est-ce que…

— LÂCHEZ-MOI ! »

Dans ce hurlement, il y a un sanglot et un appel au secours. Comme je l'espérais, Nathan, qui nous guettait derrière la porte, se précipite dans le salon, juste à temps pour me voir en pleurs, le chemisier en pièces, tandis que Poole me lance un regard meurtrier.

Pour me tirer de ce mauvais pas, je compte sur le fait que Nathan est somme toute un type bien. Heureusement, il ne me déçoit pas. Bien qu'effrayé, il fait face, ne referme pas la porte, n'écoute pas les explications de Poole :

« Qu'est-ce que vous fabriquez ? » lui demande-t-il sans dissimuler sa colère.

Ce faisant, il maintient la porte ouverte afin que je puisse sortir, puis bloque le passage au révérend – ou plutôt, à la personne qui se trouve à l'intérieur. Tandis que je cours jusqu'à ma voiture, l'adolescent retient Poole quelques précieuses secondes. Lorsque celui-ci dévale enfin les marches du perron, j'ai déjà inséré ma clé dans le contact.

« Inutile de fuir ! crie Poole. Plus tard, c'est toi qui viendras me chercher. Exactement comme les autres ! »

D'une main tremblante, j'allume alors la radio, mêlant l'écho de sa voix à la musique, puis au bruit de ma voiture descendant la rue.

Je refuse de le croire. Je me persuade qu'il ne peut s'agir que d'un acteur, un charlatan, un imposteur.

En regardant droit dans ses yeux pourtant, je sais que j'ai vu quelqu'un d'autre à l'intérieur. Quelqu'un que j'ai reconnu de la même manière que Rhiannon me reconnaissait.

Mais j'ai aussi vu du danger.

J'ai vu quelqu'un dont les règles du jeu ne sont pas les mêmes que les miennes.

***

À peine parti, je regrette déjà de ne pas être resté quelques minutes de plus, de ne pas l'avoir laissé parler un peu plus longtemps. Je ne me suis jamais posé autant de questions, et qui sait quelles réponses il aurait pu me fournir ?

Mais quelques minutes de plus auraient peut-être été quelques minutes de trop. Et n'était-ce pas courir le risque de condamner Ainsley à vivre le même calvaire que Nathan, voire pire encore ? Qu'est-ce que Poole aurait fait d'elle si je ne m'étais pas enfui – qu'est-ce que *nous* aurions fait d'elle ?

Il a peut-être menti. C'est ce que je dois garder à l'esprit.

Je ne suis pas le seul.

J'ai du mal à me faire à cette idée. Au fait qu'il puisse y en avoir d'autres. Peut-être les ai-je côtoyés en cours, peut-être nous sommes-nous trouvés dans la même pièce, peut-être avons-nous appartenu à la même famille. Comment le savoir, sachant que nous gardons tous notre secret ?

Le témoignage de ce garçon du Montana, « possédé » le temps d'une journée, me revient alors en mémoire. Était-ce vrai ? Ou s'agissait-il d'un piège tendu par Poole sur son site Internet ?

Les autres tels que toi.

Cela change tout.

Ou cela ne change rien.

Tandis que je roule vers la maison d'Ainsley, je comprends que c'est simplement à moi de choisir.

6029e jour

Le lendemain, Darryl Drake est pour le moins distrait.

Je suis les cours tant bien que mal et, dans la mesure du possible, je dis ce qu'on s'attend à ce que je dise. Mais ses amis ne cessent de lui faire remarquer qu'il a la tête ailleurs, et son entraîneur le reprend à plusieurs reprises en raison de son manque de concentration.

« Qu'est-ce qui te tracasse ? lui demande Sasha, sa petite amie, tandis qu'il la raccompagne chez elle en voiture.

– Je suis juste un peu dans les nuages aujourd'hui, lui répond-il. Mais t'inquiète, je serai de retour dès demain. »

Je passe le reste de la soirée devant l'ordinateur. Les parents de Darryl travaillent tard, son frère est parti pour l'université, et j'ai donc la maison pour moi tout seul.

Mon histoire est en première page du site de Poole – une version grossière de ce que j'ai pu raconter à Nathan, contenant pas mal d'erreurs. Soit l'adolescent n'a pas tout dit au révérend, soit ce dernier veut me pousser à réagir.

Je pars en quête d'informations le concernant sur le Web, mais il n'y a pas grand-chose. Comme si avant la mésaventure de Nathan, le révérend ne s'était jamais exprimé publiquement sur la question des possessions démoniaques. Comparant quelques photos de lui prises avant et après cet épisode, je ne remarque aucune différence. Mais il est vrai que celles-ci ne rendent pas compte de son regard.

Retournant sur le site du révérend, je relis un à un tous les récits qui y figurent, tentant d'identifier des cas similaires au mien. Il y a de nouveaux témoignages en provenance du Montana, et plusieurs qui pourraient être compatibles, si ce que Poole a suggéré est vrai – à savoir que la limite de vingt-quatre heures ne s'applique qu'aux débutants, et qu'elle peut être dépassée.

Et n'est-ce pas là mon vœu le plus cher : être capable de n'habiter qu'un seul corps ? Vivre une seule et unique vie ?

Oui et non. Car je ne peux pas m'empêcher de me demander ce qu'il adviendrait de mon hôte permanent. Son existence serait-elle supprimée à jamais ? À moins que les rôles ne soient tout d'un coup inversés, et que son âme se retrouve à errer de corps en corps, comme la mienne auparavant ? Que peut-il arriver de plus triste à quelqu'un qui a connu une vie normale dans une seule et même enveloppe corporelle que d'être condamné à pareille forme de nomadisme ? Moi, au moins, n'ai-je jamais connu autre chose – sans quoi je ne l'aurais pas supporté et j'aurais probablement essayé de mettre un terme à cet enfer.

Si personne d'autre n'était impliqué, le choix serait facile à faire. Mais n'y a-t-il pas toujours quelqu'un d'autre d'impliqué ?

Nathan m'a écrit pour me dire qu'il était affreusement désolé de ce qui s'est produit hier. Il espérait vraiment que le révérend Poole serait capable de m'aider. À présent, il n'est plus sûr de rien.

Je lui réponds qu'il n'a pas à se sentir coupable, qu'il doit absolument couper les ponts avec Poole et essayer de reprendre une vie normale.

Je lui annonce aussi que c'est là notre dernier échange, qu'il n'entendra plus parler de moi. Inutile de me justifier, je pense qu'il comprendra : je ne peux pas lui faire confiance.

Je transfère ensuite l'ensemble de notre correspondance vers ma nouvelle adresse e-mail et clôture mon ancien compte. En un clic, je viens de mettre fin à un chapitre de ma vie s'étirant sur plusieurs années. J'ai effacé la seule trace concrète que j'avais laissée. Cela peut paraître idiot d'éprouver de la nostalgie à l'égard d'une adresse e-mail, mais c'est pourtant mon cas. Lorsqu'on possède un passé aussi évanescent que le mien, on se raccroche à ce qu'on peut.

Plus tard dans la soirée, je reçois un e-mail de Rhiannon.

Comment ça va ?

R

Rien de plus.

Je meurs d'envie de lui raconter en détail ce qui s'est passé au cours des dernières quarante-huit heures, afin de voir comment elle réagit, afin de voir si elle comprend ce que j'ai pu ressentir. J'ai besoin de son aide. J'ai besoin de ses conseils. J'ai besoin qu'elle me rassure.

Mais je ne crois pas que c'est là ce dont *elle* a envie. Et je ne veux pas lui imposer quoi que ce soit. Ma réponse se fait donc en ces termes :

Ces deux derniers jours n'ont pas été de tout repos. J'ai appris que mon cas pourrait ne pas

402

être unique. Ce qui me bouleverse, tu t'en doutes
bien.

A

J'ai encore quelques heures devant moi avant minuit, mais Rhiannon ne les met pas à profit pour m'écrire de nouveau.

6030ᵉ jour

À mon réveil, je ne suis qu'à quelques kilomètres de chez elle, dans les bras d'une autre.

Je m'efforce de ne pas interrompre le sommeil de cette fille qui m'enlace. Ses cheveux jaune vif dissimulent ses yeux. Son cœur tambourine dans mon dos. Elle s'appelle Amelia et, hier soir, elle s'est faufilée par ma fenêtre afin de me rejoindre.

Mon nom est Zara — en tout cas, c'est le nom que je me suis choisi. À ma naissance, mes parents m'avaient baptisée Clementine, ce qui m'a convenu jusqu'à mes dix ans. Après ça, j'ai commencé à tester le champ des possibilités, et c'est Zara qui est resté. Z a toujours été ma lettre préférée, tout comme 26 est mon chiffre porte-bonheur.

Amelia remue sous les draps.

« Quelle heure est-il ? demande-t-elle d'une voix pâteuse.

— Sept heures. »

Au lieu de se lever, la jeune fille se blottit contre moi.

« Tu veux être gentille et jeter un œil pour voir où est ta mère ? Je préférerais éviter d'avoir à repartir par la fenêtre. Le matin, j'avoue que ma coordination est beaucoup moins bonne que le soir. Et puis, c'est lorsqu'il s'agit de rejoindre ma bien-aimée que mon agilité est décuplée, pas l'inverse.

– J'y vais. »

Amelia dépose un baiser sur mon épaule pour me remercier. La tendresse entre deux personnes peut aller jusqu'à gagner l'atmosphère. Lorsque je sors du lit pour enfiler une très ample chemise, c'est comme si l'air qui m'entourait était pile à la température du bonheur. La magie de la nuit ne s'est pas dissipée, et je baigne dans la sensation de bien-être qu'ont fait naître ces filles.

Longeant le couloir sur la pointe des pieds, je colle mon oreille à la porte de la chambre de ma mère. Je ne perçois que la respiration de quelqu'un d'assoupi, nous n'avons donc rien à craindre. De retour dans ma chambre, je trouve Amelia encore au lit, en T-shirt et petite culotte. Quelque chose me dit que Zara ne laisserait pas passer une telle occasion de se blottir de nouveau contre elle, mais je me vois mal le faire à sa place.

« Ma mère dort.

– Assez profondément pour que nous puissions prendre une douche ? demande Amelia.

– Je crois, oui.

– Tu veux y aller avant moi, après moi, ou avec moi ?

– Vas-y d'abord. »

Elle se lève et, avant de sortir, m'embrasse, glissant ses mains sous ma chemise trop grande. Je fais durer notre baiser.

« Tu es sûre ? demande-t-elle.

– Oui, j'irai après. »

Dès qu'elle a quitté la pièce, pourtant, elle me manque comme elle manquerait à Zara.

Si seulement cette fille était Rhiannon.

**

Amelia se glisse discrètement hors de la maison tandis que je suis sous la douche. Vingt minutes plus tard, elle se présente à la porte pour que nous allions au lycée. Ma mère, désormais réveillée, l'observe depuis la fenêtre de la cuisine, un sourire aux lèvres.

Je me demande si elle ne se doute pas de quelque chose.

Au lycée, nous demeurons ensemble la plupart du temps, mais cela n'empêche pas les interactions avec nos camarades. Au contraire, nous avons trouvé le moyen de les inclure dans notre relation. Nous existons en tant qu'individus, en tant que couple, mais nous faisons aussi partie de groupes de trois, de quatre personnes, voire plus. Tout ça se construisant le plus naturellement du monde.

Je ne peux pas me sortir Rhiannon de la tête. Je la revois m'expliquant qu'elle ne pourra jamais me présenter à ses amis. Que nul dans son entourage ne fera jamais ma connaissance. Que nous ne partagerons jamais notre relation.

Je commence à comprendre ce que cela signifie, et à quel point ce serait triste.

Et cela a beau n'être que théorique, je sens cette tristesse m'envahir.

Juste avant de quitter le lycée, Amelia me montre les livres qu'elle a empruntés pour moi à la bibliothèque, certaine qu'ils me plairaient.

Je me demande alors si je connaîtrai jamais Rhiannon aussi bien que ça.

***

En fin de journée, Amelia a son entraînement de basket et, la plupart du temps, j'en profite pour mettre le nez dans mes cours tout en l'attendant. Cependant, aujourd'hui, à cause d'elle, Rhiannon me manque trop. Il faut que je fasse quelque chose. Prétendant avoir quelques courses à faire, je demande à Amelia si je peux emprunter sa voiture.

Elle me tend les clés sans poser de questions.

Cela me prend vingt minutes pour parvenir jusqu'à son lycée. Je me gare à ma place habituelle, tandis que le parking est en train de se vider. Je me poste ensuite à un endroit d'où je peux surveiller l'entrée, croisant les doigts pour qu'elle ne soit pas déjà partie.

Je ne compte pas lui parler. Je ne compte pas remuer le couteau dans la plaie. Je veux la voir, c'est tout.

Après cinq minutes d'attente, elle apparaît enfin, en compagnie de Rebecca et de deux autres amies. Je ne peux entendre ce qu'elles disent, mais la conversation est animée.

À cette distance, Rhiannon n'a pas l'air de quelqu'un qui vient de vivre une séparation. Elle semble se porter comme un charme. À un moment donné, je la vois lever les yeux et regarder autour d'elle. C'est un moment très bref au cours duquel je peux m'imaginer qu'elle me cherche. Je ne le saurai pourtant jamais, car je détourne immédiatement la tête. Je ne veux pas qu'elle puisse me reconnaître.

Il est clair qu'elle est déjà passée à autre chose. Je me dois d'en faire autant.

Sur le chemin du retour, je fais le plein d'amuse-gueules et autres biscuits apéritifs, dont Amelia raffole. Avant de retourner la chercher au lycée, je dispose les sachets sur le tableau de bord de façon à épeler son nom. C'est exactement le genre de chose un peu idiote dont Zara serait capable, me semble-t-il.

Je ne suis pas honnête avec moi-même. Tout à l'heure, j'aurais voulu que Rhiannon me reconnaisse. Même si j'ai détourné les yeux. J'aurais voulu qu'elle se précipite vers moi et m'enlace comme Amelia enlacerait Zara si elles ne s'étaient pas vues depuis trois jours.

Je sais que cela ne se produira jamais. Et cette réalité me fait mal, m'aveugle, à tel point que je n'arrive pas à me projeter au-delà.

Amelia est ravie de découvrir la nouvelle décoration de son tableau de bord et insiste pour m'inviter à dîner. Je téléphone chez moi et obtiens sans difficulté la permission de ma mère.

Ma petite amie sent bien que je ne suis qu'à moitié là, mais elle me laisse être à moitié ailleurs, consciente que c'est ce dont j'ai besoin. Pendant le dîner, elle comble les silences d'anecdotes concernant sa journée – anecdotes aussi bien réelles qu'imaginaires. C'est en quelque sorte un jeu : à moi de démêler le vrai du faux.

Nous ne sortons ensemble que depuis sept mois. Cependant, si l'on considère tous les souvenirs que Zara a emmagasinés, c'est comme s'il s'était écoulé beaucoup plus de temps que ça.

Voilà ce que je veux, me dis-je.

Puis, c'est plus fort que moi, je pense aussitôt : *Voilà ce que je n'aurai jamais.*

« Je peux te poser une question ? dis-je à Amelia.

— Oui, vas-y.

— Imagine que je me réveille chaque jour dans un corps différent – et que tu ne puisses pas savoir à quoi je ressemblerais le lendemain. Penses-tu que tu m'aimerais quand même ? »

Amelia me répond sans hésitation, comme si ma question n'avait rien de grotesque.

« Tu pourrais être verte, barbue, avec un sexe d'homme entre les jambes ; tu pourrais avoir des sourcils orange, une verrue sur la joue, un nez qui me rentrerait dans l'œil chaque fois que je t'embrasse ; tu pourrais peser trois cent cinquante kilos et avoir des poils de caniche sous les bras que je t'aimerais encore.

— Pareil pour moi. »

C'est si facile de promettre, puisque ce ne sera jamais que théorique.

Au moment de se dire au revoir, Amelia m'embrasse en y mettant tout ce qu'elle a. Je l'embrasse en retour en y mettant tout ce que je désire.

Voilà pour la note agréable, ne puis-je m'empêcher de penser.

Mais dès que cette note est jouée, celle-ci se dissipe aussi vite que n'importe quel bruit.

De retour chez moi, la mère de Zara me dit :

« Tu sais, tu peux inviter Amelia si tu veux. »

Je bafouille que je le sais, bien sûr, puis me précipite dans ma chambre. Ç'en est trop pour moi. Autant de bonheur m'accable. Je ferme la porte et me laisse aller à pleurer. Rhiannon a raison. Jamais je n'aurai le droit de vivre tout ça.

Je ne consulte pas mes e-mails. Quel intérêt ?

***

Amelia m'appelle un peu plus tard. Je ne décroche pas ; il me faut avant cela me ressaisir, rendosser autant que possible le rôle de Zara.

« Excuse-moi, lui dis-je au téléphone quand c'est chose faite. J'étais en pleine discussion avec ma mère. Elle pense que tu devrais passer plus souvent.

— Par la fenêtre de ta chambre ou par la porte d'entrée ?

— La porte d'entrée.

— Ma foi, c'est ce qui s'appelle du progrès, pas vrai ? »

Je laisse alors échapper un bâillement.

« On dirait que tu as besoin de te mettre au lit. Vas-y vite et fais en sorte de rêver de moi, d'accord ?

— Promis.

— Je t'aime, me dit-elle.

— Je t'aime. »

Tout est dit.

Je veux rendre sa vie à Zara. J'ai beau penser que je mérite moi aussi une vie comme la sienne, je n'accepterais pas de l'obtenir à ses dépens.

Elle se souviendra de tout. C'est ce que je souhaite. Pas de ma frustration ; mais, au contraire, de mon émerveillement.

6031e jour

Je me réveille perclus de fièvre et de douleur.

La mère de July entre dans sa chambre, s'étonne de son état. Sa fille était pourtant en forme jusque la veille au soir.

S'agit-il d'une grippe ou d'une peine de cœur ?

Je ne saurais le dire.

Le thermomètre indique que ma température est normale mais, de toute évidence, moi, je ne le suis pas.

6032ᵉ jour

Un e-mail de Rhiannon. Enfin.

J'aimerais te voir, mais je ne sais pas si c'est une bonne idée. J'ai besoin d'avoir de tes nouvelles, mais cela ne fera que nous conduire à une impasse. Je t'aime – n'en doute pas –, mais j'ai peur que cet amour ne prenne trop de place. Car, quoi qu'il arrive, tu finiras par me laisser seule, A. Inutile de chercher à se leurrer. Tu me laisseras toujours seule.

R

Je ne sais quoi lui dire après ça, et tente donc de me perdre dans mon rôle du jour : Howie Middleton. Au cours de la pause déjeuner, une dispute éclate entre Howie et sa petite amie, qui lui reproche de ne plus lui consacrer assez de temps. Comme seule réaction, l'adolescent se mure dans un silence total, qui ne fait qu'augmenter la colère de l'intéressée.

Je dois partir. C'est soudain l'évidence même. Si le bonheur est quelque chose que je ne trouverai jamais ici, c'est aussi le cas de certaines réponses. Des réponses dont je pourrais avoir besoin.

6033ᵉ *jour*

Le lendemain matin, me voici dans la peau d'Alexander Lin, qui a programmé son radio-réveil sur une de mes chansons favorites. S'extraire des limbes du sommeil devient tout de suite beaucoup moins pénible.

Son univers me plaît dès le premier regard. Les étagères sont remplies de livres, certains très usés à force d'avoir été manipulés. Dans un coin de la pièce, je repère trois guitares dont une électrique, et un ampli resté branché depuis la veille. À l'angle opposé, un canapé vert citron, dont je sais immédiatement qu'il sert de lit de camp, de refuge à de nombreux amis. Alexander a collé un peu partout des Post-it sur lesquels figurent diverses citations. Au-dessus de son ordinateur, on lit ainsi ces mots de George Bernard Shaw : *La danse est l'expression verticale d'un désir horizontal.* Ou encore ces quelques lignes qui ne semblent pas être de sa main : *Je suis le morse. Je ne suis personne – qui êtes-vous ? Que tous les rêveurs réveillent ce pays !**

Avant même que nous ayons fait connaissance, Alexander Lin a déjà réussi à me faire sourire.

***

Ses parents sont heureux de le voir, et je devine que c'est toujours le cas.

« Tu es sûr que tu vas pouvoir te débrouiller ce week-end ? » demande sa mère avant d'ouvrir le réfrigérateur, qui s'avère être plein à ras bord. « Je pense que tu devrais avoir de quoi te nourrir, mais si jamais il te manque quoi que ce soit, n'hésite pas à prendre de l'argent dans l'enveloppe. »

J'ai l'impression qu'il y a quelque chose que j'oublie, que je suis censé faire. En accédant à la mémoire d'Alexander, je découvre que demain est l'anniversaire de mariage des Lin, occasion pour laquelle ils partent en voyage. Le cadeau de leur fils les attend dans sa chambre.

« Attendez une seconde », dis-je avant de me précipiter à l'étage.

Le cadeau en question est un sac entièrement recouvert de Post-it sur lesquels leur fils a

---

* *I Am the Walrus* est le titre d'une chanson des Beatles ; *I'm nobody – who are you ?* celui d'un des poèmes les plus célèbres d'Emily Dickinson ; *Let all the dreamers wake the nation* sont des paroles extraites de la chanson *Let the River Run* de Carly Simon.

noté des petites phrases que ses parents lui ont répétées au fil des années, de *A comme Ananas* à *Pense toujours à l'angle mort*. Et il ne s'agit là que de l'emballage. À l'intérieur du sac, M. et Mme Lin ne tardent pas à découvrir dix heures de musique – de quoi tenir tout le trajet en voiture – ainsi que des biscuits faits par Alexander lui-même.

Mon père me serre dans ses bras, ma mère fait de même.

L'espace d'un instant, j'en arrive à oublier qui je suis vraiment.

Au lycée, le casier d'Alexander est lui aussi décoré des mêmes Post-it. Mickey, son meilleur ami, s'approche et lui offre une moitié de muffin – la partie inférieure, car Mickey, lui, n'aime que la partie supérieure. Apparemment, c'est le même rituel entre eux tous les matins.

Mon ami commence à me parler de Greg, un garçon pour qui il en pince depuis une éternité – et par *une éternité*, il veut dire au moins trois semaines. Je ressens soudain le désir pervers de lui parler de Rhiannon, qui vit dans la commune voisine. D'après les informations auxquelles j'accède dans sa mémoire, Alexander, lui, n'a personne en vue en ce moment, mais s'il y avait quelqu'un, ce serait une fille. De toute façon, Mickey ne semble pas vraiment s'intéresser à la question et, très rapidement, nous sommes rejoints par d'autres amis. Le sujet qui les préoccupe tous est un *contest* au cours duquel doivent s'affronter plusieurs groupes dans les jours à venir. Il semblerait qu'Alexander joue au moins dans trois d'entre eux, dont celui de Mickey. Il est le genre de type qui ne recule devant rien lorsqu'il est question de musique.

Au fil de la journée, je constate qu'Alexander est, à peu de chose près, le genre de personne que je m'efforce d'être. Mais si lui y parvient, c'est entre autres parce qu'il a la possibilité d'être là tous les jours auprès de ceux qui l'entourent. Ses amis comptent sur lui, et lui compte sur eux – un équilibre si simple, sur lequel reposent tant de vies.

J'ai pourtant envie de vérifier si tout cela est vrai. En cours de maths, je décroche et me concentre sur mon hôte. En accédant à sa mémoire de façon plus globale, c'est comme si j'allumais une centaine de téléviseurs en même temps. Me voici face à une multitude de facettes de son histoire : les bons souvenirs. Les moins bons.

Son amie Cara lui annonce qu'elle est enceinte. Il n'est pas le père, mais elle lui fait davantage confiance qu'au garçon en question ; son père lui demande de consacrer moins de temps à la guitare, lui expliquant que cela ne le mènera à rien ; ayant un devoir à finir, il boit sa troisième canette de Red Bull à quatre heures du matin après être sorti tard avec des amis ; il grimpe sur une échelle menant à une cabane en haut d'un arbre ; il rate l'examen du permis de conduire et manque pleurer quand l'inspecteur rend son verdict ; seul dans sa chambre avec sa guitare acoustique, il joue la même mélodie en boucle, tentant de comprendre ce qu'elle lui évoque ; Ginny Dulles rompt avec lui sous prétexte qu'elle le voit plutôt comme un ami, quand la vérité est qu'elle préfère Brandon Rogers ; à six ans, sur une balançoire, il s'élance de plus en plus haut jusqu'à croire que ça y est, cette fois-ci il va s'envoler ; il glisse de l'argent dans le portefeuille de Mickey lorsque celui-ci a le dos tourné afin que son ami puisse régler sa part de l'addition ; pour Halloween, il se déguise en homme de fer-blanc, l'un des personnages du *Magicien d'Oz* ; sa mère vient de se brûler la main sur la cuisinière, et il ne sait pas quoi faire pour l'aider ; le matin qui suit l'obtention de son permis de conduire, il prend la voiture et se rend au bord de l'océan pour assister au lever du soleil. Il est seul sur la plage.

Je m'arrête là, sur cette image-là, puis me replie sur moi-même. Je ne crois pas que je vais pouvoir aller plus loin.

Je ne peux m'empêcher de songer aux propos de Poole : s'il y avait vraiment un moyen de rester dans cette vie, quelle serait ma décision ? Chaque fois que je me pose la question, cela me renvoie inévitablement à ma réalité. Je commence alors à avoir des idées, de celles dont je n'ai pas envie qu'elles prennent racine.

Mais s'il existait un moyen de rester ?

Chaque personne est une possibilité. Les romantiques invétérés en sont sans doute les plus conscients mais, même pour les autres, c'est là une façon de garder espoir. Plus l'image que je me fais d'Alexander s'affine, plus il me semble représenter une possibilité intéressante. Et cette possibilité est ancrée dans les choses qui comptent le plus à mes yeux. La gentillesse. La créativité. L'engagement. La volonté de s'impliquer dans le monde, de se confronter aux potentialités des êtres qui l'entourent.

La journée est déjà presque à moitié écoulée. Je ne dispose plus de beaucoup de temps pour décider de ce que je vais faire de la possibilité d'Alexander.

Les minutes s'égrènent en continu. Parfois, on ne prête pas attention au tic-tac de l'horloge ; parfois, il est assourdissant.

J'écris à Nathan afin qu'il me procure l'adresse e-mail de Poole, et il me l'envoie rapidement. Je pose aussitôt quelques questions simples au révérend.

Lui non plus ne se fait pas attendre.

Je contacte ensuite Rhiannon pour la prévenir que je vais passer la voir dans l'après-midi,
lui précisant que c'est important.

Elle me répond qu'elle m'attend.

Alexander doit annoncer à Mickey qu'il ne
pourra pas participer à la répétition de leur
groupe après les cours.

« Un rencard avec une bombe, j'espère ? »
plaisante Mickey.

Mon hôte sourit avec malice mais n'en dit
pas plus.

Rhiannon m'attend à la librairie, devenue
notre repaire.

Elle me reconnaît dès que je franchis la
porte, et me suit des yeux alors que je m'approche. Son visage demeure impassible, tandis
que je souris, si heureux de la voir.

« Hey.

— Hey », dit-elle.

Elle est là parce qu'elle en a envie – tout en
pensant que ce n'est pas une bonne idée. Je
peux voir qu'elle est heureuse de me voir, elle
aussi, mais qu'elle s'attend à ce que ce bonheur
se transforme en regrets.

« J'ai une idée, lui dis-je.

— Quoi ?

— Faisons comme si c'était notre toute première rencontre. Que tu étais venue acheter

un livre et que je t'avais bousculée par accident. Nous avons entamé une conversation. Tu
me plais, je te plais, et nous venons de nous
asseoir pour prendre un café. Le courant passe
bien. Tu ignores tout de ma condition – que je
change de corps chaque jour. Quant à moi, je
ne connais rien de ton ex, ni de ta vie en général
d'ailleurs. Nous sommes juste deux personnes
qui font connaissance.

— Mais pourquoi ?

— Pour profiter de cet après-midi. Pour ne
pas avoir à parler du reste. Pour nous contenter
d'être ensemble et nous amuser.

— Je ne vois pas à quoi cela nous avancera…

— Ni passé, ni avenir, uniquement le présent.
Donne-nous une chance. »

L'air sceptique, Rhiannon appuie son menton
sur son poing et me fixe des yeux. Après une
longue hésitation, elle se lance :

« Ravie de faire ta connaissance », dit-elle.

Elle ne sait pas vraiment par où commencer,
mais elle a décidé de jouer le jeu.

Je lui souris.

« Moi aussi, je suis très heureux de cette
rencontre. Et maintenant, où as-tu envie que
nous allions ?

— Je te laisse décider. Surprends-moi. »

J'accède en un instant à la mémoire d'Alexander, et j'ai immédiatement ma réponse. Comme
s'il venait de me la tendre.

Mon sourire s'élargit.

« J'ai trouvé. Mais nous devons d'abord nous arrêter faire quelques courses. »

* * *

Il s'agit de notre première rencontre, et je n'ai donc pas besoin de lui parler de Nathan, de Poole, de ce qui s'est passé ces derniers jours ou de ce qui se passera dans ceux à venir. C'est justement là ce qui pose problème. En revanche, le présent est on ne peut plus simple, surtout lorsque nous sommes seuls ensemble, elle et moi.

Bien que nous n'ayons pas besoin d'acheter grand-chose, nous prenons un chariot au supermarché. Rhiannon grimpe à l'avant, je me tiens derrière, et nous voilà bientôt fonçant tels des enfants le long des allées.

La règle est simple : chaque allée parcourue doit donner lieu à une histoire. Au rayon animaux, j'en apprends ainsi davantage sur Swizzle, le lapin démoniaque. Au rayon fruits et légumes, il est question d'un match de water-polo avec une pastèque enduite de graisse que j'ai reçue dans l'œil – j'ai eu droit à trois points de suture, et ce fut une première pour le personnel de l'hôpital en terme d'attaque de pastèque. Au rayon petit-déjeuner, nous dressons la liste de toutes les céréales que chacun d'entre nous a consommées au fil des ans – tâchant de préciser l'année exacte où celles qui donnaient au lait une teinte bleue ont cessé de nous paraître cool pour commencer sérieusement à nous écœurer.

Quand nous parvenons enfin à la caisse, notre chariot est rempli de tout ce qui est nécessaire à la préparation d'un véritable festin végétarien.

« Je devrais appeler ma mère pour lui dire que je dîne chez Rebecca, dit Rhiannon.

– Dis-lui même que tu comptes y passer la nuit. »

À ces mots, elle me dévisage.

« Vraiment ? demande-t-elle.

– Vraiment. »

Elle ne compose cependant pas son numéro.

« Je ne suis pas sûre que ce soit une bonne idée.

– Aie confiance en moi un peu. Je sais ce que je fais.

– A, je t'ai déjà expliqué ma position dans cette affaire.

– Je ne l'oublie pas. Mais j'ai tout de même besoin que tu me fasses confiance. Je sais ce que tu éprouves, combien c'est difficile, et je ne te blesserai jamais. Jamais. »

Une minute plus tard, elle appelle sa mère. Puis Rebecca, afin de s'assurer que son amie ne vende pas accidentellement la mèche. Cette dernière aimerait savoir ce qui se passe, mais Rhiannon lui dit qu'elle lui racontera tout plus tard.

« Tu lui diras la vérité : que tu as rencontré un garçon, lui dis-je une fois qu'elle a raccroché.

— Et que j'ai passé la nuit avec un garçon que je viens de rencontrer… ?

— Précisément. Un garçon que tu viens de rencontrer. »

Je l'emmène chez Alexander. Nos achats rentrent à peine dans le réfrigérateur, qui est déjà bourré à craquer.

« Ce n'était peut-être pas utile d'acheter tout ça, commente Rhiannon.

— Je voulais être sûr que nous ayons ce soir exactement ce qu'il nous fallait.

— Tu sais cuisiner ?

— Pas vraiment, et toi ?

— Pas vraiment, dit-elle.

— Je suppose qu'on arrivera à se débrouiller. Mais, d'abord, il y a quelque chose que je tiens à te montrer. »

Je vois bien à sa réaction qu'elle apprécie la chambre d'Alexander autant que moi. Elle se plonge dans la lecture des Post-it, caresse du doigt les tranches des livres de la bibliothèque, un sourire aux lèvres.

Je me rends alors compte que nous devons penser à la même chose : nous sommes dans une chambre et, dans cette chambre, il y a un lit. C'est l'évidence même. Mais ce n'est pas pour cela que je l'ai amenée ici.

« C'est l'heure du dîner », lui dis-je, en lui tendant le bras.

Nous cuisinons en musique. Nos mouvements sont à l'unisson, nos gestes en tandem. C'est notre première fois, mais nous trouvons tout de suite le bon rythme, la bonne répartition des tâches. Je ne peux bien sûr m'empêcher d'imaginer que ce moment pourrait être la règle et non l'exception : l'espace facilement partagé, l'appréciable silence qui nous rapproche. Mes parents partis en vacances, ma petite amie venue m'aider à préparer le dîner. Elle est là, tout près, découpant les légumes ; elle ne prend pas garde à sa manière de se tenir, ne se préoccupe pas de ses cheveux ébouriffés, et ne remarque pas non plus mon regard brûlant d'amour. Même à l'extérieur de cette cuisine, qui est comme une bulle, la nuit chante. Je le vois à travers la fenêtre, sur laquelle se superpose le reflet de Rhiannon. Tout est parfait, et mon cœur a envie de croire que cela pourrait toujours l'être. Mon cœur a envie de faire de ce rêve une réalité, même s'il sait que le cauchemar rôde.

Vers vingt et une heures, le repas est enfin prêt.

« Je nous installe là-bas ? demande Rhiannon en pointant le doigt vers la salle à manger.

– Non. Rappelle-toi, je suis censé te surprendre. »

J'installe alors nos assiettes sur des plateaux, et j'y ajoute une douzaine de bougies. Puis je fais signe à Rhiannon de m'emboîter le pas, et me dirige vers la porte de derrière.

« Où m'emmènes-tu ? demande-t-elle tandis que nous traversons le jardin.

– Lève les yeux et tu le sauras. »

Elle ne voit rien tout d'abord – le seul éclairage nous parvenant étant celui de la cuisine, résidu lumineux d'un lointain univers. Ce n'est que lorsque nos yeux se sont adaptés à l'obscurité qu'elle l'aperçoit.

« Ouah », fait-elle en s'approchant de l'arbre.

La cabane d'Alexander se trouve juste au-dessus de nous, l'échelle à portée de main.

« Pour les plateaux, il y a un système de poulies que j'ai mis au point moi-même, avec un mini-monte-charge. Je vais grimper et le faire descendre jusqu'à toi. »

Attrapant deux bougies, je m'attaque à l'échelle. L'intérieur de la cabane correspond bien aux souvenirs d'Alexander. Une guitare dans un coin, des carnets remplis de paroles et musique dans l'autre : une vraie salle de répétition. Une ampoule pend au plafond, mais je préfère la lumière des flammes. Je fais glisser le monte-charge jusqu'en bas et hisse les plateaux un par un avant que Rhiannon ne me rejoigne.

« C'est chouette, n'est-ce pas ? je lui demande tandis qu'elle examine les lieux.

— Très.

— C'est son domaine privé. Ses parents n'ont pas le droit de monter.

— J'adore cet endroit. »

Il n'y a ni table ni chaises, et nous mangeons face à face en tailleur à la lumière des bougies, savourant le moment. J'en allume d'ailleurs d'autres, et me révèle dans son regard. Nul besoin de lune ni de soleil pour nous ici. Rhiannon a son propre éclat.

« Qu'est-ce qu'il y a ? » finit-elle par demander.

À ces mots, je me penche et l'embrasse. Juste une fois.

« Ça », je lui réponds.

***

Elle est mon premier et mon unique amour. La plupart des gens savent que leur premier amour ne sera pas le dernier. Mais ce n'est pas mon cas. Je ne m'accorderai pas une autre chance. Jamais cela ne se reproduira.

Nulle horloge ici, mais j'ai conscience des minutes, puis des heures qui s'égrènent. En fondant petit à petit, même les bougies prennent part à cette conspiration du temps, faisant de leur mieux pour que je n'oublie pas.

Je voudrais que ce jour soit celui de notre rencontre. Je voudrais que nous soyons deux adolescents lors de leur premier rendez-vous. Dans ma tête, je voudrais déjà être en train de préparer la suite – le deuxième, puis le troisième rendez-vous.

Mais il y a d'autres choses que je dois dire et faire dès ce soir.

Notre dîner fini, Rhiannon se rapproche de moi. Je la crois un instant sur le point de m'embrasser, mais au lieu de ça, elle tire de sa poche l'un des blocs de Post-it d'Alexander, un stylo, y dessine un cœur, qu'elle colle ensuite sur ma poitrine.

Je baisse les yeux. Puis les relève.

« J'ai quelque chose à te dire. »

En réalité, je dois maintenant tout lui dire.

***

Je lui parle de Nathan. Je lui parle de Poole. Je lui explique que je ne suis peut-être pas le seul dans ma situation. Il pourrait y avoir un moyen d'occuper plus longtemps le corps de quelqu'un. Il pourrait y avoir un moyen de ne jamais partir.

Les bougies se consument. Je ne vais pas assez vite. Quand j'en ai terminé, il est presque vingt-trois heures.

« Es-tu en train de me dire que tu peux rester ? demande-t-elle. Tu peux vraiment rester ?

— Oui. Oui et non. »

Quand le premier amour s'achève, la plupart des gens se doutent qu'il y en aura d'autres. Ils n'en ont pas fini avec l'amour, et l'amour n'en a pas fini avec eux. Ce ne sera jamais pareil mais, de bien des façons, ce sera mieux.

Je n'ai pas cette consolation. Voilà pourquoi je m'accroche si fort. Voilà pourquoi c'est si difficile.

« Il existe peut-être un moyen de rester, mais je ne le peux pas. Je ne le pourrai jamais. »

Un meurtre. Au bout du compte, cela reviendrait à commettre un meurtre. Et aucun amour ne peut justifier cela.

Rhiannon recule. Se lève. Me tourne le dos.

« À quoi est-ce que tu joues, bon sang ? se met-elle à hurler. Tu ne peux pas débarquer comme ça, m'amener ici, partager avec moi ces moments-là... pour finir par me dire que

431

ça ne peut pas marcher ! C'est cruel, A. C'est terriblement cruel !

– Je le sais. Voilà pourquoi c'est notre premier rendez-vous. Voilà pourquoi nous venons juste de nous rencontrer.

– Qu'est-ce que tu racontes ? Tu t'imagines peut-être qu'on peut effacer tout le reste ? »

Je me lève. Me rapproche. La serre dans mes bras. Elle résiste, puis s'abandonne.

« C'est un type bien », lui dis-je d'une voix brisée à peine plus forte qu'un murmure. Je ne veux pas faire ça, mais il le faut. « C'est peut-être même une perle rare. Aujourd'hui est le jour de votre rencontre, de votre premier rendez-vous. Il se souviendra d'avoir été à la librairie ; du moment où il t'a vue, de l'attirance qu'il a éprouvée, et pas seulement parce que tu es belle, mais aussi parce qu'il a perçu la force qui se dégage de toi, qu'il a compris à quel point ce monde t'interpelle. Il se rappellera avoir parlé avec toi – de façon naturelle et stimulante. Ne pas avoir voulu que cela s'arrête là, et t'avoir demandé si tu voulais aller faire un tour. Avoir immédiatement pensé à cette cabane afin de te surprendre. Le supermarché, les histoires partagées dans les allées, ta réaction en découvrant sa chambre – de tout ça il se souviendra, et il ne sera pas nécessaire pour moi de changer quoi que ce soit. Son pouls, c'est mon cœur qui bat, pour ne faire plus qu'un. Et je sais qu'il te comprendra, Rhiannon. Parce que son cœur est comme le tien.

— Et toi dans tout ça ? demande-t-elle d'une voix qui, elle aussi, se brise.

— Ce que tu aimes chez moi, tu le trouveras chez lui. Sans les complications.

— Mais je ne peux pas passer juste comme ça de l'un à l'autre, qu'est-ce que tu crois ?

— Je le sais bien. Il va devoir faire ses preuves. Chaque jour, il va devoir prouver qu'il te mérite. Et s'il n'est pas à la hauteur, eh bien, tant pis, n'insiste pas. Mais je crois que tu ne seras pas déçue.

— Pourquoi fais-tu ça ?

— Parce qu'il faut que je parte, Rhiannon. Pour de bon cette fois-ci. Il faut que je parte loin d'ici, en quête de certaines réponses. Et je ne peux pas continuer d'aller et venir ainsi dans ta vie. Tu as besoin de quelque chose de plus solide que ça.

— Alors ce sont des adieux ?

— Pas seulement. Il me semble que c'est aussi un début. »

Je veux qu'il se souvienne de ce que j'ai ressenti en la serrant dans mes bras. Je veux qu'il se souvienne du bonheur de notre regard commun sur le monde. Je veux que quelque part en lui subsiste l'amour que j'ai pour elle. Mais je veux aussi qu'il apprenne à l'aimer à sa façon, unique, qui n'aura rien à voir avec la mienne.

Il fallait que je demande à Poole si cela était vraiment possible. Il fallait que je lui demande s'il pouvait réellement m'apprendre.

Il m'a promis que oui, m'affirmant que nous pourrions collaborer, lui et moi.

Dans son discours, aucune hésitation. Aucune mise en garde. Aucune prise en compte des vies que nous pourrions détruire.

C'est là que j'ai compris que je devais fuir.

Elle me serre dans ses bras. Elle me serre si fort que l'idée même de nous lâcher paraît inconcevable.

« Je t'aime, lui dis-je. Comme je n'ai jamais aimé personne auparavant.

— Tu ne comprends donc pas que c'est la même chose pour moi ? Moi non plus, je n'ai jamais aimé personne aussi fort.

— Mais ce sera le cas, un jour. Un jour, tu aimeras de nouveau. Aussi fort que ça. »

***

Contemplez le centre de l'univers, vous y verrez le vide. Un vide glacial. En fin de compte, l'univers se fiche de nous. Le temps se fiche de nous.

Pour cette seule raison, nous nous devons de prendre soin les uns des autres.

Les minutes défilent. Minuit approche.

« Je veux m'endormir avec toi », lui dis-je tout bas.

C'est en quelque sorte ma dernière volonté.

Elle hoche la tête, elle est d'accord.

Nous quittons la cabane et traversons l'obscurité pour retrouver les lumières de la maison et la musique qui s'y joue encore. 23 h 13. 23 h 14. Dans la chambre, nous nous débarrassons de nos chaussures. 23 h 15. 23 h 16. Elle se met au lit et j'éteins avant de la rejoindre.

Dans la pénombre, elle se love contre moi. Je songe alors à la plage, à l'océan.

Il y a tant de choses à dire, mais à quoi bon. Elle et moi, nous savons déjà.

Elle pose sa main sur ma joue, tourne ma tête vers la sienne. M'embrasse. Les minutes passent et nous nous embrassons.

« Je veux que tu te souviennes de ça demain », dit-elle.

Nous reprenons notre souffle. Respirons côte à côte d'un rythme calme, tranquille. Le sommeil est tout proche.

« Je me souviendrai de tout, lui dis-je.

— Moi aussi. »

C'est une promesse.

Jamais je ne me promènerai avec une photo de Rhiannon dans la poche. Jamais je ne posséderai de lettre de sa main, ni d'album souvenir de nos meilleurs moments. Jamais je ne vivrai avec elle dans un appartement en ville. Jamais je ne pourrai savoir si nous écoutons la même chanson au même moment. Nous ne vieillirons pas ensemble. Je ne suis pas celui qu'elle appellera lorsqu'elle aura un souci. Elle ne sera pas celle que j'appellerai lorsque j'aurai une histoire à raconter. Je ne serai jamais capable de garder ce qu'elle a pu me donner.

Je la regarde s'endormir auprès de moi. Je la regarde respirer. Je la regarde se mettre à rêver.

Ce souvenir-là.

Je n'aurai que ça.

Je l'aurai toujours.

Lui aussi, il s'en souviendra. Il l'aura vécu. Il saura que c'étaient une après-midi et une soirée parfaites.

Quand il se réveillera auprès d'elle, il songera qu'il a beaucoup de chance.

Le temps passe. L'univers s'étire. Je prends ce Post-it avec un cœur et le déplace de mon corps vers le sien. Je le colle sur le T-shirt de

Rhiannon. Il monte et descend au rythme de sa respiration.

Je ferme les yeux. Je lui dis au revoir. Et m'endors.

6034e *jour*

Je me réveille à deux heures de route, dans le corps d'une certaine Katie.

Katie ne le sait pas encore, mais elle part aujourd'hui très loin d'ici. Son quotidien va sans doute en être chamboulé – mais cela ne durera pas. Tout rentrera vite dans l'ordre. Pour l'adolescente, qui a toute la vie devant elle, cette journée ne sera finalement qu'une légère aberration, à peine une anecdote.

Pour moi, en revanche, il s'agit d'un tournant. Le début d'un présent qui s'inscrit enfin dans un passé et un avenir.

Pour la première fois de ma vie, je largue les amarres.

Remerciements

Pour la plupart des romans que j'ai écrits, j'ai toujours eu un point de départ précis – une idée soudain apparue, à partir de laquelle j'ai développé mon histoire. En général, je me souviens de l'élément déclencheur. Pas dans le cas de ce livre. Mais je me rappelle en revanche trois moments clés qui m'ont poussé à l'écrire. Le premier, c'est une conversation avec John Green alors que nous étions tous deux en tournée promotionnelle. Le deuxième, c'est une conversation avec Suzanne Collins au cours d'une de ses propres tournées. Et le troisième, c'est un après-midi passé dans l'appartement de Billy Merrell, au cours duquel je lui ai lu le premier chapitre (c'est tout ce que j'avais écrit à ce stade-là) avant d'écouter attentivement ses réactions. J'aimerais les remercier tous trois pour leurs commentaires et leurs encouragements. Et je tiens aussi à remercier l'homme qui nous a servi de chauffeur, à John et à moi, pour avoir tenu sa promesse : ne pas me voler mon idée afin d'en faire un roman avant moi.

Comme toujours, je dois remercier ma famille et mes amis. Mes parents. Adam, Jen, Paige, Matthew et Hailey. Mes tantes, oncles, cousins et grands-parents. Mes amis écrivains. Mes amis de chez Scholastic. Mes amis enseignants, étudiants et élèves. Mes amis bibliothécaires. Mes amis sur Facebook. Mes meilleurs amis. Et les amis qui, assis en face de moi, écrivaient leurs propres livres tandis que je travaillais sur celui-ci (Eliot, Chris, Daniel, Marie, Donna, Natalie). Et l'ami qui – seul dans son cas – peignait des toiles pendant que j'écrivais (Nathan).

Énormes remerciements à Bill Clegg, mon intrépide agent, ainsi qu'à la fantastique équipe de WMEE, notamment Alicia Gordon, Shaun Dolan et Lauren Bonner. Merci à ma maison d'édition, Random House, et à tous ceux qui font un travail extraordinaire au sein de ses services éditorial, graphique, marketing et commercial. (Mention spéciale à Adrienne Waintraub, Tracy Lerner et Lisa Nadel, à qui je dois près de dix ans de dîners et de séances de signatures, ainsi qu'à Jeremy Medina, qui veille sur moi, et à Elizabeth Zajac, qui fait preuve d'une organisation impeccable.) Merci aussi à mes ardents défenseurs d'Egmont au Royaume-Uni et de Text en Australie, et à tous les autres éditeurs étrangers de mes livres.

Pour finir, chaque jour je remercie la vie d'avoir Nancy Hinkel comme éditrice. J'adore, dès que je le peux, t'emmener faire un tour.

www.onlitplusfort.com

Le blog officiel des romans Gallimard Jeunesse.
Sur le Web, le lieu incontournable
des passionnés de lecture.

ACTUS // AVANT-PREMIÈRES //
LIVRES À GAGNER // BANDES-ANNONCES //
EXTRAITS // CONSEILS DE LECTURE // INTERVIEWS
D'AUTEURS // DISCUSSIONS // CHRONIQUES DE
BLOGUEURS...

DAVID LEVITHAN est l'auteur américain de nombreux romans pour adolescents, dont *Will et Will*, écrit avec John Green et paru dans la collection Scripto. Il est également directeur éditorial d'une collection de romans pour adolescents chez l'une des plus grandes maisons d'édition américaines à New York et vit dans le New Jersey.

Dans la collection
Pôle fiction

M. T. Anderson
Interface

Bernard Beckett
Genesis

Terence Blacker
Garçon ou fille

Judy Blundell
Ce que j'ai vu et pourquoi j'ai menti

Ann Brashares
Quatre filles et un jean
• Quatre filles et un jean
• Le deuxième été
• Le troisième été
• Le dernier été
L'amour dure plus qu'une vie
Toi et moi à jamais

Eoin Colfer
W.A.R.P.
• L'Assassin malgré lui

Andrea Cremer
Nightshade
• 1. Lune de Sang
• 2. L'enfer des loups
• 3. Le duel des Alphas

Grace Dent
LBD
• 1. Une affaire de filles
• 2. En route, les filles !
• 3. Toutes pour une

Victor Dixen
Le Cas Jack Spark
- Saison 1. Été mutant
- Saison 2. Automne traqué
- Saison 3. Hiver nucléaire

Berlie Doherty
Cher inconnu

Alison Goodman
Eon et le douzième dragon
Eona et le Collier des Dieux

Michael Grant
BZRK
- BZRK
- Révolution

John Green
Qui es-tu Alaska ?

Maureen Johnson
13 petites enveloppes bleues
La dernière petite enveloppe bleue
Suite Scarlett
Au secours, Scarlett !

Sophie Jordan
Lueur de feu
- Lueur de feu
- Sœurs rivales

Justine Larbalestier
Menteuse

Sue Limb
15 ans, Welcome to England !
15 ans, charmante mais cinglée
16 ans ou presque, torture absolue

Federico Moccia
Trois mètres au-dessus du ciel

Jean Molla
Felicidad

Jean-Claude Mourlevat
Le chagrin du Roi mort
Le Combat d'hiver
Terrienne

Jandy Nelson
Le ciel est partout

Patrick Ness
Le Chaos en marche
- 1. La Voix du couteau
- 2. Le Cercle et la Flèche
- 3. La Guerre du Bruit

Han Nolan
La vie blues

Tyne O'Connell
Les confidences de Calypso
- 1. Romance royale
- 2. Trahison royale
- 3. Duel princier
- 4. Rupture princière

Leonardo Patrignani
Multiversum

Mary E. Pearson
Jenna Fox, pour toujours
L'héritage Jenna Fox

Louise Rennison
Le journal intime de Georgia Nicolson
- 1. Mon nez, mon chat, l'amour et moi
- 2. Le bonheur est au bout de l'élastique
- 3. Entre mes nungas-nungas mon cœur balance
- 4. À plus, Choupi-Trognon...
- 5. Syndrome allumage taille cosmos
- 6. Escale au Pays-du-Nougat-en-Folie
- 7. Retour à la case égoutoir de l'amour
- 8. Un gus vaut mieux que deux tu l'auras
- 9. Le coup passa si près que le félidé fit un écart
- 10. Bouquet final en forme d'hilaritude

Carrie Ryan
La Forêt des Damnés
Rivage mortel

L.A. Weatherly
Angel
Angel Fire

Scott Westerfeld
Code Cool

Moira Young
Les chemins de poussière
• 1. Saba, Ange de la mort
• 2. Sombre Eden

Le papier de cet ouvrage est composé de fibres naturelles,
renouvelables, recyclables, et fabriquées à partir de bois
provenant de forêts gérées durablement.

Maquette : Nord Compo
Photo de l'auteur © Julie Strauss Gabel

ISBN : 978-2-07-066045-2
Loi n° 49-956 du 16 juillet 1949
sur les publications destinées à la jeunesse
Dépôt légal : mars 2015
N° d'édition : 266096 – N° d'impresssion : 196353
Imprimé en France par Maury Imprimeur - 45330 Malesherbes